君子有九思

上

甜系教主
東奔西顧——著

編輯推薦

沒有人不期盼一場刻骨銘心、暖入心脾的愛情，偏生女主角顧九思不是如此。她聰穎過人，頗富野心，年紀輕輕便展露頭角，準備開創自己的未來；她有大好前程，卻因親人的羈絆，甘願賠上大好韶光，在危機四伏的陳家小心翼翼成為一顆不引人注目卻也絕不失手的棋子。

另一頭，對於陳家的小兒子陳慕白來說，親情不過是個笑話。自幼喪母的他無依無靠，須提防同父異母的兄弟間的算計，更要慎防父親對他的打壓。在陳家這個虎狼窩，他不聲張，靠著精湛的演技與手腕，竟在他父親的眼皮子底下幹起了自己的大事業。

強強相遇，火光四起。祕書與總裁的設定本該浪漫無邊，諜對諜又機關算盡的兩人卻只能教觀者扶額嘆息。還好，愛情總有辦法消融彼此的武裝，治好過往的傷。

待春風吹起，一雙雪人，終於化作兩份情癡。

目次

楔子

你回眸，暖風吹

踏著滿地的桃花落瓣，迎著暖暖的春風，他走進屋裡，她仍站在屋外。

正是陰雨綿綿的季節，連日來的陰沉天氣讓人提不起一點兒精神。在靜謐悠長的柳蔭巷裡，坐落著一座古色古香的王府花園，這便是城中陳家的老宅。據說是祖上傳下來的，經歷了上百年的風雨，現在看來依舊氣派雅致。

此刻王府門前的兩盞大紅燈籠不知何時換成了白色的，在風雨中搖曳著。不時有穿著黑色西裝的人進進出出，皆是神色肅穆，一副奔喪的模樣。

傍晚時分，一名身形挺拔的少年踏著雨水從外面回來，腳步平穩，不慌不忙，身邊還跟著個差不多年紀的少年，給他撐著傘一路小跑。

到了門前，少年忽然停了下來，黑色的雨傘下探出一張眉眼精緻的年輕臉龐，眼底邪氣流轉，左眼眼尾有一顆極淡的桃花痣，當真是風情萬種，即便年歲小也看得出是個「美人」。他抬頭看了眼掛在門口的白色帳幔，竟然陰惻惻地扯出一抹邪氣橫生的笑容來。

相比他的從容悠閒，撐著傘的少年卻急出了一頭汗。

「少爺，您就別再擺譜了，快點進去吧！」

陳慕白果然斂了笑意，立即擺出一臉惆悵和憂傷，眉頭微微皺起，這才有了奔喪該有的表情。

進了門，穿過花園便是正廳，廳裡果然坐著許多人，井然有序，倒也不見喧鬧。一群人原本還在爭論著什麼，隨著陳慕白的款款走進忽然都安靜了下來。

陳慕白掃了一圈，嘴角又挑起一抹譏笑，果然該在的、不該在的都在。

陳銘墨坐在上座，抬眸看了他一眼，簡潔地吐出一個字：「坐。」

陳家一向子嗣眾多，人多的地方是非便多。城中但凡有點身分背景的人都知道，陳家是個虎狼窩，內鬥得厲害，幾個堂兄弟之間明爭暗鬥不亦樂乎，再加上附庸陳家的幾個部下各有支持，使得這場內鬥越演越烈。若不是現任當家人陳銘墨壓著，怕是早就鬧翻了天。

陳銘墨當年憑著鐵血手腕一路殺出重圍坐上掌門人的位置，其城府之深、心計之多、手腕之狠讓他在政壇上越走越遠，身居高位。到了現在，人人都尊稱其一聲「陳老」，除了年紀和資歷擺在那裡，眾人對他更多的是敬畏，只是這畏多半大過於敬。

陳慕白於陳銘墨而言，算是中年得子，只不過陳銘墨保養得宜，倒也看不出什麼。而眾人能看出來的就是這兩年，陳老對小兒子是越來越另眼相待了。陳銘墨一向是一碗水端平，如今這明顯的「另眼相待」不知道是心頭寶還是肉中刺了。一群人摸不清猜不透，只能按兵不動，默默觀望風向。

陳慕白慢條斯理地走到留給他的空座上，剛坐定，旁邊坐在輪椅上臉色蒼白的少年便捂著口鼻，似真似假地咳嗽了幾聲，而後聲音嘶啞地道：「三少爺身上的風塵味可有些重。」

陳慕白轉頭看向陳慕昭，一臉莫名中又帶了些委屈。

「我都沒嫌你身上的藥味重，你怎麼還來嫌棄我？」

都是踏著陰謀陷阱一路被人算計著長大的，誰的演技會比誰差？你會裝病弱狀似無意，我就敢演無辜胡攪蠻纏，個個都是演技派！

陳慕昭是陳銘墨大哥家的兒子，生下來就是個藥罐子，用一副體弱多病的模樣掩蓋著蛇蠍心腸。本該是長子嫡孫，只不過當年他父親早逝，陳銘墨便搶了掌門人的位置，一坐就是幾十年。他表面上對陳銘墨恭敬有加，背地裡卻不乏有一些不滿陳銘墨做法的附庸者的支持，即便他們那一支隱隱有敗落的趨勢。

陳慕昭聽了他的話也不反駁，只是又劇烈地咳嗽起來，咳嗽間卻向對面看了一眼。

坐在對面的陳慕雲是陳銘墨的長子，其母出自董家，是陳家的當家主母。董家說是富可敵國一點兒也不過分，不管是黑道白道總會給董家三分薄面。陳慕雲有了董家撐腰，自然眼高於頂不可一世。

今天就是他母親出殯的日子。

陳慕雲眼睛通紅地站起來，聲淚俱下地道：「三弟，從你進了陳家的門，我母親就待你如己出。今天這個日子，要三請四請你才肯回來，你到底什麼意思？」

陳慕白的母親是陳銘墨在外面的女人，他進陳家的時候已經記事了。陳慕雲的母親又怎麼嚥得下這口氣？說是視如己出，深宅內院裡的事情誰又能知道到底是怎麼回事呢？一個無依無靠的孩子能在深宅大院裡長大已是不可小覷，更何況陳慕白這兩年越發出色，做事手段越發狠戾毒辣，頗有陳銘墨當年的風範，陳家的一些老部下對這個少年尤為看好。不過近年來，這個少年似乎格外平靜低調，避其鋒芒，像是蟄伏在暗處的猛獸，隨時準備出擊。

這三股勢力明裡暗裡鬥，唯陳銘墨巍然不動，半晌才平靜無波地開口：「去哪兒了？」

陳慕白睜著一雙無辜的眼睛，脆生生地回答：「唐恪帶我去挑了個雛兒，說是送給我的成人禮。那個姑娘生得白白嫩嫩的，當真是漂亮……」說到這裡，他的嘴角含著一抹曖昧的笑，眼角微微上挑，在那顆桃花痣的襯托下帶著三分風流。原本容貌精緻的臉龐更加流光溢彩，然而和當下肅穆的氛圍格格不入。

眾人聽了先是目瞪口呆，緊接著便皺著眉、搖頭嘆氣地小聲議論起來。

「太太才出了事，三少爺就這麼做，簡直是……」

「大逆不道。」

「對，就是大逆不道！」

「太不像話了！」

「……」

陳慕白臉上不見悔意，笑瞇瞇地環視了一圈，最後漫不經心地把視線投到了陳銘墨的臉上。陳銘墨微微抬眼和他對視了幾秒鐘，雖神色複雜，倒也沒說什麼。

陳慕雲早已耐不住了，氣急敗壞地跳起來，指著陳慕白道：「你……你……」

陳慕白揚著下巴，略帶倔強地說：「怎麼？那姑娘是你先看上的？那我明確告訴你，就算是你先看上的，我也不能讓。」

「你閉嘴！我母親在的時候，你就從來不肯叫她一聲媽，她病著你也從來沒去看過她一眼，你就這麼盡孝道的？古語說：親有疾，藥先嘗，晝夜侍，不離床；喪三年，常悲咽；居處變，酒肉絕；喪盡禮，祭盡誠，事死者，如事生……」

陳慕雲邊念叨著邊用餘光去瞟陳銘墨。

陳慕白聽他念完，才一臉讚賞地給出結論：「背得不錯。」

陳慕雲被揭穿，面紅耳赤地做垂死掙扎。「你簡直是……簡直是……」

也許是氣急了，陳慕雲突然詞窮了。

陳慕白慢悠悠地替他往下接道：「禽、獸、不、如。」

「對！就是禽獸不如。」

陳慕白從來都不是一個在乎別人看法的人，在他看來，禽獸不如就禽獸不如，能做到禽獸不如的大概也沒幾個人了，這也算是對他的一種肯定吧。

陳慕雲喘了幾口粗氣後，才猛然反應過來提醒他的是誰，猛地轉頭看向陳慕白。他如此風輕雲淡，似乎這事兒和他一點兒關係都沒有。

陳慕白拂了拂袖口，慢條斯理地開口：「《弟子規》大少爺打小就沒背下來過，這幾句背了不少天吧？」

「你……」

陳慕雲對陳慕昭使了個眼色，陳慕昭卻忽然咳嗽著低下頭去，看都沒看他一眼。

坐在陳慕雲身後的一個中年男人冷笑著開口：「陳家三公子果然一副伶牙俐齒。」

陳慕白抬眼對上那雙幽深凜冽的眸子，絲毫沒有懼意。「找人一顆一顆地拔下來送給董叔叔解恨可好？」

這句話剛落，所有人又是身形一僵，頭上的冷汗又多了一層，卻不敢抬手去擦。

據說，董明輝小的時候曾經被綁架過。剛開始董家不肯交贖金，後來他被綁匪拔了兩顆牙下來送到了董家，董家才老老實實地交了贖金。且不說這幫綁匪後來有多慘，就這段經歷已然成為董明輝心底永遠的痛。這麼多年沒人敢提起，現在卻被三少爺洋洋灑灑地提著小刀戳了過去，當真是……英雄出少年啊！

董明輝的眼底卻只是閃過一絲波瀾，冷笑著看向陳慕白。

陳慕白一臉天真無辜地眨巴著眼睛望著他，半晌還顫顫巍巍地問了句：「董叔叔，您臉色怎麼這麼難看，身體不舒服嗎？」

「行了。」一直沉默的陳銘墨若有所思地將視線從董明輝身上轉了一圈後，落到陳慕白的身上。「慕白，你大媽剛剛過世，你就這麼放肆，滾出去把《孝經》抄十遍！」

陳慕雲顯然沒有認清形勢。「爸，他做出這麼大逆不道的事情，抄十遍《孝經》就沒事了？您也太偏心了吧？」

陳慕白話鋒一轉，抬起頭來時臉上都是悔意。「父親說得是，既然我做錯了事就要面對，我去美國面壁思過，今天就走。」說完轉身去開門，一件行李都沒帶，似乎只是出去一下，很快回來。

屋內的人又是一愣。這到底是什麼情況？這麼敏感的時期，正是瓜分江山的關鍵時刻，陳慕白就這麼走了？一場鬧劇就此收尾，眾人多多少少有些摸不著頭腦，不知道這位三少爺葫蘆裡賣什麼藥。

等屋內已經退得沒有其他人了，陳銘墨才遲疑著開口：「我們是不是……都著了這小子的道了？」

身旁站著的中年男人開口寬慰道：「您想多了。」

陳銘墨看著門外的風雨若有所思。「我怎麼覺得是我想少了什麼呢……」

此刻，陳簇正站在王府花園外的高牆邊，沒撐傘，衣服上沾了一層薄薄的雨水。等看到門邊閃出兩道身影時，他才笑著揚著聲音叫了句：「慕白！」

陳簇是陳銘墨的二兒子，當年從陳家淨身出戶，深宅大院裡的鉤心鬥角便與他再沒了關係，只除了他這個同父異母的弟弟。

陳慕白的臉上不見剛才的無辜與天真，眉宇間俱是陰鬱，扯著嘴角笑了一下也沒能驅散。「二哥。」

陳簇、陳慕白兄弟倆靠在牆根上，仰著脖子看著灰濛濛的天。半晌，陳簇才開口，一開口便滿是擔憂：「怎麼鬧了那麼大的動靜？」

陳慕白瞇著眼睛。「不鬧大點，怎麼脫身？」

陳簇有些不放心。「他們沒為難你吧？」

陳慕白不知從哪兒拔了棵草叼在嘴裡，一臉不屑。「陳家主母一死，董家便慌了，妄想和陳慕昭合作先把我拉下馬，也不看看陳慕雲擔不擔得起來。董明輝還以為陳銘墨是忌憚董家，他哪裡知道陳銘墨最恨外人插手陳家的事。」

「董家以為當年幫著陳銘墨上位就能控制陳家？陳銘墨又哪裡是會受制於人的？這些年，他對董明輝頗多容忍，看似是看重陳慕雲，其實是一直在等他妹妹死，她一死，陳銘墨第一個對付的就是董家！」

「更何況陳慕昭自己就是條毒蛇，不主動咬人就不錯了，哪裡肯為他人做嫁衣？不過陳慕昭倒是聰明，知道知難而退。」

陳簇離開陳家許久，對陳家那些紛爭沒有半點興趣，他只關心眼前的人。

「那個人……還是護著你的，換了別人鬧了這麼一齣，他早就動家法了。」

陳慕白精緻的眉目在煙雨中帶著溼氣，眼尾處那顆桃花痣更加奪目。雨滴正好落進眼睛裡，他眼底一痛，猛地閉上眼睛，緩緩地開口：「我？陳銘墨這麼自私的人怎麼會對別人好？他不過是拿我來制衡董家和陳慕昭罷了。我們越是鬥得厲害，他越是坐得穩，我偏偏不讓他如意。我一走，陳慕雲和陳慕昭勢必會鬥得更厲害，坐收漁翁之利的事不是只有陳銘墨會做。」

陳簇看了他半天才緩緩地開口：

「小白，其實，你走了不要再回來，也未必不是件好事。」

兩兄弟情深意長地對視了半天，剛才的翩翩佳公子瞬間炸毛。

「我說了多少遍了，不許叫我小白！」

「呃……」陳簇愣了愣，眨了眨眼睛，「不好意思，我又忘了……」

天都快黑透了，兩兄弟才分別。陳慕白踏著滿地的雨水依舊走得不慌不忙，嘴角噙了抹意味不明的笑。

不回來？那我當初又何必進陳家的門？不回來我又怎麼對得起我自己？

❄

幾年後。

陳慕白從國外回來幾個月了，一直沒露面。

接到老宅電話的時候，陳慕白正縱橫在萬花叢中，看唐恪醉臥在美人膝上。

陳慕白也不忌諱，隨手就接了起來。有個身姿妖嬈的美女遞了杯酒給他，陳慕白接過來的時候，美女不知是有意還是無意極嫵媚地摸了下他的手，他的臉色立刻變了一變。唐恪本以為電話那邊說了什麼，在看到陳慕白被美女碰過就僵硬著的手後，便摟著身旁美女的水蛇腰，趴在美女頸間哧哧地笑了起來。

陳慕白一邊照舊不慌不忙地膈應他爹，一邊瞪了唐恪一眼。最後電話那頭伴隨著中氣十足的吼聲掛了電話：「再不回來就永遠不要回來了！」

陳慕白掛了電話，抽了張溼巾面無表情、仔仔細細地擦拭著剛才被碰過的手，然後扔到一邊，站起身走了出去。

美女的臉色立刻像調色盤般變幻起來。唐恪也跟了出去，出去前還頗有憐香惜玉之心地安慰道：「他不是針對你，他有病！」

他不安慰還好，經他一安慰美女的臉色更難看了。唐恪已經走了出去，反應過來又從門外探身回來，撓著頭解釋：「不是那種病，是潔癖！」

幾分鐘以後，兩個男人站在走廊盡頭說話。

「最近動作太大，你們家老爺子要召見你？」

唐恪有個外號叫「玉面狐狸」，這個外號不是白叫的，除了面如冠玉之外還鬼精鬼精的，猜得分毫不差。

陳慕白點點頭。

「估計是布好網等著你呢，這關怕是不好過。」

陳慕白一臉不在乎。「真是那麼容易，還有什麼意思？還有什麼資格和我陳慕白鬥？」

唐恪滿臉佩服地總結道：「你簡直就是個變態！」

兩人皆是身形高䠷、容貌出眾的年輕男子，能出現在這私人會所的，自然也不是一般人。兩個人往那裡一站，偶爾有人經過，不免多看上兩眼。

陳慕白被看煩了，便掐了菸轉身走了。

唐恪在他身後喊：「這就走了？裡面那些尤物真的不挑一個？趙某人可是特意給你準備向你賠罪的！」

陳慕白頭也沒回地擺了擺手。「便宜你了！」

陳慕白剛進門，陳靜康就替他接過衣服，邊說邊抬頭看著樓上書房的方向。「陸主任等您一晚上了，看樣子挺著急的。」

陳慕白聽是聽見了，但是不接收資訊，上了樓洗完澡換了衣服，又優哉游哉地喝了茶才往書房晃悠，去見那個據說心急如焚等了一晚上卻不敢催一句的人。

陳慕白知道他是為了什麼而來，陸正誠也不敢再提趙某人的名字，直接略過那個名字問：「怎麼處置？」

陳慕白靠進沙發裡慢條斯理地抬手做了個動作，陸正誠立刻激起一身冷汗。都說慕少心狠手辣，當真是沒有辱沒他的惡名，頓了頓還是開了口：「他畢竟沒有功勞也有苦勞，您做得這麼絕，下面的人難免會心寒，以後……」

陳慕白一臉莫名。「我在乎嗎？你可以直接告訴他們，誰若是覺得心寒可以直接走人，我陳慕白絕不挽留。只是他們要想清楚了，自己要的到底是虛無縹緲的保護傘，還是最現實的利益，我可從來沒虧待過他們。」

陸正誠忙不迭地點頭。「您說得是，是我唐突了。」

陳慕白換了個姿勢。「您是老人了，有些道理用不著我教您。每天給他們一顆糖，哪天不給他們，他們就會罵你；你每天給他們一巴掌，哪天不給了，他們就會感激你，這就是慈不掌兵。其實趙興邦要的東西，於我而言並沒什麼，我只是想讓他們明白，我不是陳銘墨，對付陳銘墨的那一套在我這裡行不通。有些東西我可以給，那是我允許他擁有的，但是，他不能張口來問我要，特別是，威脅我。」

最後幾個字說得輕緩冰冷，卻讓陸正誠的衣服又溼了一遍。他心裡徹底明白是沒戲了，又說了些其他無關緊要的事情才離開。

❄

翌日清晨，早餐桌上的陳慕白忽然如夢初醒般地問：

「哎呀，我是不是忘記回家報到了？」

小跟班陳靜康苦著一張臉不敢吭聲，最後迫於陳慕白的淫威才極其為難地小聲「嗯」了一下。心裡默默地鄙視他，您爹都催了三次了，您都視而不見。

陳慕白似乎就等著這個「嗯」字，很快語氣輕快地開口：「今天天氣不錯，那我們就回去看看吧。」

吃了早飯就準備出門，快到中午了還沒到，陳靜康開著車跟在幾里地之外就要下車走過去的某人，一步一步地往前挪。

他打開窗戶扯著嗓子道：「三爺啊，您走快點吧，午飯都趕不上了。」

某人倒是一點兒都不著急，敷衍地應了一聲，踏著滿地的桃花落瓣，迎著暖暖的春風，開開心心地哼著小曲。

「靜康你背著重重的殼啊，一步一步地往前爬。」

陳靜康縮著脖子坐回車裡默默流淚。

陳慕白終於踏著最後通牒的時間點進了家門，一路上又是磨磨蹭蹭的，急得陳靜康冒了一腦門汗。快進正廳的時候陳慕白忽然停住，揚起下巴指了指不遠處站著的一個女孩問：「誰啊？」

女孩似乎也聽到了聲響，轉過頭看了陳慕白一眼，又極快地把頭轉了回去，似乎根本沒看到他。

陳靜康伸長脖子看了看。「她啊，聽說是老爺從國外接回來的。」

陳慕白意味不明地笑了聲。「喲，不會是老爺子的滄海遺珠吧？」

聲音不大不小，剛好夠三個人聽見。

陳靜康輕聲咳嗽了下，心裡腹誹，得，您真是一個都不放過。人家女孩不就沒搭理您嗎？您至於嗎？您埋汰您爹就埋汰您爹，人家女孩眉目清秀的，您埋汰人家幹嘛？

陳慕白又在連廊上磨蹭了半天，一會兒誇這株花長得不錯，一會兒又讚那棵草長得真綠，直到廳裡傳來不輕不重的咳嗽聲，而這咳嗽聲的主人又是陳銘墨，陳慕白才走進了正廳。

大廳裡站著或坐著的人和幾年前他離開那天大致相同，似乎等了有一會兒了，偏偏陳慕白還端著架子，慢騰騰地踱進來，頗有「我就是要遲到，你們有本事別等我啊」的架勢。

幾年前，陳慕白一聲不響地出了國，幾年後又是一聲不響地殺回來，回來沒過多久便把陳家大半江山收在己手。看那架勢根本就是早已布好的局，怕不止是一年兩年的工夫。明明在千里之外，卻能運籌帷幄，如此雷霆手段自然是搶了別人碗裡的肉，當然也激起了民憤。

陳慕白知道這宴向來是無好宴的，果然他才坐下沒多久，明裡暗裡的討伐之聲已經響起。只是如今的他，早已不是當年那個孤立無援的少年，站在他身後的人多了許多，他的意思從來不用自己說，有的是人替他說；他自己說出來的話則是半真半假，雲裡霧裡的，騙起人來，眼睛眨都不會眨一下。

人多了是非更是止都止不住，有的時候不是他想怎麼樣，而是形勢、利益、他身後的人、別人身後的人，逼著他們父子、兄弟不得不反目。

一屋子人你來我往互相挖苦嘲諷，可正主偏偏一句話都沒有。陳慕白也不著急，斂了神色低頭喝茶。他不著急，自然會有捺不住性子的人。

果然陳慕雲率先出聲道：「南邊的事情，向來是我在管，這也是父親默許的，可那個位置剛空出來，三弟你就派人搶走了，是不是手伸得太長了？」

陳慕白如今越發深沉內斂，眉宇間的陰鬱肅殺卻擋不住風致，那張精緻絕倫的臉龐更勝從前。他慢條斯理地回擊道：「你的地盤你自己看不住，只能說明你沒本事。再說了，什麼時候，陳家做事情開始講究先來後到、論資排輩了？如果真是這樣，老爺子不是長子，如何能坐上掌門人的位置？」

一席話立刻讓屋內鴉雀無聲，沒人敢接話。這種禁忌話題向來只有三少爺才敢舉重若輕、有事沒事地翻出來，偏偏他那模樣又是懶洋洋的，更是遭人恨。

陳慕白低頭捏著茶盞，來來回回地撥弄著漂浮在杯中的茶葉，卻並未喝上一口，半晌才微微抬眸看向陳慕昭。「陳慕昭，你說是吧？我親愛的大哥這是在為你叫屈呢！按理說，你陳慕昭才是正兒八經的長子嫡孫呢！」

一句話就把陳慕雲和陳慕昭推上了風口浪尖，陳慕昭這才抬起頭來仔仔細細地打量陳慕白。他明明還是幾年前的模樣，只不過長開了一些，明明還是那副懶散隨性的模樣，卻冷不丁地讓陳慕昭覺得陰狠，不知不覺間竟出了一身冷汗。

陳慕昭心裡明白陳慕白這是為什麼，他這是先發制人，警告他不要再重蹈覆轍，妄想和陳慕雲合作與他為敵。

陳慕雲聽了這話也顧不上陳慕白了，轉臉去跟陳銘墨解釋：「爸，我不是這個意思，老三他這是誣陷！」

陳銘墨眉目不動地抬眸看了眼坐在他右手邊的陳慕白。幾年沒見，他眉眼間的青澀已然褪去，越發像那個女人，也越發難以捉摸了。正處在人生中最好的年華，卻把能在這個場合說得上話的人一半收為己用，手段越發凌厲，修為越發高深，真不愧是他的兒子。

在陳銘墨眼裡，這個兒子和他最像，有野心、有擔當，只是不知道他是不是和自己一樣夠狠。

陳慕雲看到陳銘墨沉默不語，越發慌張。「爸……」

陳銘墨瞪了他一眼之後，陳慕雲立刻老實了，也不敢再解釋。

陳慕昭的身分一直是陳銘墨眼中的大忌，此刻他不能為自己說半個字，只能示弱，適時地用力咳嗽了幾聲。「叔叔，我有些不舒服，就先回去了。」

陳銘墨也表現出作為長輩該有的關心。「注意身體，多休息。」

陳慕昭苦笑著。「我的身體一天不如一天了，指不定活到哪天……」說著不動聲色地去看陳銘墨的神色。他這麼說不過是讓陳銘墨放心，他活不了幾天了，根本就沒想過要替他父親爭回什麼。

陳慕白看戲看得認真，心裡不由讚嘆，這幫人的演技真是越來越精湛了，唇角不知不覺間掛起了一抹輕蔑的笑容。

同時綻放輕蔑笑容的還有門外的顧九思。這一場戲才剛開幕，她便已經了然。她來之前便把陳家的家事翻了數十遍，今天再看了這麼一場戲，理解得更是深刻透徹了。

這種戲碼她見得多，只是極少有演得這麼逼真的，又都是勢均力敵的高手。誠然，她看戲無數，卻也忍不住在心裡鼓掌稱讚。

在顧九思眼裡，所謂的青年才俊無非分兩種：一種是裝備好，如陳慕雲，雖說不學無術，但他是陳董兩家聯姻的產物啊，單單這兩個姓氏就讓許多人望塵莫及；另一種便是無論是不是含著金湯匙出生的，隨隨便便往那裡一站，便萬眾矚目，簡言之就是屬性高，如陳慕白。

至於陳慕昭，是裝備也不好，屬性也不高，實在稱不上青年才俊。不過這種人最是危險，看似無欲無求，卻似隱在暗處的毒蛇。顧九思記得剛才他走出去的時候，她很清楚地看到了他眼底的狠毒。

廳內因為陳銘墨陰晴難測的沉默再次安靜了下來。

半晌之後，陳銘墨才開口：「我年紀大了，也管不了你們許多，可規矩還在，既然有規矩就按照規矩來辦。慕白，以後別人的地方你少插手；慕雲，你是哥哥，這次就讓讓你弟弟。」

表面上的意思很簡單，不過是父親在調解兩兄弟的矛盾，兄弟各退一步，可那話裡帶著的意思眾人也都聽明白了。老爺子說的是「少插手」，而不是「別插手」，看上去是一碗水端平，其實卻偏向了陳慕白這邊。眾人心裡又是一嘆，這往後，三公子當真是不可同日而語了。

陳慕雲不服氣還想辯駁，卻被身後的人扯著衣袖制止，同時悔恨自己怎麼就跟了個這麼沒有眼色的主子呢！

陳銘墨掃了眾人一眼。「本來好好的家宴被你們弄得烏煙瘴氣，好了，飯菜都快涼了，去吃飯吧。」

飯桌上，眾人對陳慕白的恭維和殷勤再也不加掩飾，陳慕白微笑著一一接下，整場戲大概也只有陳銘墨和他知道到底是怎麼回事。

席間陳慕白多喝了幾杯，便留在老宅休息。天快黑的時候，陳銘墨進了陳慕白的房間，老的那個沉默不語，臉黑如鍋底，年輕的那個氣定神閒、滿面春風。

陳慕白在陳靜康使眼色馬上就要把眼睛使抽筋的時候，才終於開口：「您有事啊？」

陳銘墨臉色再難看，一開口依舊是淡淡的語氣：「你這次過分了。」

陳慕白誇張地驚呼一聲，越發誠懇地胡扯道：「怎麼會呢？我做的這一切不都是您的意思嗎？那幾個位置也都是您點了名，我才去占的。您不是說不能落到董家的手裡嗎？」

陳銘墨看他一眼，語氣中帶著苛責道：「那還有我沒點名的，你怎麼也去占？」

陳慕白笑了，漫不經心地和陳銘墨對視。

「這惡名都讓我擔著了，還不許我撈點好處嗎？」

陳銘墨知道陳慕白的胡攪蠻纏，更何況這件事他做得很漂亮，他也就不再糾纏，抬手指了指站在門外的人。「你剛回國，生活上大概不太習慣，陳靜康粗心大意、毛手毛腳的，他照顧你我不放心。我找了個人照顧你，以後就跟在你身邊吧。」

陳慕白往外看了一眼，看清是下午的那個女孩後立刻一臉誇張的表情。「喲，我還以為這是您剛給我找回來的妹妹呢，真沒想到您這是給我準備的啊？我真是受寵若驚！」

陳銘墨黑著臉，沒等陳慕白說同意或者不同意抬腳就走。

陳慕白再接再厲地噁心他道：「真不是我妹妹啊？說真的，您老啊，還真就缺了個女兒。如果是我妹妹，你提前打個招呼，萬一我哪天幹了什麼豈不是違背倫常？我是不怕什麼，就怕您老臉上掛不住啊！」

陳銘墨在陳慕白絮絮叨叨中徹底黑了臉，留下顧九思頭也不回地離開了。

陳靜康對於從天而降的顧九思搶他飯碗這件事十分不舒服，陳銘墨前腳剛走，他就可憐巴巴地抱著陳慕白的大腿問：「我哪裡毛手毛腳、粗心大意了？少爺，您說，我是不是把您照顧得很好？」說完還一臉幽怨地瞥了眼站在院中樹下的顧九思。

陳慕白挑了挑眉，臉上依舊是懶洋洋的笑。

他在屋裡，她站在屋外。

清秀白淨的女孩子站在小院的樹下，垂著眼睛，一身冷冰冰的夜色。

陳慕白送陳銘墨離開的時候就看到這一幕。他沒說什麼便轉身回了屋。

陳慕白在屋內該幹什麼幹什麼，而陳靜康則每隔一段時間就會偷偷地打開門，露出一條縫去看她。後來連剛開始咬牙切齒的陳靜康都心軟了，小心翼翼地央求他：「少爺，不如讓她進來吧，都站一個晚上了，一動都沒動。」

陳慕白才剛回來沒多久，陳家的事情、公司的事情一大堆，他忙都忙不過來，聽了只是心不在焉地「嗯」了一聲。等他終於忙完，天已經濛濛亮了，陳靜康坐在地上抱著沙發腿睡得昏天黑地。他推開窗戶，竟然看到那個女孩還站在那裡，石凳明明就在幾步之外，她竟然站了一夜。

聽到動靜，她抬起頭看過來，眼底一片澄澈清明，絲毫不見睏倦，只是臉色有些蒼白。

和他對視的幾秒鐘裡，依舊平靜如水，然後又如同第一次見他一般極快地低下頭去。陳慕白垂眸想了想，走回去踢踢陳靜康。陳靜康睡眼惺忪地睜開眼睛，一臉茫然地看著他。

「去叫她進來。」

陳靜康揉了揉眼睛站起來，愣了半天才反應過來，皺著一張臉問：「少爺，就算您讓她跟著您，我也是您最信任的人，對吧？」

陳慕白這才明白陳靜康的心思，有些好笑地點點頭。

陳靜康鬆了口氣，走到女孩身邊，吭吭哧哧半天才開口道：「那個……少爺叫妳進去。」

顧九思點點頭，對他笑了一下。「謝謝。」

陳靜康竟然因為顧九思的笑紅了臉，結結巴巴地回答：「不……不……不用謝……」

太陽漸漸升起來，當第一縷陽光照進屋內，陳慕白慵懶從容地窩在沙發裡揉著額角，顧九思垂著眸站在幾步外，神情漠然地數著地毯上的花紋。

「妳叫什麼名字？」

「顧九思。」

他問得漫不經心，她答得心不在焉。

顧九思迎著陽光，抬眼看向沙發上的男人，眼底有一絲情緒一閃而過。

這是他們第一次見面，卻又不是第一次見面；這是他們說的第一句話，卻又不是第一句話。此景如相似，猶似故人歸。

一 棋逢對手

他心裡一笑，這個小狐狸，就不該心軟讓她緩一緩，這一緩她心思也活過來了，一句真話都甭想聽到了。

顧九思坐在副駕駛的位置上，偷偷扭頭瞄了一眼後座正閉目養神的某人，欲言又止。

黑色的車子在街道上飛馳而過，窗外的霓虹燈光照進來，車內一時忽明忽暗，後座上的人似乎很放鬆，精緻的眉眼平緩舒展。

其實顧九思看得並不真切，且不說車內光線晦暗不明，最主要的原因是她不敢仔細去瞧。時間一晃而過，她待在陳慕白身邊也有幾年了，可依舊不敢，她不確定那雙風起雲湧的桃花眼什麼時候會突然睜開。

她判斷某人很放鬆的主要依據是車內氣壓正常，倘若後座上的那個人心裡不舒坦，便會渾身散發著戾氣，氣勢逼人，讓人想忽視都難。

陳家祖上是正兒八經的八旗，雖說清政府垮臺已經很多年了，可他身上依舊難掩一股皇家的雍容華貴。當然，這種懾人的氣勢更是源源不斷地從骨子裡往外透。這幾年，顧九思看著他從青澀走向沉穩，唯一沒變的便是這股氣勢。

她心裡有話要說，可是又不知道如何開口，只能不時地偷偷掃一眼，尋找合適的時機。

寒冷的冬夜，車內溫度適宜，可顧九思坐立難安，一切皆因城中陳家最近又出了新鮮事。眾人大概沒想到，陳老到了這把年紀還能登上桃色新聞的榜首，緋聞物件便是一位姓孟名萊的女子。

據八卦人士爆料，不知從什麼時候開始，陳老身邊突然多了這麼一位美女，年紀跟陳老的小兒子差不多大，堂而皇之地入住了陳家老宅。據說這位美女和城中江家的小兒子江聖卓還「頗有淵源」。

當事人江聖卓被問及此事時，只是不屑地冷哼，不發表任何意見。

陳家大公子被問及此事時，不顧身分地位惡狠狠吐出了一個有失身分的詞：「狐狸精！」

陳家二公子……陳家二公子脫離陳家許久，去做了仙風道骨的醫生。

其實眾人最關心的是陳家三公子的態度，傳說中的慕少做事正中帶著三分邪，真不知道他對這件事怎麼評價。

眾人皆知，陳家三公子陳慕白是惹不得的。圈子裡和他關係不錯的都叫他陳三兒，陳家到他這一輩都是慕字輩，可外面的人唯獨恭敬有加地稱他一聲「慕少」，連他大哥這個正宗的長子都只能忍氣吞聲地做「陳大公子」。

在陳家那個狼窩裡，殺人不見血，唯獨這個三公子沒人敢招惹。他母親是陳老在外面的人，他進陳家的時候已經記事了。在陳家無依無靠，本來該是弱勢，誰知他卻有本事讓陳老獨寵。他繼承了陳老的城府心計，手腕又青出於藍，陳家上上下下都得看他的臉色辦事。

所謂極品都是正經中透著那麼點不正經，而這點不正經還不耽誤正經的那種。陳慕白恰恰是不正經中偏偏透著點兒正經，而這點正經一點兒都不耽誤他的不正經。他最擅長的便是離經叛道，常常把陳家掌門人——他自己的親爹氣到吐血。

顧九思的小動作陳慕白哪裡會覺察不到，當顧九思再一次看過來的時候，他突然開口：「說。」

顧九思心裡一驚，面上倒也如常，側轉過身仔細看了半晌，發現陳慕白並未睜眼才暗暗鬆了口氣，斟酌著開口：「慕少，一會兒記者大概會問一些敏感的問題，比如說——」

顧九思還沒說完就被陳慕白打斷，聲音裡透著一股慵懶曖昧。「比如說，老爺子的那朵新桃花，是嗎？」其表情之無所謂，語氣之戲謔，讓顧九思愣了一下，然後才想起來點頭。可她忘了，陳慕白閉著眼睛呢，壓根看不到。

陳慕白等了半天沒有回應，這才微微掀起眼簾看過去。

「怎麼，我猜錯了？妳不是想說這個？」

顧九思早就知道，自己心裡想什麼，陳慕白一眼就看得出來，怎麼會猜錯？他就是故意整她。思索片刻，她鼓起了勇氣，非常禮貌且誠懇地問了一句：「那您打算怎麼回答？」

陳慕白突然笑了出來，睜開眼睛坐直了，看似十分鄭重地作保證：「妳想知道啊，等會兒告訴妳啊。妳放心，保準讓妳滿意。」

就這麼毫無預兆地，顧九思便撞進了那雙眼睛裡。她跟在陳慕白身邊這幾年，見過形形色色的人物，可從來沒見過能在容貌上出其右的人。

他有一張精緻俊美到極致的臉龐，輪廓近乎完美，線條明朗凌厲，鼻梁高挺，嘴唇很薄，完全是一副薄情寡義的長相。可那雙眼睛生得極漂亮，狹長尾翹，再加上眼尾那顆桃花痣，眼波流轉間，別有一番風味。笑起來的時候滿面春風，整個人邪氣橫行，雍容華貴，所謂勾魂攝魄，萬劫不復，也不過如此。就算此刻車內光線不明，卻半分也壓不住他的容貌。

都說容貌和氣質是魚和熊掌，不可兼得，顧九思卻覺得這兩者在陳慕白身上平分秋色，就算容貌再出眾也難掩他一身貴氣。

可就算他是在笑，眉宇間也鎖著幾分若有似無的陰鬱索然，像是怎麼都散不去的霧霾，讓人沒來由地心慌害怕，不敢怠慢。就是這樣一個人，讓人捉摸不透他的心思，就算費盡心力去猜，到頭來也只是白費力氣，她便是白費力氣的人之一。

今天晚上，市里重磅推出年度專案招商宴會，會有很多記者來，她真的怕他到時候會亂說話。

這些年，他口無遮攔地亂說了話，她就要不辭辛苦地找各家媒體交涉，想盡辦法壓下來，以免陳老看到了要大發雷霆，偏偏這始作俑者事後還一臉無辜地問：「我說什麼了嗎？」

陳慕白說完之後便又闔上了眼睛，沒有再說話的意思，顧九思只能轉過身保持緘默。

司機陳靜康給了她一個安慰的眼神，無聲地張了張嘴跟她說：「放心。」

這下顧九思的臉色更難看了。陳靜康是陳家管家的兒子，從陳慕白進了陳家就是他的小跟班。據說當年陳靜康並不叫陳靜康，只是後來陳老特意把他的名字改為靜康，就是想讓他跟在陳慕白身邊保他靜好安康。也就是從那個時候開始，所有人都看出陳老對陳慕白的看重，陳家的「慕少時代」正式到來。

最重要的一點，這個人比陳慕白還不靠譜，活得很隨機，是個「不是神經病勝似神經病」的貨；最最關鍵的是他有張烏鴉嘴，一般他說沒事就多半會出事。

果然，陳慕白一進宴會廳便被記者團團圍住，水泄不通，顧九思和陳靜康很默契地撤到一邊去喝果汁。

「慕少，這次招商聽說雲舟集團請了您做軍師，那您最大的競爭對手就是天宇集團的梁厲秋了。」

陳慕白面無表情地「嗯」了一聲。

好事的記者接著問：「您知道梁厲秋嗎？」

陳慕白一點兒面子都沒給地回答：「不知道。」

「……」一眾記者被噎住，完全不知道該怎麼接話。

顧九思嘆著氣低下了頭。慕少啊，您和梁厲秋沒認識二十年也認識十幾年了，在大庭廣眾之下，以第一次聽到這個名字的姿態說不認識，您這是要鬧哪樣啊？

旁邊陳靜康卻一臉崇拜。「九小姐，慕少多帥啊，從來都是記者逼得被採訪人沒話說，什麼時候見過被採訪人把記者堵得啞口無言啊！」

顧九思看著人群中眾星拱月的人，一身筆挺的西裝，長身玉立地站在那裡，一張精緻完美的臉，眼睛裡聚著細細碎碎的光，一臉無辜卻害人不淺。

她乾巴巴地點頭贊同。「確實帥得令人髮指。」

記者又問了幾個無關緊要的問題作為鋪墊後，果真問起了陳銘墨和孟萊的關係。

陳慕白微微一笑，輕描淡寫地答了四個字：「忘年交嘛。」

顧九思微微鬆了口氣，還好還好。

眾人正納悶，陳慕白一向和陳老對著幹，什麼時候開始幫著陳老粉飾太平了？就在這時，陳慕白在閃爍不斷的閃光燈下不急不緩地吐出了幾個字：「忘年交，也是一種體位。」

眾人沉默了幾秒鐘後，轟一聲爆笑出來。一針見血而又不傷大雅地點出了兩人最實質的「肉體關係」，這話大概也就只有陳慕白說得出來。

顧九思聽到這幾個字的時候陳慕白正好看過來，微微歪了下頭，似乎帶著挑釁，在問她對這個答案滿不滿意。顧九思冷冰冰地看著他，無聲地說了幾個字——喪心病狂。

陳慕白從口型猜出了那四個字，挑著眉繼續點火，微笑著轉頭問記者：「怎麼樣，長『姿勢』了嗎？『姿勢』就是力量。」

他簡簡單單的幾個字讓現場氣氛空前高漲，眾人都在興奮地討論著什麼。但凡這種問題別人都會遮遮掩掩，難得見到這麼爽快的人，唯獨顧九思苦著一張臉在心裡哀嘆一聲，果然是，知好色，則慕少，唉。不出意外的話，陳慕白又會登上明天各大報紙的頭條，估摸著她這下真的要去陳家老宅負荊請罪了。

顧九思轉頭去看窗外紛紛揚揚的大雪，嘆了口氣，又是一年寒冬啊。

❄

第二天一大早，顧九思便站在了陳家老宅的院子裡，院中那棵青松還是幾年前她剛來陳家的時候見到的那個樣子，枝幹上落滿了雪，卻依舊挺拔堅韌。

寒冬時節，又剛下過雪，氣溫極低，顧九思覺得自己的臉都快凍僵了。在腿都快站斷了的時候，一直在練太極的陳銘墨才終於開了口。

「天氣越來越冷了，不知道妳父親的身體怎麼樣了？」

他狀似無意的一句話，卻在顧九思的心裡激起千層浪。她放在身側的雙手悄悄握成拳，平日裡總是平靜無波的臉也出現了一絲絲裂痕。「對不起，陳老，都是我的錯。」

陳銘墨打太極的動作不急不緩。「妳待在慕白身邊的時間也不短了，怎麼，他的性子還沒摸清嗎？」

顧九思沉默，摸得清是一回事，能控制又是另一回事了，可這話她必定是不能說出來的。

「陳伯伯！」一道清脆的女聲打破了沉靜，很快一個年輕的女孩拿著一個托盤走了過來。「沏了壺茶，您嘗嘗？」

陳銘墨的臉上立刻堆滿了笑容，看上去像個慈祥平和的長輩。「好好好，我嘗嘗。」邊說邊端起茶杯卻並未送到嘴邊，他看了眼顧九思。「這是舒畫，舒畫，她是……」

舒畫的聲音裡帶著笑意，極快地介面道：「我知道，她是慕少身邊的大紅人，顧九思。」

顧九思抬眸去看眼前的女孩，明眸皓齒，極快地在腦子裡搜索舒畫這個名字。看陳銘墨的態度，應該是和那個舒家扯得上關係。

顧九思微笑著頷首，禮貌得體。「舒小姐。」

舒畫倒是沒什麼大小姐的架子。「妳是慕少的人，叫我舒畫就好啦，我知道他們見了妳都要叫妳一聲九小姐的。」

顧九思怔了怔。

「九小姐」這個稱呼其實是陳慕白的意思。剛開始的時候，所有人看到陳慕白的日常起居都離不開她，有事沒事就扯著嗓子叫顧九思，都以為她是陳慕白身邊的紅人，皆是恭恭敬敬地叫她一聲顧小姐。後來不知道是陳銘墨故意放出了消息還是好事者確實很多，她是陳銘墨安排在陳慕白身邊的這件事傳了出來，她便立刻變成了一個吃裡扒外的「奸細」，而陳慕白似乎也有意無意地和她對著幹。於是再遇上了，別人總是陰陽怪氣地叫她顧九思，所有人都等著看陳慕白的動作，可陳慕白卻偏偏什麼動靜都沒有，一切如常。既然是給他的人，那他就用，該怎麼著就怎麼著。

直到有一天，城中世家一位少爺的成人禮上，一群紈褲子弟喝多了酒便開始放浪形骸，對顧九思也開始從調笑升級為調戲。

顧九思並沒有什麼，不鹹不淡地應付著，她知道，從他答應陳銘墨的條件開始，就該想到今天的兩難境地。可是陳慕白卻當著好多人的面忽然冷了臉，眼裡夾著風霜。

「顧九思是你們叫的嗎？」

從那以後，除了陳慕白再沒人直呼她的名字，均是恭恭敬敬地稱她一聲九小姐。

如果這話從別人口裡說出來，肯定不是什麼好話，可是這幾句話配上一張天真無邪的笑臉，顧九思一時竟有些拿捏不準舒畫到底是什麼意思。

陳銘墨原本端在手中的茶盞突然掉落在地，伴隨著清脆的響聲，茶水融化了一片積雪。兩個女孩還沒反應過來，陳銘墨又很快順手地把整套茶具推落在地。

顧九思眉目未動，倒是舒畫被嚇了一跳。「陳伯伯，這可是您最喜歡的茶具了！」

陳銘墨倒是一點兒心疼的意思都沒有。「這套茶具我雖然很喜歡，但是碎了一只，整套就沒用了，就該扔了，妳說是嗎？」

這話陳銘墨看似是在對舒畫說，但是顧九思聽得出來這話其實是對她說的。

看來陳老已經開始質疑她了。當年陳銘墨把她安排在陳慕白身邊就是在下一步棋，而陳慕白那麼精明的人又怎麼會覺察不到？剛開始幾年或許是陳慕白不屑於又或許是羽翼未豐，一切還說得過去，但這幾年他的行為越發乖張，似乎就是在針對她，讓她在陳銘墨面前越來越難做。

現在又弄來一個舒家小姐，大概是想棄了她這顆棋吧，不過棄子之前還要為大小姐保駕護航。但是，倘若她沒用了，父親還在陳銘墨手裡……

顧九思正胡思亂想著，陳銘墨已經打發了舒畫，不急不緩地開口：「她是舒家最得寵的女兒，剛從國外留學回來，從小就和慕白定了娃娃親。現在兩個孩子都大了，也該提上日程了。」

顧九思默默地聽著，心裡冷笑。什麼娃娃親，不過又是為了聯姻而找出來的措辭罷了。

陳銘墨看了她幾秒鐘，見她沒什麼牴觸，接著說：「我出面的話，慕白肯定會反抗，妳找個機會讓他們認識一下，這次別再出什麼差錯了。」

顧九思心裡再牴觸可嘴上還是應了下來。

陳銘墨這才起身，緩緩地離開。「好了，時間不早了，那小子該起床了，妳快回去吧。」

顧九思轉過身才皺起了眉。安排他們認識一下？怎麼安排？直接送上床嗎？陳慕白這個人是個有潔癖的傲嬌，你不會不知道吧？如果你敢讓別人碰他的床，他就敢讓你血濺當場，更何況最重要的一點是，他並不缺女人。

這是舒家的女兒，舒家也是她不能招惹的，輕浮的辦法不行，而陳慕白又是最討厭「被安排」的主兒，還要做得不留痕跡，又是一道難題。

顧九思剛走沒幾步就聽到陳銘墨叫住她：「九思，妳是聰明人，其實要掌控住一個男人，心計權謀是男人的辦法，女人有女人的手段。李媽媽那裡妳有按時去吧？」

顧九思心裡一緊，咬了咬牙，臉上不可遏制地微微泛紅，一種屈辱的感覺湧上心頭。她硬著頭皮回了一句：「有。」然後很快轉身離開，剛踏出園子就看到陳慕雲往這邊走。

「大少爺。」陳家的人向來是分門分派，陳慕雲和陳慕白不是一條船上的，顧九思也沒必要和他客套，打了個招呼便打算走。

誰知陳慕雲卻擋住她的去路。「喲，這不是九小姐嗎？怎麼，我們親愛的慕少也在？」

「沒有。」顧九思不想和他糾纏，就盼著快點結束對話。

陳慕雲拿著手裡的報紙和雜誌在顧九思眼前晃來晃去。「咱們的慕少又是頭條喲，我特地拿來給老爺子看看，妳要不要也看看？」

他晃得顧九思頭暈。顧九思見不得他一副幸災樂禍的樣子，抬頭去看陳慕雲，聲音輕緩地道：「大少爺，您想讓您父親知道的事情，大概他昨天晚上就知道了；您不想讓他知道的事情，大概他也已經知道了。冒昧地提醒您一句，董家再親也是姓董的，別忘了您是姓陳的。」

陳慕雲聽到這話後臉色立刻變了。「妳……什麼意思？」

任陳慕雲再遲鈍，這些年也或多或少地覺察到陳銘墨對董家的忌諱，前段時間的事情他已經很小心了，還是被發現了嗎？

攻人軟肋是顧九思從陳銘墨身上學到的第一課，也是最好用的一招。陳銘墨拿她父親威脅她，切身之痛讓她知道掌握每個人弱點的重要性。

殘忍，卻是最有效果。

看到陳慕雲的反應，顧九思很滿意，她收起了剛才的銳利，垂著眼睛恭敬地問：「請問，我可以走了嗎？」

這次她沒等陳慕雲回神便抬腳走了。

才出了院子，就看到陳慕曉站在角落裡笑。「真不愧是慕少身邊的人，大公子當真是不夠看呢。」

陳慕曉是陳慕白的堂姊，大概是陳家最中立的一個人了，為人極好，早已出嫁了，遠離了陳家這個火坑。

顧九思笑著打招呼，陳慕曉親切地攬過她的肩膀。「老爺子又訓妳了？」

顧九思笑了笑，沒說話。

陳慕曉倒是絲毫不在意，接著問：「見過舒畫了？」

顧九思點頭，陳慕曉卻在嘆氣。「這個地方我當真不願意來，可是妳也知道，按輩分呢，我是舒畫的表嫂，舒家讓我給大小姐鋪路，我也不能說不啊？不過，我真不明白老爺子怎麼想的，陳慕白那個傢伙怎麼會老老實實地認什麼娃娃親，真是好笑，妳說老爺子是不是越老越糊塗了？」

顧九思只是聽著，並不說話。其實她很喜歡陳慕曉的個性，與世無爭，直白爽朗。

陳慕曉自顧自地說了半天，好像突然想起了什麼。「哦，對了，妳要趕回去嗎？妳先忙，改天再聊。」

顧九思笑了笑便離開了，邊走還邊聽到陳慕曉在念叨：「怎麼搞的，這丫頭越來越不喜歡說話了……」

顧九思身心疲憊地往回趕，還沒進門就聽到陳慕白在發脾氣，眼皮又是一跳。陳慕白起床氣極重，真不知道又是哪個不長眼的大早上招惹他。

方叔正在準備早餐，聽到開門聲從廚房出來，有些無奈地對顧九思苦笑，若有似無地帶了絲對小孩子無理取鬧的寵溺。「為了件襯衫……」

方叔本名陳方，是陳靜康的父親，之前是陳家的管家，自陳慕白從陳家搬出來住之後，他也搬出來了。

顧九思明瞭，對方叔點了下頭便上了樓，看到陳慕白穿著浴袍站在臥室中間大吼：「顧九思呢？顧九思去哪兒了？」

衣帽間深處傳來陳靜康顫顫巍巍的聲音：「一大早就沒看到她……」

陳慕白聽了似乎更生氣了。「你這個笨蛋，怎麼還沒找到！」

陳靜康在裡面翻了半天，懷裡抱著一疊襯衫，手裡還捧著一件跑出衣帽間：「少爺，是不是這件啊？」

陳慕白瞄了一眼。「不是，再找！那件沒有暗紋，什麼都沒有！」

顧九思在一旁看了半天，嘆了口氣走上前問：「慕少，在找什麼？」

陳靜康聽到這個聲音立刻笑逐顏開地探出腦袋。「顧姊姊妳回來了？太好了！妳見沒見到上次沈小姐送給慕少的那件白襯衫？」

顧九思看了看陳靜康手裡的衣服，又看了看陳慕白的臉色，一言不發地進了衣帽間。偌大的衣帽間此刻滿目瘡痍，陳靜康灰溜溜地跟在顧九思身後。

顧九思小聲問：「沈小姐送的那件，不是被他笑著接過來轉身就扔了嗎？」

陳靜康都快哭了。「可不是嘛，可是他說要穿那件。三爺說沒扔，妳敢說他錯了嗎？」

顧九思正不知所措的時候，陳慕白也進來了，隨手拎起一件沒暗紋很低調的白襯衣。「喏，這不就是嗎？你們兩個四隻眼睛都沒看到嗎？」

顧九思看著那件白襯衣直皺眉。這哪是沈小姐送的，明明是她去年耶誕節的時候順手拎回來的一件，他怎麼敢張嘴就胡扯呢？

說起來陳慕白這個人有的時候有點小孩子脾氣，比如每個節日就要別人送他禮物。外人送的他向來是看不上眼的，陳家人送的他更是連收都不屑於收。只有她、陳靜康、方叔三個送的，他會像個孩子一樣滿心歡喜地收起來。

陳靜康向來是個沒有立場沒有原則的狗腿子，聽到這句話立刻給陳慕白擺臺階，笑得像朵花一樣。「對對對，我想起來了，就是這件！還是少爺眼神好、記性好！」

陳慕白絲毫不領他的情，而是淡淡掃了顧九思一眼後，又忽然轉過頭緊盯著她看。顧九思知道自己臉色不好看，但她不是故意針對陳慕白。她凍了一早上，淋了雪，現在屋裡溫度又高，她渾身都不舒服，又站了一早上，腿疼得都麻木了，想扯個笑容出來都很困難。

「陳靜康，去廚房端碗湯來。」陳慕白忽然開口。

陳靜康立刻一溜小跑地去了樓下廚房，很快端著一個青瓷碗進來遞給陳慕白。

陳慕白接過來看了一眼，忽然遞到顧九思眼前，淡淡地開口：「我突然又不想喝了，妳替我喝了吧。」

顧九思不可思議地看著陳慕白。每天早上一碗湯，是陳慕白萬年不變的生活習慣，就像某項基本國策一樣，他今天這是怎麼了？

陳慕白看她半天沒接，不耐煩地又遞了遞。「叫妳喝妳就喝。」

顧九思喝了湯這才緩過來，比剛才舒服多了。

陳慕白坐在沙發上眯著眼睛等她喝完才開始審她。「去哪兒了？」

顧九思放下碗，不急不緩地回答：「早上起得早，看到下雪了便出去走了走。」

陳靜康端起空碗，眨巴著眼睛盯著兩個人，一小步一小步地偷偷摸摸往樓梯口挪。

雖說表面上陳慕白是老闆，顧九思是助理，可顧九思背後是終極大boss陳銘墨啊。兩個人看起來是和和睦睦，可私底下一個陰陽怪氣嚇死人，一個冷起來凍死人，分庭抗爭的局面沒少發生，他可不想被血濺當場。

陳慕白有些好笑地哼了一聲。「走到全身都溼了，才知道回來？」

顧九思突然笑了，認真地看著陳慕白。「您既然不信，又何必問我呢？」

陳慕白也不惱，笑著抬手示意她繼續。「信，妳接著編。講故事這事兒不就講究個真誠嘛，妳真誠地編，我真誠地聽。」

顧九思腦筋轉得極快。「不知不覺走遠了，回來的時候雪又下大了，不好打車。」

陳慕白看著眼前這個女人，看相貌勉勉強強稱得上是絕色，只是性子有些冷，除卻上班時間就素面朝天，卻別有一番清新脫俗的舒服，胡扯起來的時候更是帶著十二分的真誠。良久之後他心裡一笑，這個小狐狸，就不該心軟讓她緩一緩，這一緩心思也活過來了，一句真話都甭想聽到了。

陳慕白的臉上卻沒表現出半分，冷哼了一聲，繼而陰陽怪氣地笑了起來，看得人不寒而慄。「是啊，老宅那個地方是不好打車，九小姐辛苦了。」陳慕白甩下這句話後，便起身下樓了。

顧九思就坡下驢。「慕少真是客氣了。」直到陳慕白的身影消失在樓梯口，她撫了撫手心裡的汗，這才鬆了口氣。

是，她應該知道，什麼事情能瞞過他的眼睛？可她不明白，既然這樣，他為什麼還要留她在身邊？憑他陳慕白的本事，想讓一個人消失不是一件簡單到不能再簡單的事情嗎？

顧九思整理好衣帽間下樓的時候，陳慕白正坐在餐桌前吃早飯，方叔偷偷地對她豎了豎拇指。

顧九思心裡哀嘆一聲，別人都道只有她哄得了發脾氣的陳慕白，可誰又知道陳慕白的脾氣多半是她惹起來的？到頭來，她是有苦說不得。

衣服風波總算解決了，陳慕白吃了早飯去上班，聽顧九思彙報完今天的行程安排以後便埋頭工作。

顧九思看了眼時間，她還要去幫陳慕白處理他的其他「舊衣服」。

❄

環境優雅的咖啡廳，顧九思坐在角落裡，看著對面的女模特哭得梨花帶雨，不為所動，面無表情地適時遞上紙巾，耐心極好地等她哭完。

「九小姐，嚶嚶……妳說，慕少為什麼不喜歡我了？」

顧九思努力了半天也不知道該擺出什麼表情來，只好繼續裝面癱。

說實話，顧九思很想告訴她，陳慕白壓根就沒喜歡過她。陳慕白這個男人有野心有手段，他的精力怎麼會被女人牽制住？妳看他笑得春暖花開，可他的骨子裡是冷的，他的血也是冷的；或許曾經熱過，但自從他媽媽去世之後就徹底冷了，沒人能焐熱他的心，沒有人。

顧九思的沉默換來了對方更傷心的哭泣，滿臉委屈地哭訴道：「說出來妳可能不信，慕少連根手指頭都沒碰過我，現在像他這樣的男人已經不多了……」

這話顧九思相信，可並不是因為陳慕白是君子，而是因為陳慕白有潔癖啊。他身邊雖然沒少過女人，但極少和她們有肢體接觸。眼前這個女人總算有句話說對了，現在像陳慕白這樣潔癖到人神共憤地步的變態已經不多了。

顧九思幫陳慕白處理的女人數不勝數，對於這種場面早已麻木。她抬手看了眼，覺得時間差不多了，女模特大概也哭累了，便默默伸出左手遞了張支票過去。

女模特看了一眼似乎被驚住了。「我不是為了錢！」

聽到這話，顧九思這才抬頭認真看著對面的女人，只覺得沒意思。每個人活在世上都有追逐的對象，有的為錢，有的為利，有的為色，喜歡錢不是什麼見不得人的事情，可明明喜歡卻說不喜歡，這麼虛偽的行為卻並不高明。

如果陳慕白不是陳慕白，只是普普通通的一個男人，這個口口聲聲「不是為了錢」的女人會看他一眼嗎？答案肯定是不會。聰明冷靜如陳慕白，這個道理他又怎麼會不明白？

顧九思喝了口清水，潤了潤嗓子。「妳當真不看看上面的數字？」

陳慕白出手還是很闊綽的，很快顧九思便看到剛剛還梨花帶雨的女模特拿著支票歡天喜地地離開了，大抵是上面的數字很合她的心意。顧九思坐在原地未動，沒有鄙視，沒有嘲諷，畢竟得償所願這種事總是好的。有的時候她也會想，如果自己想要的也能這麼容易得到該有多好。

抬手讓服務生把對面的那杯飲料撤了下去，她還有一位要等。

這一位顯然沒有上一位好打發，直接情緒失控地跳了起來，把面前杯子裡的水潑到她臉上後便開始破口大罵。

「顧九思妳算什麼東西，妳就是陳慕白身邊的一條狗，還是吃裡扒外的狗！憑什麼妳讓我走，我就得走？我要見陳慕白！」

對於這種拎不清自己有幾斤幾兩重的人，顧九思並不生氣，她安安靜靜地聽著，面無表情地接過一臉驚恐的服務生遞過來的乾毛巾擦乾臉上的水，等對方罵完了才遞了個檔袋過去。

剛才還氣勢洶洶的人看了後立刻蔫了，卻硬撐著裝淡定。「妳這是什麼意思？」

顧九思依舊語氣溫和地回答：「沒什麼意思，周小姐是明白人，逢場作戲，好聚好散，何必鬧得那麼難看呢，您說是吧？您以後還有很長的路要走，不要因為某些人、某些事而耽誤了自己。」

面前的女人很快灰溜溜地離開了。

顧九思解決完這一個之後揉了揉眉心，站起來路過鄰桌的時候，拍了拍坐在那裡的人。「收攤了。」

陳靜康立刻扔了雜誌站起來，還不忘拍馬屁。「顧姊姊，妳的效率越來越高了！」

顧九思不經意地一回頭，就看到咖啡廳外不遠處停著輛黑色轎車，在她回頭的瞬間，原本半開的窗戶伴隨著車子的滑動離開緩緩上升，繼而慢慢開遠。

她看了眼車牌並不熟悉，卻隱隱覺得剛才車裡有道目光一直盯著自己。

車內，陳銘墨轉頭看了眼早已化成黑點的顧九思，對舒畫說：「看到沒有，這就是隱忍。」

舒畫有些不可思議。「被當眾撒潑，還被潑水，顧九思這都能忍？」

陳銘墨似笑非笑地開口：「她能忍的遠不止這些，顧九思的情商很高。妳注意到沒有，她和別人說話的時候，可以從頭到尾保持一個姿勢不動。妳從她的臉上和眼睛裡根本看不出她在想什麼。我當初看中她就是因為她這點，在慕白身邊，這點尤為重要，隱忍、內斂、自持。」

舒畫似乎並不能接受這一點。她是舒家的小姐，從小被多少恭維話哄著長大，而對她的恭維無外乎聰明、漂亮一類的，她也一直引以為傲。可今天，她忽然覺得這些詞在陳銘墨對顧九思的評價前顯得一文不值，甚至有些膚淺，似乎她只是個華而不實的花瓶，而顧九思才是有修養、有內涵的人。而這一點認識讓她高傲了二十幾年的自尊心尤為受不了。

更何況給出評價的是陳銘墨。陳銘墨雖然在她面前像是個普通的長輩，可她不是傻子，陳銘墨是什麼人她不是不知道，於是更加知道他肯給出這種評價有多難得。這麼想著，舒畫心裡越發難受，她從小到大輸給過誰？更何況顧九思這個女人說穿了不過是顆棋子，用完了就可以一腳踢開，怎麼能和她比？

舒畫沉浸在自己的小心思裡，而陳銘墨也不再說話，等舒畫意識到車內的氣氛尷尬時，心裡又是一番懊惱，生硬地笑著轉移了話題：「顧九思好像……特別喜歡用左手？」

陳銘墨贊許地看了舒畫一眼。「嗯，觀察得很仔細。」

「她是左撇子？」舒畫忽然意識到了什麼。

陳銘墨避重就輕地回答：「用右腦的人，聰明。」

舒畫見陳銘墨不願多說便不再問，在路口和陳銘墨道別下了車。

車子開出去很遠，陳銘墨才問：「不過是我無意說的一句話，就險些讓她翻了臉，這點小事兒都忍不了，你說我是不是選錯人了？」

司機正是經常跟在陳銘墨身邊的一個中年人。他抬眼從後視鏡看著陳銘墨，寬慰道：「您想多了，舒小姐漂亮、單純，三少爺見慣了風雨，也許天真爛漫更合他心意。」

陳銘墨聽了好像想起了什麼人，低聲重複了一句：「天真爛漫……」

❄

顧九思和陳靜康回到公司的時候，陳慕白剛和美國那邊開完會，臉色說不上難看，但也絕對稱不上好看，看來雲舟集團的專案並沒有那麼順利。

陳慕白所在的風投公司 S&L 總部設在美國，是行業的奇蹟，每每走在時代的前端。在資本主義中長大的一群投資人向來不好對付，而且中國市場情況更是特殊，這也是他們選擇和陳慕白合作的原因之一。

因為他姓陳，陳家有權有勢，對政策又有內幕消息，有些事情就格外好辦，且可以先發制人，當然陳慕白敏銳的嗅覺和鐵血的手腕作風也是他們認可的。

雲舟集團的項目將會是他們在中國市場業績的里程碑，所以越發謹慎小心。現在看來，陳慕白的提案似乎又遇到了「再議」的尷尬。果然接下來的一整天，陳慕白都格外安靜，回到家也不吃飯就鑽進書房，過了沒多久便叫了幾個人過來開會。

陳慕白從美國回來的時候帶回來一個團隊，團隊裡的人個個是精英，專業素質堪稱行業典範，這幾年不少人想來挖牆腳，卻都無果。

顧九思坐在書房外的沙發上和陳靜康大眼瞪小眼，腦子裡卻在想著怎麼讓陳慕白和舒畫「偶遇」得自然一些。

過了很久，幾個西裝革履的青年才俊從書房魚貫而出，面色嚴峻，很快就離開，其中有道纖細的身影走了一路，視線卻一直落在顧九思的身上。

顧九思抬眸看向她時，那人卻很快收了視線，她只看到那雙眼睛格外有神韻。

陳靜康趴在沙發靠背上，看著幾個人影消失在樓梯口，問顧九思：「顧接姊，像不像駭客帝國？」

顧九思抿唇彎了下嘴角，剛想回答就聽到陳慕白揚著嗓子叫：「顧九思，我要喝茶！」

三公子使喚起人來從來都不含糊。

顧九思趕緊把手邊一直溫著的茶杯端進書房，書桌上擺滿了資料，一時間她竟然找不到可以放杯子的地方。

陳慕白主動伸手接過來，抿了口茶，忽然沒頭沒尾地問：「這事妳怎麼看？」

顧九思裝糊塗，一臉真誠地開始溜鬚拍馬企圖蒙混過關。

「慕少的決定必然是經過深思熟慮的。」

陳慕白似乎很累，並不打算和她兜圈子，闔了闔乾澀的眼睛。「說結果。」

他身後便是大大的落地窗，沒有拉窗簾，窗外一片漆黑。他坐在那裡，絕美容顏上帶著的陰鬱之氣越發明顯，和身後的黑色融為一體，妖冶駭人。

顧九思咬了咬唇，臉上也罩上了一層清肅。「不能再等了。」

自從經濟危機後，投資的人們越發謹慎小心，總想再等等，可是一等就錯過了最佳的投資機會。一步慢步步慢，最終的結果也只是差強人意。事事追求完美的陳慕白當然不允許這種事情發生。雖然這個道理誰都明白，可畢竟多少帶了點賭的成分在裡面，誰都不想血本無歸。

「原因呢？」陳慕白本以為顧九思會開始分析國內外的形勢，誰知她極快地開口，答案卻只有兩個字。

「感覺。」

這話要是讓別人聽到，大概會忍不住笑出來，可陳慕白聽了不禁抬頭去看顧九思，臉上的詫異一閃而過。

她安安靜靜地站在那裡，垂著眸看著地板，臉上看不出一絲波瀾，不卑不亢。那一瞬間，陳慕白忽然覺得這才是顧九思本來的樣子。她不該是他身邊的一個附庸，她本自成一道風景。

那句話就要問出口，卻只化作一聲嘆息。「我餓了。」

顧九思鬆了口氣。「飯菜方叔還在熱著，我給您端上來還是您下樓去吃？」

陳慕白把杯子放到一邊，繼續低頭看著檔案，漫不經心地回答：「我想吃過生日的時候妳做的手擀麵。」

顧九思愣了下才介面道：「那我去做。」

她邊往外走邊詫異，陳慕白是最討厭吃麵的啊。

顧九思出去以後，陳慕白才抬起頭，端起手邊的杯子，一口一口地喝著茶水。水溫剛好，不冷不燙。

直到水涼之後，他才站起身來走到落地窗前，乾淨清亮的玻璃上映出他的臉，此刻那張臉上滿是困惑。屋內的暖氣遇到冰涼的玻璃，在上面結了一層薄薄的水氣。他抬手在玻璃上一筆一畫地寫下「顧九思」三個字。

其實陳慕白在美國的時候聽過顧九思這個名字。她是被金融數學系奉為神話的華人女孩，一路跳級進了名校，對數字何其敏感，簡直就是為了數字而生。又偏偏是個亡命的賭徒，小小年紀還未畢業就已經在華爾街那個人間地獄名聲大噪，還彈得一手好鋼琴。只是後來突然消失了，但那段神話卻一直口耳相傳。直到他去了美國，那個女孩已經消失了兩年多，卻依然不時聽到很多人津津有味地談論。

他是看過她的資料紀錄的。那個時候的他已經在華爾街混得風生水起，正是春風得意的時候，因為年紀也不大，所以總被拿來和那個女孩相提並論。年輕氣盛的他不服氣便找了資料來看，面對那樣一份紀錄，他的不服氣瞬間就消了一半。他自認是個操盤高手，可經這個女孩之手的幾個項目同樣漂亮出色，那種舉重若輕的從容與輕盈躍然紙上。

只是資料上沒有照片，關於她的資訊只有簡單的幾行字。

中文名：顧九思

英文名：Nine.Gu

再後來見慣了山外青山樓外樓，容人的氣度自然也有了，對當初自己的幼稚只覺得可笑，對那個女孩也不再那麼耿耿於懷。

後來，陳銘墨帶了個女孩放在他身邊，也叫顧九思。也許陳銘墨覺得自己越來越難以掌控，便安插了個眼線在他身邊，想要控制他做個傀儡？想都不要想。陳慕白倒也沒拒絕，給，他就收著，可要想監視他，怕是沒那麼容易。

陳銘墨沒說她是什麼人，從哪兒來，以前是做什麼的。他也曾好奇去查過，可什麼都查不到，她的過去被抹得乾乾淨淨。

他一直不確定這個顧九思是不是傳說中的那個顧九思，直到那年夏天。

那是一年中最熱的幾天，他不記得自己是為什麼而去她房間找她，一推開門便看到她安安靜靜地坐在窗前的地板上玩一副撲克牌，氣定神閒。

那麼熱的天，她卻沒開空調，屋內熱浪翻滾，撲面而來。她聽到開門的聲音，手下的動作只是頓了一下便又繼續，沒抬頭也沒搭理他。

陳慕白忽然想起他剛進陳家的時候，陳銘墨總是讓他去陳家老宅的後院寫字。後院又悶又熱，外面的蟬鳴更是讓人煩躁，汗水順著他的臉頰一滴滴地砸在紙墨上，還不時有蚊蟲叮咬。無論有多難耐，他就是不吭一聲，一筆一畫地寫著。他知道那是陳銘墨對他的考驗，看他配不配當他的兒子，還有陳家上上下下的人等著看他的笑話，他絕不能輸！小小的年紀，卻倔成那樣。

那一刻，他心裡很靜，似乎沒有冷氣也不再那麼難耐。他幾乎可以肯定，眼前的顧九思就是那個傳說中的Nine.Gu。很快顧九思就收起了手裡的紙牌，站起來走到他面前垂著眉眼，畢恭畢敬地叫他慕少。

因為這一句慕少，陳慕白忽然惱了。他有種感覺，她垂著頭並不是對他恭敬，而是為了掩飾眼底的不屑；她口口聲聲地叫他慕少，看似畢恭畢敬，其實根本就是打心底看不上他。

雖然後來她在他身邊待得久了，或許懂得掩飾，或許迫於形勢不得不妥協，眼底的不屑掩飾得幾乎看不到了，可是陳慕白每每想起來，他心底就像長了根刺，疼癢難耐。

陳慕白後來仔細一想又覺得不像，她不會是那個傳說中的Nine.Gu。那樣的一個人怎麼會甘心在他身邊做這些事情呢？

她跟在他身邊幾年，默默地扮演一個不起眼的助理角色。說是助理，卻對他不討好不奉承，連話都不會多說幾句，逼得急了就一臉笑意地跟他胡扯，似乎那段風光無限的日子和她沒有半點關係。到底發生了什麼事，她怎麼會落魄到要做陳銘墨的一顆棋子？

其實剛才他問顧九思的時候，本沒打算聽到她的答案，她一貫心思縝密，做事滴水不漏，連杯茶都能隨時保持在不燙不冷隨時可以入口的溫度。倘若不想讓他知道她的過去，就不會露出任何馬腳，可今天她卻主動把這個破綻露出來。當年不知道多少人求著他指點一二，所以他更能理解顧九思「感覺」二字背後的內容有多難得。

這個行業的人都是賭徒，做得出色的人皆風輕雲淡以運氣好自謙，可哪裡有那麼多好運氣，不過是前思後想輾轉思慮之後才做出的決定罷了。但人們從不問過程，只看結果，其中的艱辛又有多少人知道？

陳慕白看著水珠慢慢滑下，原本清晰可見的名字漸漸模糊。他嘆了口氣，漂亮的眉毛皺起，喃喃低語：「顧九思，妳到底……是什麼人？」

陳慕白很快回神，轉身出了書房，陳靜康正規規矩矩地站在門口。

「說。」陳慕白邊走邊開口。直到在書房外間的沙發上坐穩後，陳靜康才開口，緩緩陳述白天發生的事情。當說到顧九思被潑了水的時候，陳慕白做了個手勢打斷他。

「她燙到沒有？」

陳靜康愣住。「呃……我沒注意，不過看顧姊姊的反應，應該不熱。」

陳慕白冷哼了一聲，臉上倒也不見不屑和嘲諷。

「你第一天認識她嗎？就算熱，她也不會吭一聲，她就是塊木頭！」

陳靜康沒注意陳慕白的話，有些興奮地摩拳擦掌。

「那個女人怎麼處理？她竟敢欺負顧姊姊！」

陳慕白勾著嘴角邪邪地笑起來。「該怎麼做還要我教你嗎？」說完之後，他便站起身往樓下走。得到默許的陳靜康笑得如同三月桃花開。

陳慕白到了樓下，正好看到顧九思端著麵走出廚房。

他吃了幾口，挑著眉看顧九思，一副紈褲子弟吃了東西不想給錢的浪蕩模樣。

「我說，顧九思，妳做的東西真是……越來越難吃了。」

顧九思低眉順眼地站著不吭聲，她知道他並不是雞蛋裡挑骨頭，是她確實做得不好。這幾天一直陰天，她的右手疼得有些厲害，今晚的麵能做成這樣已經很不錯了。

陳慕白說歸說，倒也把麵吃得乾乾淨淨。顧九思想要去收拾碗筷，卻被他攔下，他好整以暇地看了她半天才開口：「坐下，我們聊聊？」

顧九思點點頭。

陳慕白盯著她看了許久，瞇著眼睛問：「顧九思，妳是不是特別討厭我啊？」

「不敢。」聲音平淡無波，似乎只是機械似地回答標準答案，「慕少怎麼會這麼想呢？」

陳慕白摩挲著瓷杯上的花紋。

「妳知道嗎？別人喊我慕少我能聽出恭敬，妳喊我慕少總讓我覺得是挑釁。」

顧九思立刻一臉誇張的惶恐，順帶繼續挑釁道：「慕少，我對您也是很恭敬的。」

做戲嘛，誰又不會呢。

陳慕白面無表情地看著她總結：「演技略浮誇。」

顧九思斂起神色，一口一個慕少地叫著：「慕少，要不我們重新來一遍？」

「顧九思，其實，妳並不想對我笑吧？」陳慕白看了顧九思半晌，換了個姿勢，「哦，不，不只是我，是所有人。妳只是知道要用笑容來保護自己，我說得沒錯吧？」

顧九思臉上的笑意未減。「您何出此言？」

陳慕白沒回答她。「妳是在害怕？妳心裡越是害怕臉上就笑得越開心。」

顧九思原本上翹的嘴角慢慢收回，冷冷地看著他。「你憑什麼說我在害怕？」

「因為我們是同一種人啊，人總是可以在第一時間覺察到同類。」陳慕白瞇著眼睛開始回憶，「我剛進陳家的時候和妳一樣，不喜歡說話，對誰都冷著一張臉，可後來我學會了對他們笑，無論我心裡有多討厭他們，臉上都不會表現出來半分，依舊可以對他們笑。因為我知道我只有對他們笑才能保護自己，才能活下來。所以，我也可以在第一時間區分出一個人是真笑還是假笑。」

被人看穿的心情很複雜，顧九思努力了半天卻再也沒辦法扯出抹笑來，只能硬邦邦地回答：「受教了。」

「妳好像……很不服氣？妳當真是一點兒都不怕我？」陳慕白忽然來了興趣。

顧九思立即花容失色。「怎麼會？」

陳慕白睨她一眼。「這招用得太頻繁了，剛剛才用過。」

顧九思收起演技，淡淡地開口：「有那麼多人怕您，多我一個不多，少我一個不少。倘若我和他們一樣怕您，豈不是很無趣？」

「嗯，說得有理。」陳慕白很是贊同地點了點頭，「繼續。」

「更何況……」顧九思頓了頓，抬眸坦蕩地和他對視，「更何況我是陳銘墨的人。」

「挑釁得漂亮。」陳慕白也不生氣，反而笑著問，「可妳確定陳銘墨當妳是自己人？」

顧九思對自己的狀況心知肚明，也沒必要遮掩。

「我確定不是，可我同樣確定我不是你的『自己人』。」

陳慕白笑著反問：「何以見得？」

「別人都說我不過是陳銘墨養的一條狗，若是有奶便是娘倒戈相向的話，那我就真的連狗都不如了。」

她的語氣風輕雲淡，唇角微揚，笑容清淺而頹廢。

陳慕白依舊姿態閒適，只是聽到這句話時食指微動，闔了闔眼，薄薄的眼皮再睜開時已經看不出什麼了。其實比這更難聽的話他也聽過，只是沒想到顧九思竟看得這麼淡。

「顧九思，如果連妳自己都不把自己當人看的話，就真的沒有人把妳當人看了。」他也是輕描淡寫的語氣，聽不出喜怒，「其實妳已經被陳銘墨訓練得很好了，只是缺了自己的想法。一個人沒有自己的想法，終究就只能是顆棋子，終有被棄的那一天。妳在陳家這些年，應該知道陳銘墨的棄子下場有多慘。」

顧九思忽然笑了，連聲音都輕快了許多，半開玩笑地問：「慕少這是在勸降招安嗎？」

「不是。」陳慕白聽出了顧九思話裡的嘲諷，知道話題已經進入了尾聲，她不願再談，便指了指面前的碗筷配合著自嘲，「我只是……吃飽了撐著。」

顧九思再次起身收拾碗筷回了廚房，轉身的剎那，笑容消失，臉上的表情變得凝重。這幾年，她的路越來越難走，每一步都要走穩妥，走一步想三步，她已經越來越不敢邁步了，只能維持現狀。

陳慕白的意思她不是不明白，只是……她不敢賭，她輸不起。

2

忽明忽暗的星火

他心計深沉至此，不疾不徐地布了那麼久的網，只等這一刻收網，而她，在劫難逃。

飄了幾天的雪終於停了，顧九思在公司忙了半個早上，坐到位置上感覺暖洋洋的，一歪頭便看到窗外陽光正好。冬日裡的陽光，溫和燦爛，金燦燦地灑下來，慷慨耀眼，感受不到窗外刺骨的寒風，連帶心裡都暖洋洋的。

顧九思瞇著有些疼痛的眼睛努力去看太陽。看太陽帶著溫暖穿過玻璃，邁著輕盈的舞步纏繞，她慢慢伸出手想要去抓金色的光線。陳慕白走出辦公室剛要張口說什麼，卻被眼前的景象驚住，硬生生地把要說出口的話嚥了回去。

他只覺得眼前的情景很熟悉，卻想不起來在哪裡見過，答案似乎就在腦中，可他卻怎麼都抓不住。

陳慕白也只是看了幾秒鐘，很快便回了辦公室。

顧九思是被腳步聲驚醒的，她才回神就看到江聖卓慢悠悠地走進來。她剛想站起來，只見江聖卓一臉不懷好意地對她揮揮手，然後指著陳慕白的辦公室說：「妳忙妳的，我找陳三兒。」說完就推開陳慕白的辦公室門大搖大擺地走了進去。

江聖卓和陳慕白從小就打打鬧鬧，兩個眉眼精緻漂亮到讓人嫉妒的男孩子，就算是打架也是極養眼的，所以沒人當真。而他們終極矛盾爆發的導火線是，陳慕白的一個遠房堂姊嫁給了江聖卓的遠房小叔，猶記得那天的情形是這樣的：

陳慕白：「姊，姊夫。」

江聖卓：「小叔，小嬸嬸。」

某堂姊某小叔笑瞇瞇地應著，誰知下一秒竟變成這樣：

陳慕白：「江小四，你小叔娶了我堂姊，按理你是不是應該叫我一聲舅舅？」
江聖卓立刻抬腳去踹他。「滾！」
陳慕白被踹了一腳惱羞成怒。「江聖卓，你大爺！」
江聖卓樂了。「嘿嘿，我們家老頭兒是長子，我沒大爺！」
陳慕白：「……」
從此之後如下場景便不停地上演。
陳慕白：「江小四，叫舅舅。」
江聖卓：「滾。」
陳慕白：「叫舅舅！」
江聖卓：「滾！」
兩個人一路打打鬧鬧，長大以後雖然知道收斂，不再像小時候一樣見面就掐，卻也總是吹鬍子瞪眼睛地看對方不順眼。外人皆知，陳家的三少和江家的四少是不能坐在一張桌子上吃飯的。

前不久，江聖卓心尖兒上的人喬樂曦被「前女友」孟萊耍手段逼走，而孟萊轉身便上了陳銘墨的床。江聖卓心裡有氣，卻礙著陳銘墨奈何不了她，所謂父債子償，便有事沒事地跑到陳慕白這裡噁心他，找他出氣。

果然，江聖卓才進了陳慕白辦公室兩分鐘，顧九思就聽到裡面的動靜大了起來。

江聖卓坐在沙發上吊兒郎當地問辦公桌後的陳慕白：「陳三兒啊，你說，按理呢，你該叫孟萊一聲小媽，以我和孟萊的瓜葛，你怎麼著都得叫我一聲小爸吧？」

陳慕白正忙得焦頭爛額，聽到這裡火一下子冒了上來，拿起手邊的資料夾就朝江聖卓扔了過去。「滾！」

江聖卓偏了偏身子躲開襲擊，看到陳慕白氣急敗壞的樣子終於報了「舅舅」之仇，心滿意足笑嘻嘻地離開了。

顧九思通過半掩的門看進去，陳慕白正心平氣和地埋著頭認真看著什麼，似乎剛才發火的人根本不是他。顧九思忽然有種感覺，也許，陳慕白方才並沒有生氣，他只是為了讓江聖卓好受一些，而又不好直說，似乎只能用這種方式。

顧九思在心裡鄙視他，當真是彆扭又幼稚。

江聖卓、喬樂曦和孟萊的瓜葛，她多多少少聽到一些。自從喬樂曦走了之後，江聖卓的變化她也是看在眼裡。眼看著心愛的人遠走異國，他卻什麼都不能做，那種滋味不好受吧。

顧九思又抬頭看了眼陳慕白。也許，他並沒有那麼討厭江聖卓；也許，江聖卓並不怪他；也許，他們早已習慣這種相處方式且樂在其中。

幾天下來，陳慕白終於說服了美國那邊的投資者，他也終於鬆了口氣，於是又開始折騰。剛剛過了四點，就嚷嚷著要回陳家老宅吃晚飯。

顧九思和陳靜康交換了個眼神，去吃飯是假，去找陳老和孟萊的不自在是真。

每次江聖卓來噁心完他，他就會緊接著去噁心那兩個始作俑者，半點虧都不吃。

顧九思在心裡嘆了口氣，陳銘墨交給她的任務她還沒完成，別說認識了，現在陳慕白大概連舒畫是誰都不知道。今天去陳家，陳銘墨勢必會問她，到時候她該怎麼回答？

顧九思琢磨了一路也沒琢磨出什麼名堂，回神的時候車已經到了陳家老宅門口。

顧九思每次來都是走側門或者後門，只有跟著陳慕白來的時候才會走正門，景致果然不一樣。前院的廳前有一架紫藤，花開的時候應該很漂亮，現在只剩下乾枯的枝葉。

陳慕白走著走著忽然轉身，似笑非笑地看著顧九思，漆黑的眸子裡滿滿都是嘲諷，半晌才開口：「妳沒來過這邊？按理說這裡妳來得比我勤啊。」

顧九思垂著眼睛呼出口氣，他就是要讓她難堪。正是下午忙碌的時間，小院裡不時有警衛員和管家用人經過，就連旁邊站著的陳靜康都有些尷尬地低下頭去東瞧西看。

她知道所有人都把她當成吃裡扒外的人，都在心裡嘲笑她看不起她，可她只能忍著。他偏偏還時不時地說出這種帶刺的話來提醒她。他說得沒錯，陳銘墨是經常叫她到這裡，或者問陳慕白最近的行蹤，或者是讓她做什麼。她也並不是知無不言，她知道她要在陳銘墨和陳慕白之間找到平衡點，如果一邊倒早晚會出事，可夾縫生存哪有那麼輕鬆自在？他以為她當真願意這樣？

陳慕白冷嘲熱諷，陳銘墨嫌她無用，接下來的路她又該怎麼走？

儘管她經常來，可王府花園很大，顧九思每次來基本上都是固定的路線，而且目的地只是東院，其他地方她根本沒去過，他又何必說這種話來刺激她呢？

顧九思突然抬眼看向陳慕白，冷冷地看著他不說話，倔強而漠然。

陳慕白挑了挑眉，她的伶牙俐齒他是領教過的，似乎對她無聲的反抗很感興趣。

陳靜康在一旁緊張地看看陳慕白，又看看顧九思，真怕下一秒兩個人就拔劍開打，血濺三尺。陳慕白大概也沒打算繼續讓她難堪，和她對視了幾秒鐘後便繼續往前走，一臉什麼都沒發生過的輕鬆。「小康子啊，去廚房讓他們多做幾道我愛吃的菜。」

陳靜康正想從劍拔弩張的氛圍中脫身，應了下來一溜煙就跑了。

陳慕白走到書房門口正準備進門，被警衛員擋了下來。他一揚眉毛，警衛員便自發報告：「陳老今天去軍事基地看軍事演習，中午回來便叫了幾個人在裡面開會，一下午了都沒出來過。」

陳慕白打了個手勢，警衛員似乎有些為難，但最終還是退到了一邊。陳慕白湊到門邊聽了幾句後，神色未變地轉身去了旁邊的花廳裡喝茶。

顧九思不知道陳慕白聽到了什麼，從他坐下之後便保持著那個姿勢沒動，眉目沉靜地出神。

顧九思默默站在旁邊。「吱呀」一聲書房的門響起，隨後便是錯雜的腳步聲，他又等了一會兒才收起剛才的神色伸手去端茶杯。

直到一輕一重兩道腳步聲移動到了花廳門口時，陳慕白才緩緩地開口：「揚子江中水，蒙頂山上茶。蒙頂甘露本是佳飲，又千里迢迢引了揚子江的水來，陳老真是會享受啊，當真是不知節儉為何物。」

果然下一秒就看到一個年輕女子挽著陳銘墨走了進來。

顧九思輕輕點了下頭算是打了招呼，倒是陳慕白沒有一絲對長輩的尊重，慵懶地歪在沙發上，上上下下地仔細打量著那個年輕女子。

不過那眼神怎麼看怎麼不正經。

陳銘墨沒理會他的調侃。「有得喝你就喝，哪來那麼多廢話。」

等兩個人坐下後，陳慕白開口道：「這就是你的新寵？」

陳銘墨似乎早就習慣了他的說話風格，不見動怒，只是語氣平常地做介紹：「這是你們第一次見面，打個招呼吧，孟萊，陳慕白。」

陳銘墨是那種看上去很陰的人，他隨隨便便看人一眼，就會讓人毛骨悚然、不寒而慄，可陳慕白似乎自帶遮罩系統，一點感覺都沒有，依舊痞痞地坐著。

孟萊乖乖巧巧地打招呼：「三少爺。」

陳慕白又看了孟萊幾眼，那眼神怎麼都不像是繼子看繼母的眼神，接著轉頭去問陳銘墨：「您說，我該叫她什麼？」

顧九思在心裡嘆了口氣，陳慕白果然是來找碴兒的。她看了看眼前的女孩，長得很不錯，看上去溫柔可人，雖然得到了陳銘墨的認可，卻一點兒都沒有盛氣凌人的驕縱。不過能站在陳銘墨身邊的女人，自然不會如她外表那般人畜無害。

陳銘墨喝了口茶。「雖然你們年紀差不多，可輩分在那裡，該叫什麼叫什麼。」

陳慕白一臉猶豫。「恕我冒昧地問一句，您二位的關係受法律保護嗎？如果不受法律保護，您曾經有過那麼多女寵，我實在不知道媽這個字前面的數字是幾。」

孟萊的臉紅了又白，白了又綠。

陳銘墨把手裡的杯子重重地放到桌上，杯中的茶水立刻飛濺出來。「放肆！」

陳慕白倒是一丁點也沒被嚇住。「這就聽不下去了？外面說的可比這難聽多了。當然您肯定是聽不著了，誰敢當著您的面說啊，不過您不在的時候那就不好說了，要不我把聽到的說給您聽聽，讓您高興一下？」

陳銘墨正要發作，警衛員進來說晚飯準備好了。

大概是陳慕白難得回家吃飯，陳銘墨不願意父子倆鬧得太僵，便擺擺手作罷。「行了，先去吃飯吧，九思也一起去。」

陳家家教一向嚴格，吃飯的時候沒有人說話，只剩下偶爾瓷器碰撞的聲音。

顧九思心不在焉地走過場，陳慕白忽然轉過頭來看著她，在出聲的同時，筷子掉落到了地上。「幫我撿一下。」

顧九思警惕地看了他一眼，他的樣子根本就像是知道筷子會掉下去一樣。

她彎腰下去撿筷子，然後僵硬著身體直起身來，不可思議地看著陳慕白。

陳慕白對她笑了笑，拿過用人送過來的新筷子繼續吃飯。

顧九思卻再也無心吃飯。果然又上了鬼子的當！她大概又看到了不該看到的東西，或者是陳慕白故意讓她看到的。

這種世家，在光鮮亮麗的表面下，多的是糜爛骯髒。

桌上一切如常，桌下卻春光乍泄，繼子和繼母的腿早已糾纏在了一起。

顧九思忘了，陳慕白是個百無禁忌的主兒，年輕後媽與繼子之間的忌諱他根本不在乎，倫理在他眼裡根本就不存在。他就是這麼陰暗，他是黑夜裡的撒旦，他不怕下地獄，而是要拉著所有人陪他下地獄。

顧九思忍不住又看了陳慕白一眼，他的神色沒有半點異常。

顧九思又看了眼孟萊，顯然這位並沒有陳慕白的演技好，小臉微紅，似乎是沉浸在甜蜜戀愛中的小女孩，卻不知那是個萬劫不復的深淵。也是，陳慕白比陳銘墨更年輕、俊美，他主動示好，沒有女人會拒絕。又或許她更是個中高手，打算父親、兒子通吃？

顧九思小心翼翼地看了陳銘墨一眼，也看不出什麼。陳銘墨在政壇沉浮幾十年，早已練就了心有驚濤而面無波瀾的本領，就算他覺察到，臉上也不會表現出一絲一毫，還是說他是打算默許了？

顧九思只覺得頭疼，侯門深似海，她根本看不懂也不想看懂。她回神的時候就看到陳慕白在瞪她，眼裡的寒冰如同飛刀一樣向她飛來。

她心裡一驚，他是怕她會向陳老告狀？他想多了，她不是多事的人，她自然知道什麼叫懂得越多死得越快，這種事她向來有多遠躲多遠，更何況她根本就說不出口。

她忽然又覺得陳銘墨有些可悲，英雄遲暮，被身邊的親人玩弄於股掌之上，真是可憐又可悲。正當顧九思覺得自己馬上就要死在陳慕白的飛刀之下時，陳銘墨的聲音緩緩響起。

「不要對你大哥打壓得太厲害了。」

陳慕白極不屑地哼了一聲。「我們鬥得越厲害，您不是越開心嗎？」

陳銘墨緩緩放下筷子。「現在你還根基未穩，不是翻臉的時候，董家勢力不容小覷，還有陳慕昭，他們哪個是善茬？陳家還有那麼多長輩在，他們現在是忌憚著我，如果我不在了，你覺得你能占到什麼便宜？」

陳慕白漫不經心地回了句：「沒本事的人才會靠女人。」

陳銘墨剛才壓下去的火又冒了起來。「你說什麼?!」

陳銘墨當年能坐上掌門人的位置，除了自己的手段外，陳慕雲母親的娘家董家也是出了不少力，這件事一直是他的心頭刺。

「哦。」陳慕白一臉剛剛想起什麼的無辜，「我又不是說您，您激動什麼？」說完又拿筷子戳著碗裡的白米飯，狀似無意地問，「這水放多了吧?您老喜歡吃軟飯？」

陳銘墨徹底被惹怒，「啪」的一聲扔下筷子。「滾出去！」

正巧陳慕雲走進來，聽到這句嚇了一跳，一臉懵懂。「爸……我怎麼了……」

陳慕白支著額頭悶悶地笑出來。

陳銘墨皺著眉頭，不耐煩地開口：「沒說你！」

陳慕雲往餐桌上看了看，似乎明白了什麼，瞬間就變了臉。

「喲，沒說我?那就是慕少又惹您生氣了?」

陳慕白向來是不屑於和這個所謂的大哥說話，扔了筷子就要走人。

陳慕雲似乎想要攔住，被陳慕白一個眼神嚇了回去。這個男人除了母親家的那點勢力，簡直是一無是處，怕是連孟萊那個女人都鬥不過。

陳慕白走了幾步忽然轉身問：「對了，您剛才說的那事什麼時候執行啊？」

陳銘墨怒氣未消。「什麼事？」

陳慕白頓了一頓。「就是您不在了的那事啊。」

陳銘墨才拿起的筷子又扔了出去。「滾！」陳老爺子氣得額頭青筋直跳，指著門口全身直哆嗦。

陳慕白轉過頭慢悠悠地往門口踱步，懶懶地開口：「抓緊啊，我等很久了。」

❄

晚飯過後，陳銘墨果然把顧九思叫到了書房。

顧九思以為他會問舒畫的事情，誰知陳銘墨卻說起了另外一件事。

「過幾天，慕白會帶妳去個牌局，到時候妳要讓他輸。妳可是昔日賭王的女兒，應該辦得到吧？」

顧九思聽到「賭王」兩個字的時候，身體陡然顫了一下，但失態也只是一瞬，她很快恢復平靜。

所謂的牌局並不是普普通通的牌局，而是四個人坐在一起，誰贏了那個位置就是哪一邊的，贏的人就可以安排自己的人去坐那個位置。這些年，顧九思跟在陳慕白身邊，在牌局上見證了很多人的升遷落馬。而派她去的目的就是確保陳慕白能贏，顧九思的牌打得好很少有人知道，她從不張揚，每次坐在陳慕白身邊充當一個女伴的角色，在關鍵時刻不動聲色地提醒陳慕白。兩個人在牌桌上極有默契。更沒有人知道，她是當年那位名噪一時的賭王女兒。

其實陳慕白的牌打得也不錯，他打牌很穩。她父親說過，牌桌最能檢驗性格。陳慕白在牌桌上不卑不亢，不慌不忙，很沉得住氣，可是該出手時卻又一點兒都不含糊。

別的方面，顧九思或許比不上，可在牌桌上卻沒人是顧九思的對手。她幾乎知道對面三個人每個人有什麼牌，該出什麼，出不同的牌會有什麼結果，她一清二楚。這也是她父親從小訓練她的結果。總算她對陳慕白和陳銘墨而言，是有用的，有用就不會被放棄，她就是安全的。

只是……顧九思有點兒不明白。

陳銘墨大概感覺到了顧九思的不解。「妳想問什麼就問吧。」

顧九思垂著眼睛搖了搖頭。

陳銘墨好像心情很不錯，繼續問：「妳是不是不明白，我為什麼要擺自己兒子一道？」

顧九思踟躕半晌，還是問出了口：「我不明白，慕少是您看重的接班人，您為什麼每每在關鍵時刻都要讓他停滯不前？」

陳銘墨忽然笑了。「妳會明白的。」

一直到顧九思離開書房，陳銘墨都沒有提起舒畫的事情，不知道是他對顧九思很放心根本不需要過問，還是他已經對顧九思徹底放棄另尋了他法；又或許這才是陳銘墨最高明的地方，他越是不提，對方就越是惶恐，越會盡快辦好。

顧九思斂了眉目從書房出來，心裡隱隱有不好的預感，卻又說不出哪裡不對。

這是件小事，陳銘墨沒必要非得當面吩咐她，打個電話說一聲就可以了，他特意叫她到書房就為了這個？

顧九思走出去很遠才慢慢回神，繼而發現不知什麼時候竟然下起了大雪，地上早就落滿了一層，還有越下越大的趨勢。她不知道陳慕白去了哪兒、今夜還打不打算回去，只能順著小路去找。

王府花園很大，顧九思的方向感又差，她在園子裡繞來繞去就有些迷糊了。走過一座假山她好像看到了什麼，臉色一白趕緊退了兩步，躲到了假山後面。

真是怕什麼來什麼。

陳慕白正笑著和孟萊說著什麼，陳靜康站在離他們不遠不近的地方做透明狀。

陳慕白精緻的眉眼在昏黃的燈光下格外柔和，連帶著那笑容都有暖意，有那麼一瞬間，顧九思覺得陳慕白大概是真的對孟萊一見鍾情。

「這後媽和繼子的戲碼，口味可真夠重，是不是？」

顧九思正想得出神，耳邊忽然響起一道男聲，滾燙的熱氣噴在她的耳朵上。陌生而危險的男性氣息把她嚇了一跳，猛地退開兩步轉頭去看。

誰知陳慕雲竟然不依不饒地繼續湊上來，眯著眼睛上上下下地打量著她。「顧九思，妳剛來陳家的時候還是個黃毛丫頭，這兩年真是越長越有味道了。」邊說邊往顧九思的胸前瞧，似乎能隔著厚重的冬衣看到什麼，意圖顯而易見。他身邊多的是投懷送抱的女人，女人太主動了時間久了便讓人覺得乏味，顧九思這種冷豔的他倒是越來越感興趣，越得不到就越激發了男人的征服欲。

顧九思忍著噁心，冷臉看向別處。「大少爺請自重。」

陳慕雲絲毫沒在意顧九思的態度，哈哈笑了起來。「『自重』這兩個字在陳家壓根不存在。妳就說老爺子吧，他這輩子有過多少女人啊，老了還弄了個小老婆。還有幾個叔叔伯伯，哪個不是在女人懷裡過日子？遠的不說，就說現在吧，看！」說完示意顧九思看身後。

大概是雪大地滑，孟萊沒有站穩滑了一跤，陳慕白很快出手扶住她，她便順勢靠在了陳慕白的懷裡，從這個角度看過去，真是曖昧又溫馨。

陳慕白選了最恰當的時機不動聲色地推開孟萊，看似關心地囑咐了一句：「小心。」

孟萊當即紅了臉，一臉嬌羞地走開了，腳步慌忙紛雜，大概真的被陳慕白攪亂了春心。

孟萊前腳剛出園子，陳慕白便收了笑容，脫下身上的大衣嫌棄地扔給不遠處的陳靜康，掏出手帕擦了擦剛才碰過孟萊的手，最後把手帕塞進了旁邊的垃圾桶裡。陳靜康很快就捧著大衣走開了，大概是去給陳慕白拿換洗的衣服去了。

顧九思覺得這個男人的潔癖已經到了近乎變態、無藥可救的地步了，同時又覺得剛才自己「一見鍾情」的想法真是可笑，自己的道行到底是淺了。她怎麼又忘了？陳慕白是沒有真心的，他所做的這一切都是為了報復陳銘墨。他一向是以打擊報復陳銘墨為己任的，任何可以利用的人都不會放過，任何手段都可以使用。

也許自己也是他打擊陳銘墨的一顆棋子。

「看夠了嗎？看夠了就出來吧！」陳慕白背對著假山忽然揚著聲音開口。

顧九思嘆了口氣，只能硬著頭皮從假山後面走出來。陳慕雲倒是絲毫沒有被抓包的尷尬，大大咧咧地走出去，拍著手掌叫好。「其實，我一直都懷疑你到底是不是老爺子的兒子，不過我現在相信了，連喜歡的女人都是一樣的，可真是親生兒子啊！」

最後幾個字被他念得陰陽怪氣，聽上去格外彆扭。

陳慕白清俊的眉眼間俱是嘲諷和不屑，連看都沒看陳慕雲一眼。

陳慕雲看似不經意地問起：「哎，老三，你覺不覺得孟萊長得特像一個人啊？」

誰知陳慕白卻忽然眉峰一冷，看了他一眼。

陳慕雲絲毫沒有聞到空氣中的火藥味，繼續撩撥道：「我又沒說她像誰，你瞪我幹什麼？」

陳慕白輕飄飄地看了他一眼，連聲音都聽不出任何波瀾。「陳慕雲，別以為有董家給你撐腰你就狗仗人勢，這個家還輪不到你說話。」

陳慕雲惱了。「那也輪不到你這個私生子說話！我怎麼說都是陳家名正言順的大少爺，我母親是陳太太，你母親算什麼東西？到死也進不了陳家的門！」

顧九思嚇了一跳，她不知道陳慕雲在拿孟萊暗指誰，會讓優雅如斯的陳慕白瞬間就破了功。

陳靜康不知什麼時候已經回來了，懷裡抱著件新大衣。他早就摸清了陳慕白的脾氣，也不上去勸架，只是安安靜靜地把大衣給陳慕白披上，然後退到一邊。

結局就如同他們預想的一樣，陳慕雲並不是陳慕白的對手。

陳慕白怒極反笑。「陳太太大概也就只剩下這個名分了，可她就是在那個冷如冰窖的床上凍死的，到死老爺子都不願看她一眼。」

「你！」陳慕雲還沒來得及再說什麼，陳慕白已經轉了身。

「啊，不好意思，我忘了，大少爺是個廢物，招惹不得的，一碰就碎了。」

「陳慕白！」陳慕雲的怒吼聲穿過細細密密的雪花刺激著每個人的耳膜，而陳慕白也只是揉了揉耳朵，恍若未聞地走開了。

顧九思和陳靜康跟在陳慕白身後走了一段，陳靜康才試著開口問：「少爺，今晚還回嗎？」

陳慕白背對著他們，聲音平靜無波：「不回了，你先去休息吧。顧九思留下，我有話跟妳說。」

陳靜康給了顧九思一個自求多福的眼神後，便從岔路口離開了。

陳慕白的戾氣猶在，轉過身來看顧九思，有種迫人的氣勢，嘴角卻噙著一抹笑。

「怎麼？我和陳銘墨妳都瞧不上，又準備攀上陳慕雲和董家？」

顧九思輕輕皺眉，他說話還是一貫的難聽。他披著一件帶毛領的毛呢大衣，裡面只穿了薄薄的黑色V領羊絨衫，在雪夜的溼氣裡，顯得清秀異常。漆黑深邃的眸子裡映著翻飛的雪花，蠱惑動人，說出來的話卻瞬間化作冰刀向你飛過去。

陳慕白盯著她看了半晌，似乎是真的有疑惑。

「顧九思，妳跟著陳銘墨究竟是為了什麼？為錢？為勢？還是別的？」

顧九思抬頭看著橙色燈光下漫天的飛雪，漫不經心地回了句：「我為什麼，不勞慕少操心。」

「顧九思！」他抓著她的手臂，那雙漆黑狹長的眼睛裡此刻滿是冰霜，似乎要順著那微揚的眼尾飛濺出來。

手臂上的力度越來越大，顧九思忍不住開口呼痛。「陳慕白……」

陳慕白狠狠地瞪著她。

「顧九思，這些年，妳但凡有點兒長進，就該明白我在提醒妳什麼！」

顧九思一愣。是，這些年陳慕白一直在提醒她，提醒她陳銘墨心狠手辣，作為他的棋子下場何其悲慘，可是她能怎麼辦？她除了言聽計從，再也找不到第二條路。

手臂越來越痛，顧九思不得已伸出右手去推陳慕白，卻使不上勁。陳慕白忽然鬆了力氣，視線落在她垂落的右手上，口氣也緩和了許多：「妳的右手怎麼那麼涼？」

涼到使不出力氣？

顧九思飛快地看了他一眼，默默地將右手藏在衣袖中。「有點冷。」其實她不冷，只是右手的溫度長年就是如此，連天氣最熱的時候也是冰涼。

陳慕白盯著她的右手，忽然想起什麼，但心裡的疑惑並沒有問出口。兩個人本就是對立面，剛剛又劍拔弩張，現在忽然安靜下來除了尷尬就是尷尬。顧九思輕咳一聲打破沉寂，看似很恭敬地主動開口：「慕少如果沒有別的事——」

陳慕白極快地打斷她：「我有事。」

「什麼事？」

「陪我逛園子。」

「……」顧九思在心裡翻了個白眼。

陳慕白在前面領路，兩個人順著小路往前走。他不時停下來指著某個地方跟她說兩句，顧九思多半只是應一聲，白天裡還是水火不相容的兩個人，此刻卻像是朋友，閒散地逛起了園子。

雪夜的王府花園銀裝素裹，看上去越發美輪美奐。顧九思從小在國外長大，對古典的東西一向有興趣，東瞧瞧西看看，或者聽陳慕白說兩句。

陳慕白忽然停住，隨意地指著角落裡的一株梅花。「這蠟梅是我小時候親手種的，叫素心蠟梅。」說完也沒解釋便接著往前走。

顧九思卻停下來仔仔細細地看了會兒，然後盯著前方英挺的身影默然。

陳慕白以為她不知道，其實她是知道的。

她知道，陳慕白的母親閨名素心，顏素心。

顧九思猛然驚醒，她終於知道剛才陳慕雲的話是什麼意思了，她終於知道孟萊長得像誰了。

接下來兩個人都陷入了沉默，似乎兩個人不對著幹的時候根本沒什麼共同話題。

今晚的陳慕白似乎格外和善，後來竟然帶著她轉進了後院，在雪堆裡翻出幾顆凍梨，隨手擦了擦遞給顧九思。顧九思從不知道還有這種吃法，咬了一口覺得清脆可口，突如其來的冰涼感從牙尖襲擊到牙根，甜絲絲的感覺也從嘴裡蔓延開來。

陳慕白拿了一個在手裡也不吃，上上下下扔著，閒閒散散地再次開口：「小的時候陳銘墨經常不在家，我常常被陳慕雲的母親罰到這裡寫字，寫不完不讓吃飯。後來有了經驗，方叔就會事先在這裡埋上梨，我餓了就挖出來吃，等到了夜裡再讓陳靜康偷偷來給我送飯。」

顧九思垂著眼睛看著手裡晶瑩剔透的梨肉，她不知道他在這裡度過了多少個風雪夜。一個孩子，饑餓、寒冷，心底的微光怕是都被懼怕遮蓋，所有的希望，都隨著那終將消融的冰雪煙消雲散，只留下冰冷的骨血。

顧九思明白那種感覺，因為她也曾經歷過，那種希望慢慢消失，絕望慢慢湧上來，把整個人淹沒在徹骨的冰冷裡。

顧九思還在出神，陳慕白卻忽然聲音輕快地轉頭問：「妳在想什麼？其實我剛才說的都是假的。」

顧九思還沒來得及反應，就看到他一臉疑惑地搖著頭。「嘖嘖，顧九思啊顧九思，妳不知道陳家的人最愛演戲嗎？妳連這點伎倆都看不出來，我真不明白老爺子到底看上妳哪點了？妳在我身邊也不少年了，怎麼半點長進都沒有？」

顧九思猛地站起來，咬牙切齒地拍著身上的雪。一定是今晚的雪夜太美了，她竟然放鬆了警惕，著了陳慕白的道。

陳慕白抬頭瞟了她一眼，嘴角噙著一抹奸計得逞的壞笑，慢慢悠悠地站起來，不再繼續剛才的話題，揚揚下巴。「帶妳去後邊看看吧，這個時候湖面結了冰，下雪的時候最美了。」

顧九思好像忽然想起了什麼，猛然僵住。「等等，我剛才吃的梨……是什麼時候埋的？」

陳慕白看似很認真地摸著下巴想了想。「時間太久了，我不太記得了，沒有兩個月也有一個半月了。」

「你……」顧九思像是被燙了一下，手裡原本剩下的半個梨立刻被甩到了地上，骨碌骨碌滾出去很遠。

陳慕白似乎沒料到她反應那麼大，愣了一下才哈哈大笑起來。「妳還真信啊，顧九思，妳怎麼那麼好騙呢？」

顧九思一臉悔恨地捂著臉，頭也不回地往前走。一連栽了兩個跟頭，顧九思啊顧九思，妳是白癡嗎？不，白癡都比妳聰明！

鬧了半天，最後兩個人終於站在了湖邊，湖兩岸古樹的枝幹上落滿了雪，蜿蜒交錯的樹枝漫過湖邊的六角亭，婀娜多姿。湖面已經結冰，紛紛揚揚的雪花落上去，安靜唯美。

顧九思真的太久沒有這麼安安靜靜地看過雪了，從她進了陳家就整日裡被鉤心鬥角、爾虞我詐牽絆，也沒了這種心情。

「以前小時候調皮，冬天在湖上滑冰掉進去過，差點沒命了，還是我二哥拚命把我救了上來。」他的聲音在寂靜的雪夜裡顯得格外清寥，不過他很快又自嘲地笑了下。「其實哪有那麼多意外，不過又是一個陷阱罷了。」

顧九思面無表情地捧場，乾巴巴地敷衍道：「慕少好演技，段子臺詞張口就來，如此懂得玩弄人心，真是讓人不佩服都不行。」

其實陳慕白的說辭她也不是全然不信。他以一個私生子的身分進門，在陳家無依無靠地長大，一路不知有多少陷阱等著他。他現在工於心計、善於計謀不過是為了自保，單純的人根本活不下來。陰霾邃暗的童年，舉步維艱，或許連簡單地活下來都是一種幸運和奢望。

只不過一連被陳慕白戲弄了兩次，她面子上過不去。

陳慕白也不見尷尬，捏起腳邊的一塊石頭扔到湖面上，試了試。「去冰面上走走？」

顧九思一愣，看了看冰面，又看了看陳慕白，就是不動。

陳慕白笑。「妳不會是不敢吧？」

一般人被這麼一激，多半都會扯著脖子紅著臉反駁。可陳慕白沒想到，顧九思縮了縮脖子，一本正經地思忖了半晌。「我……確實不敢。」

「哈哈哈……」陳慕白的笑聲傳出去很遠，「對對對，我忘了，顧九思不會游泳。」

顧九思很奇怪地看了陳慕白一眼，又笑，是他今天心情太好了還是她今天格外好笑？她緊了緊衣領。「這種天氣掉進這種溫度的水裡，會不會游泳有多大影響嗎？」

陳慕白絲毫不見收斂，繼續打擊顧九思。「是沒有多大影響，不過但凡我會妳不會的，我就可以嘲笑妳啊。」

顧九思毫不客氣地給出高度評價：「簡直是有病！」說完轉身就走，卻被陳慕白伸手攔住，抓著她的手腕大步往前走，等顧九思掙扎出來的時候，已經離岸邊很遠了。

說實話，顧九思有點怕，有些惱怒，她顧不得和陳慕白翻臉，很快轉身準備走回岸邊。

陳慕白這次倒沒有任何阻攔的動作，一臉無辜地提醒道：「別亂動啊，就算妳原路返回我也不保證冰面不會裂。」

顧九思果真不動了，她是真的不敢。

相對於顧九思的緊張，陳慕白一臉的風輕雲淡兼悠閒愜意。

「顧九思，我們來做個遊戲吧？」

顧九思現在哪還有什麼心情做遊戲，她不可思議地瞥了陳慕白一眼，也不記得要對陳慕白假裝恭敬了，惡狠狠地給出三個字——「神經病！」

「嘖，」陳慕白似乎很新鮮，「不許罵人！」

顧九思冷著臉。「沒罵人，罵豬呢！」

陳慕白抿著唇忍著笑看了顧九思一眼。

「我怎麼記得咱們兩個人之中確實是有一個屬豬的呢？」

顧九思再次撫額，之後抬頭觀了會兒天象，只見紫微星異常，必定是有一人今夜忘了帶腦子。

陳慕白憋著笑，輕咳一聲繼續建議道：「現在湖心的冰層並不厚，我每往前走一步妳就回答我一個問題；相同的，妳每往前走一步，我也回答妳一個問題。任何一方可以隨時叫停，但只要對方敢往前走，另一方就必須回答問題。回答問題的人可以選擇不回答，但一旦回答就要說真話，怎麼樣？」

顧九思自知今夜是百戰百敗的命，便不再掙扎，皺著眉想了半天抬頭看他。

「如果我掉進去了怎麼辦？」

陳慕白也很認真地想了會兒，似乎頗為糾結。「以妳我的過往，妳坑我一回我擺妳一道的交情，如果妳掉進去了我肯定是不會救妳的。雖然妳是個女人，按理說我該英雄救美一回，可是湖水太髒，妳知道我有潔癖的，頂多我站在旁邊幫妳呼救一下。」

陳慕白看到顧九思的嘴角直抽，又安慰了一句：「妳不要害怕，其實我們倆掉進冰窟裡的機率基本上是一樣的。如果我掉進去了，我也不會求妳救我。」

顧九思聽著陳慕白煞有其事地分析，嘴角抽得更厲害了。慕少，你到底會不會安慰人？到底還能不能一起互黑了？

其實顧九思不明白陳慕白這麼提議的意圖是什麼。這些年她和陳慕白真真假假地說過很多話，插科打諢，你演我看，互相試探，看似真誠，卻是誰也不相信誰。今天他竟然說可以不回答但一定要說真話，她說的真話，他肯相信嗎？而他說的真話，她真的可以相信嗎？

心裡再糾結，面上也不會表現出半分，顧九思一臉不在乎地乾笑。「怎麼，還有什麼事情是慕少不知道的，還需要從我這裡打探？」

陳慕白也不惱，懶洋洋地看著她。「我說，顧九思，雙方談判妳起碼拿出一丁點兒誠意出來吧？妳如果真的這麼無欲無求又何必一而再、再而三地去詐陳靜康？他能知道什麼？不如直接來問我啊。」

顧九思收起笑容，神色複雜地盯著陳慕白半晌，點頭。「成交。」

她確實有很多事情想要知道，雖然說知道得越多死得越快，可在陳家這個地方，什麼都不知道怕是連怎麼死的都不知道。陳慕白想知道的不過是和陳銘墨有關的事情，她可以選擇性地回答一些，這樁交易，她並不吃虧。

「那就我先來？」陳慕白邁出一步後轉身問，「顧九思是妳的真名？」

顧九思沒想到陳慕白對她感興趣，愣了愣才點頭。「是。」

陳慕白揚揚下巴示意顧九思往前走一步。

顧九思遲疑了一下。「立升的幕後老闆是你嗎？」

顧九思問完就緊緊地盯住陳慕白，陳慕白倒是神色輕鬆地回答：「是。」

顧九思只覺得一股寒意從腳底竄了起來，陳慕白作為陳家人無論是從政還是經商都擁有得天獨厚的優勢，可他卻哪條路都不走，在美國留學的時候就加入了現在的風投公司，回國以後多少人拉著他入夥或慫恿他自己開公司，他都不接招。外人看起來他是兩袖清風，可是幾乎沒有人知道，他竟然是業內領頭羊立升集團的幕後操盤手，那個每每在鎂光燈前談笑風生的立升集團掌門人不過是個傀儡，他陳慕白才是最大的贏家。

鬥爭從來都是最耗錢的，招兵買馬，攏絡人心，哪一樣不用錢？而這些錢肯定不能從陳家拿。陳家的錢他一動就會有人知道，他想幹什麼自然也會有人覺察到；可立升不一樣，沒有人知道立升是他的半個經濟支柱。這件事她也是偶然間才開始懷疑的，陳慕白就這麼堂而皇之地在陳銘墨的眼皮子底下做小動作？果然最危險的地方就是最安全的地方。

陳慕白也不解釋，好整以暇地接受著顧九思震驚的目光，很快又往前邁了一步。

「妳以前在美國待過？」

顧九思已經隱隱感覺出什麼，陳銘墨最近有了些動作，她本以為陳慕白是要問她這些，誰知……

她不正經地笑著打算轉移話題。「慕少對我……就這麼感興趣？」

陳慕白並不接招，看著某個方向，瞇著眼睛問：「我連立升集團的事情都回答了，九小姐連這點誠意都沒有？妳知道了這件事就相當於有了把保護傘，若是今後日子真的難過了，把這個消息告訴那個人，日子會好過很多。」

其實顧九思對「九小姐」三個字的排斥不亞於陳慕白對「慕少」兩個字的排斥，陳慕白說她叫慕少能聽出挑釁，可陳慕白叫她九小姐她也能聽出嘲諷。

可顧九思不得不承認，就在剛剛，陳慕白確實賣給了她一個人情。那個方向──陳銘墨書房的方向，不久前她剛從那裡出來，她清楚陳慕白口中的那個人是誰，也清楚這條資訊對她的價值，她剛才向陳慕白確認答案的目的也確實是為了給自己留條退路。

她嘆口氣，做生意是需要成本的，更何況對方是陳慕白。「是，我在美國待了很多年。」

寂靜的夜裡，顧九思剛踏了一步出去時，似乎聽到了冰層破裂的聲音，很細微的聲音但她卻聽得很清楚。

顧九思站住，這可能是她最後一個問題了。

「陳老身邊總是時不時出現一個神祕的中年男人，他是誰？」

當年她和她父親的事情也是陳銘墨授權這個男人去做的，如果她真的打算脫離陳銘墨，這個男人或許是個突破口。

陳慕白一愣。「妳不知道？孟宜年是陳銘墨的小舅子。」

顧九思冷笑，言辭語氣也開始帶刺。

「慕少不是坑我吧？陳銘墨的小舅子不應該姓董嗎？可他姓孟啊。」

陳慕白一臉嫌棄地睨她一眼。「誰跟妳說董家大小姐是陳銘墨的原配？陳銘墨在此之前結過婚，是孟宜年的姊姊。孟宜年的姊姊可以說是為了陳銘墨死的，陳銘墨一直覺得對不起她，所以對孟宜年很不錯，一直把他帶在身邊。」陳慕白說完又習慣性地看她不順眼，「妳連這個都不知道，這麼看來，老爺子對妳也不是那麼信任嘛。」

顧九思咬了咬唇，這一點不需要他提醒。忽然，陳慕白唇邊綻開了一抹笑，還是一副玩世不恭的樣子。「哎，顧九思，我怎麼覺得冰面快破了呢？」

那語氣和「哎，顧九思，今天天氣不錯啊」頗為相似。

顧九思也隱隱感覺到腳下流水的聲音，她也沒心思了，急急地回答：「回去吧。」

這種天氣掉進水裡，可不是鬧著玩的。陳慕白卻轉過身背對著她，聲線也低沉正經了幾分。「可我還有一個問題沒問呢。」

顧九思心裡一緊，他一晚上都嘻嘻哈哈玩世不恭的態度，現在卻忽然正經起來，怕是要發大招了。

陳慕白沒等她反應就要往前走。他腳底下的冰層已經出現了裂縫，顧九思閉了閉眼，深吸一口氣，忽然開口：「別往前走了！」

陳慕白猛地回頭看著她，沉沉地笑起來。「妳怕什麼？我們倆離得那麼遠，也不是一個方向，就算我掉下去也不會牽連到妳。顧九思，妳到底在怕什麼？」

她心中掙扎許久，屏住呼吸看著陳慕白，下定決心地開口：「你不用再往前走了，想問什麼就問吧，我會回答你。」她很快又補充了一句，「我會說真話。」

陳慕白臉上的笑意頃刻間變了意味，他盯著顧九思良久，慢慢轉回身。

他背對著顧九思，緩緩地開口。顧九思看不到他的表情，只能看到他呼出的白氣，聲音在寂靜空曠的雪夜湖心中聽起來格外荒涼，直擊人心。

「顧九思，妳的心終究是不夠狠。不夠狠，妳怎麼在這裡走下去？」

陳慕白邊說邊抬腳往前走。顧九思似乎已經聽不到他在說什麼，牙根發緊手心發麻，耳邊只能聽到鞋子踩在冰面破碎的聲音，心驚肉跳地想要去拉他，卻不敢動，只能出聲制止他：「陳慕白！」

陳慕白依舊懶散地和她閒聊：「妳看陳慕昭，其實以前他的身體挺好的，可他為了活下來向老爺子示弱只能裝病，老爺子也不是那麼好糊弄的，他就生生地把自己的身體弄垮了。妳看，他對自己多麼下得了手。」

陳慕白一步步地往前走，顧九思心裡越來越慌，竟亂了陣腳，「你跟我說這些幹什麼？」

陳慕白恍若未聞。「顧九思妳還不明白嗎？在這裡活下來的每個人，陳銘墨、陳慕昭就不多說了，最沒用的要算陳慕雲。可他雖是個廢物但他有個狠心的舅舅，他不夠狠，他舅舅會替他下手。我記得有一年，他為了陷害我，假裝自己的腿摔斷了，說是我幹的。假的總會露出破綻，最好的辦法就是變成真的，可那個蠢材下不了手啊，董明輝親自動的手，生生地把他的腿打斷了。妳看，他們每個人對自己都狠得下心，更何況是對別人。妳的心不能軟，一軟就死無葬身之地。」

顧九思沉默。

陳慕白轉過身看著她，狹長深邃的雙眸裡看不出一絲情緒。「我跟妳說了那麼多妳怎麼還是不明白？就像現在我會不會掉下去、會不會死和妳有什麼關係？妳有沒有想過，就是因為妳不夠狠才會到了今天兩難的地步。」

陳慕白說到這裡忽然笑了。「不過爺我嘛，倒是可以給妳指條明路。如果妳合作的對象是陳慕昭，陳慕昭對付陳慕雲綽綽有餘。而我突然出意外死了，你們倆聯手翻盤，打老爺子一個措手不及，從此陳慕昭就是陳家名正言順的長子嫡孫，妳想要的東西陳慕昭大抵也可以給妳。」

顧九思早已恢復了神色，嘴角噙著笑問：「好計策，不過，我拿什麼去和陳慕昭合作？空手套白狼嗎？」

陳慕白又背過身去，讓顧九思更加難以琢磨。

「妳以為我真的是出意外死的嗎？當然是妳來應付我啊。」

顧九思大概早已習慣了陳慕白的胡說八道，神情冰冷地道：「慕少說笑了。」

陳慕白背對著顧九思，似乎真的笑了一下，頗為無奈地低語了幾句：「顧九思啊顧九思，妳終究是不夠狠啊……」

陳慕白說完最後一個字的時候，他終於離開湖面，踏上了湖中心的六角亭。他看著幾步之外的顧九思，示意她看腳下，不知什麼時候，顧九思腳下的冰面已經裂了，裂痕還在不斷擴大。

顧九思幡然醒悟，陳慕白才是個中高手，他看似將自己置於險地，轉移她的注意力，可一轉眼就翻了盤。他早就發覺冰面的厚度只能夠承受一個人走到亭子裡，所以他先發制人。現在她該擔心的是自己，他才是大贏家，可真應了那句老話：富貴險中求。

寒意和恐懼從顧九思的心底冒出來，在這一刻她不得不承認，她不是陳慕白的對手。她在一開始就不該和陳慕白做交易，別說一本萬利了，她怕是會血本無歸。

他心計深沉至此，不疾不徐地布了那麼久的網，只等這一刻收網，而她，在劫難逃。

她早就明白，陳慕白是不允許自己身邊有她這種人存在的。她就像是一顆定時炸彈，陳慕白這種有潔癖的人是不能容忍她的，今天的這一切只不過是時間早晚的問題罷了。

她一直以為自己會在毫不知情的情況下無聲無息地消失，沒想到陳慕白竟會讓她看著自己是怎麼消失的，如此光明磊落，也稱得上是君子。

一時間，顧九思倒平靜了下來，她的腦子裡閃過很多事情，陳慕白會怎麼跟陳銘墨解釋她的消失，陳銘墨知道後會不會暗罵她的愚蠢，她父親又該怎麼辦？

陳慕白一句話都沒說，就這麼靜靜地看著顧九思。

她一動不動地站在那裡，身上落了薄薄的一層雪花，就如同他第一次見她的那個夜晚，披著一身冰涼的夜色，安靜，淡漠，還帶著點不屈，一樣的沒有恐慌和懼怕。

都說他陳慕白心狠手辣，今時今地若是換了別人，怕是沒有她這麼淡定。

陳慕白雙手抱在胸前，閒閒地站著說風涼話：「妳倒是一點兒都不害怕。」

顧九思看了看腳底的裂痕。「怕。」

「怕什麼？」

「怕湖水太涼。」

聽到這裡，陳慕白勾了勾唇角，忽然向顧九思伸出手去，靜靜地等著她的動作。

顧九思猛地抬頭，隔著翻飛的雪花和陳慕白對視，他沉靜的眉眼和眼尾處那顆桃花痣奪目異常，當真是個妖孽。可是，這個妖孽為什麼要救她？為了讓她明白她雖是陳銘墨的人，但她的生死卻由他陳慕白定？

他們兩個都清楚，她不會游泳，這種天氣，這個溫度，掉進湖水裡，根本沒有生還的希望。他們兩個也同樣清楚，她一旦伸出手去，這個動作意味著什麼。

良久，陳慕白打破沉寂，難得認真地看著顧九思的眼睛。

「顧九思，我並不想催妳，但是妳腳下那塊冰支撐不了妳多久。如果妳動作快點，我還能拉妳一把。如果妳選擇留在原地，我不會再救妳。」

顧九思終於明白了，她如今的處境和此刻是一樣的。陳銘墨大概會很快捨棄掉她這顆棋子，到時候她會比掉進冰窟裡慘百倍；她對於陳慕白的暗示一直沒反應，陳慕白就用這種方式讓她更明白。

他所謂的「原地」並不只是指冰面。

她糾結中帶著為難地看了眼陳慕白。「你……」

陳慕白挑眉示意她繼續。

顧九思頓了頓。「能不能換隻手？」

陳慕白的視線再次落到她的右手上，然後很聽話地換了隻手。

顧九思動作輕盈，飛快地往前走，在她碰到陳慕白手的瞬間，陳慕白便用力地拉起她，等她在亭子裡站穩，身後的冰面徹底破裂，湖水一下子湧了上來。

顧九思不知道陳慕白為什麼要救她，其實陳慕白自己也不明白這是為什麼。只是他每次看到顧九思，就像是看到小時候的自己，左右為難，進退維谷，可就算心裡再難再苦，面上也要端著，談笑風生不露痕跡，每每這個時候他就想要去幫她一把，理智上卻又不允許他這麼做。陳慕白有個優點，就是他想不通的時候從來不會為難自己鑽牛角尖，他會用各種藉口來安慰自己，比如這次，他安慰自己這是一種本能反應。

是人都有本能，這不是理性可以控制的，既然如此就沒什麼可糾結的，於是他心安理得地放任了自己一次又一次。鐵杆粉絲陳靜康視他這種人生信仰為從容大氣，而顧九思則默默在心裡鄙視他這種沒有原則的「原則」。

顧九思鬆了口氣，癱坐在亭子的石凳上，她覺得自己今天丟人丟大發了。

相比她的狼狽，陳慕白氣定神閒、清風朗月地站在亭子中央賞著雪景，還不忘繼續說風涼話：「真的這麼害怕啊？」

一股邪火壓抑不住地從顧九思的心底往外湧，她剛想回擊，就看到陳慕白伸出食指抵在唇前。「噓，千萬要忍住，妳還要指望我帶妳離開這兒呢，妳不會是想遊回岸邊吧？或者在這兒坐一晚上？」說完伸出手去接雪花，輕鬆加愉快地開口，「喲，雪好像越下越大了，在這兒坐一夜，會凍死吧？」

顧九思一臉高傲地去摸手機，摸了半天臉上的不屑瞬間退去，傻傻地問：「我的手機呢？」

陳慕白捏著自己的手機在那裡搖啊搖。「大概在雪地裡。」

顧九思徹底傻眼了。「你什麼時候拿走的？」

陳慕白頓了頓，「剛才妳吃梨的時候。」

「陳慕白！」

「嗯？」

顧九思咬牙切齒地讓自己冷靜下來。「慕少，你做這麼雞鳴狗盜的事情，不怕辱沒了你陳家三少的名聲嗎？」

陳慕白神色泰然地回憶道：「聽陳靜康說，有人曾經誇我，五行缺德，命中帶賤，是傳世臻品，珍稀之釀，珍藏級的『賤男春』。對於如此中肯的評價，我決定將此作為我的座右銘身體力行地執行到底，生命不息，奮鬥不止。」

顧九思瞬間熄了火，沉默，沉默，繼續沉默。

說這話的那個人……就是她，一個字都不差。從這件事上不僅可以看出陳慕白絕佳的記憶力，還可以看出他是個很記仇的人。

陳慕白這個人一向以心理素質過硬而名滿江湖，威震八方，倘若有哪個不長眼的給出諸如禽獸不如、卑鄙無恥之類的評價，他多半是喜滋滋地當成在誇他。這些話在他眼裡就變成了，他是一群衣冠禽獸中最無恥、最卑鄙、最禽獸的，但凡帶個「最」字的，那便是人中翹楚，旁人是望塵莫及的。

為此，顧九思被惹毛的時候經常這麼誇他，誇起他來語氣毫不客氣，言辭毫不吝嗇。只是她沒想到陳靜康會原封不動地轉達給陳慕白。雖然她每次誇讚他的時候，陳靜康都小心翼翼地拽著她的衣袖安撫她小聲點，可她就算再寄人籬下曉得隱忍，表面老成端著的功夫再爐火純青，到底年紀小，也有壓不住的時候。每當這時候她都捲著袖子用更大的聲音吼回去：「我怕什麼，你去告訴他，我就是說給他聽的！」

此刻顧九思除了心虛之外，還略感到些許的惆悵和憤怒。其實是個人都該聽出來，她說的是氣話，做不得數的，但是她萬萬沒想到陳靜康竟是如此聽話，萬萬沒想到啊。

萬萬沒想到陳靜康不是人啊！

一時間顧九思有些尷尬，她背後編派人的話被對方大大方方地擺到了桌面上，倒顯得她小人了。

顧九思靈光一閃，很是鎮定地轉移話題：

「你剛才說還有一個問題沒問，你想知道什麼？」

陳慕白抬眸靜靜地看了她半晌，面無表情地開口：

「沒什麼，我突然……又不想知道了。」

顧九思到底是心虛，踟躕半天很是真誠地勸解陳慕白：「慕少，不要賭氣，雖然我……我們多年來的外交史不是很和諧，但我還算是個說話算數的人，你想知道什麼儘管問吧。」

陳慕白瞟她一眼。「臨時抱佛腳妳不覺得有點晚嗎？」

顧九思繼續鎮定地挽回殘局道：「亡羊補牢猶未晚也。」

陳慕白睨她一眼。「顧九思，其實吧，沒有手機妳可以喊啊。以妳的資質，高音應該不錯吧。不過妳要小心點，這麼晚了，別把不乾淨的東西招來了。妳也知道，封建社會王府裡的冤魂多的是。小丫鬟啊，小妾啊，沒事就來個投湖自盡什麼的。」

顧九思目不斜視，一身正氣地回答：「民不畏死奈何以死懼之。」

「喲呵，長本事了。」陳慕白似笑非笑地看著她，「這話妳剛才站在冰上的時候，怎麼不說？」

顧九思面不改色地翻案道：「我剛才不是怕死，我是怕冷。」

「……」陳慕白啞口無言，當真是唯女子和小人難養也。

顧九思在心裡給自己點了個讚，一晚上了，她終於在最後一個回合上扳回一局。雖然總體上她是輸了，可也有可圈可點的地方啊，比如現在。

陳慕白氣得直接拿出手機打電話。「小康子，快來救駕。」

❄

從被窩裡爬出來匆匆趕來救駕的陳靜康，對於兩個人是如何到達湖心涼亭感到十分好奇。可是這兩個人……

一個一臉冷豔高貴，拒絕回答，一個東瞧瞧西看看地敷衍他道：「啊，散步嘛，一不小心走迷路了。」

陳靜康看了看滿目狼藉的湖面，心裡默默仰望，您二位的散步項目包括湖上破冰嗎？

三個人沉默了一路，陳靜康是睏的，陳慕白是氣的，而顧九思則是在想著怎麼報復陳靜康。快出園子的時候，陳慕白才開口：「妳明天去見陳慕昭，立升這塊肥肉，任誰都不會不動心。妳告訴他立升馬上會重新洗牌，並且暗示他董家已經打算插手了，至於該怎麼說不用我教妳吧。」

這話是對顧九思說的。

今天他站在書房門外聽了幾句，看那架勢老爺子根本就是覺察到了什麼。他最近勢頭太猛，陳銘墨總是要做點什麼平衡一下。陳慕雲身後有董家，陳慕昭身後有其他附庸，陳銘墨不是沒有壓力，照目前的形勢看，立升很快就會暴露。不過不怕，他早就找好了新對象想從立升抽身了，老爺子打算要動手，也不過是把他的計畫提前了。

顧九思聽後，提了一晚上的心終於放下了。這才是他們之間該有的相處方式，他吩咐，她去做；他肯信任她，她也絕不會壞事。

陳慕白走了之後，顧九思又摸黑去雪地裡找手機。

偏偏在一旁舉著手電筒的陳靜康還嘀嘀咕咕個不停：「顧姊姊，我說妳也太粗心了，怎麼能把手機丟在雪地裡呢，它自己一個人孤零零地凍了那麼久，多可憐哪……」

顧九思從雪裡刨出自己的手機後，瞇著眼睛站起來，陰惻惻地看著陳靜康，冷不丁地不知從哪兒弄來個雪球朝陳靜康扔了過去。

陳靜康始料未及，一團雪球正中腦門，額頭上的殘雪配上他因驚恐而睜大的眼睛，看上去格外好笑。幾秒鐘之後他又委委屈屈地扁扁嘴，帶著哭腔譴責顧九思：「妳欺負人……」

顧九思也不在意，乾脆坐到地上，從地上捧了雪，一個一個地團成球擺在手邊，拿了一個上下扔著，歪頭看著陳靜康。還沒等陳靜康開口就倏地扔了一個出去，陳靜康躲了一下，雪球擦著他的耳朵邊飛了出去。

顧九思沉著臉。「你還敢躲？你再躲一個我看看！」說完又連扔了兩個過去，陳靜康這次沒敢躲，老老實實地站著不動當靶子。

等顧九思把他砸成了半個雪人，而她的心情似乎也好了一些的時候，陳靜康才敢可憐兮兮地開口：「顧姊姊，我錯了……」

「嗯……有覺悟。」顧九思拍拍身上的雪站起來，「說說，錯在哪兒了？」

陳靜康嘆了口氣，努力回憶道：「昨天唐少爺讓人送來點心，少爺說讓我和妳一人一半，結果我沒告訴妳，都自己一個人偷偷吃了。」

顧九思聽了差點一頭栽進雪地裡去，瞇著眼睛看他。

「你腦子進雪了？在你眼裡除了吃就沒別的了？」

陳靜康又努力地想了想。「啊，有。昨天我把一個花瓶打碎了，就是少爺新買回來的那個，我怕被罵就跟少爺說，是妳打碎的。」

「……」顧九思的心情已經不能用無語來解釋了，因為她覺得力度不夠，她盤算著是不是再團幾個雪球練練手。

顧九思平時就不怎麼愛笑，端著一副冷顏的時候特別唬得住人。陳靜康看她面無表情，心裡又是一哆嗦，撓撓腦袋顫顫巍巍地解釋：「我也是沒有辦法，當時就我們四個在，我總不能說是我爸打碎的吧？」

顧九思真的又去重新團雪球了。

「多謝你這麼看得起我。」

當陳靜康又被攻擊了一輪徹底變成個雪人之後，顧九思也累了，便開始正兒八經地審他。「我跟你說的話，你都跟慕少說了？」

陳靜康也不記仇，抹了抹臉上的雪，露出一雙亮晶晶的眼睛。

「什麼話？」

顧九思頓了一頓，似乎在琢磨該不該再重複一遍。

「就是……就是我說他是『賤男春』的那些……」

陳靜康一臉無辜地點點頭。「說了啊。」

顧九思的火又湧了上來，在手邊摸了半天的雪球沒摸到才放棄，改為吼他：「你腦子壞了？你告訴他幹什麼？」

陳靜康糊塗了，有些委屈地嘀咕：「不是妳讓我告訴少爺的嗎？」

「我……」顧九思啞口無言，根本無從解釋。她覺得自己簡直就是自掘墳墓，她和陳慕白鬥智鬥勇的時候，有些時候確實是故意透露些資訊給陳靜康，想通過陳靜康讓陳慕白知道，可這並不包括她「誇」他的那些氣話啊。

陳靜康看到顧九思苦著臉一言不發，越發的迷茫。

「那……以後妳跟我說的話，我到底跟不跟少爺說啊……」

陳靜康等了半天顧九思都沒有反應，又試探著叫了一聲：「顧姊姊？」

顧九思面無表情地閉了閉眼，心底的哀怨無法發洩。

「我以後都不想跟你說話了。」

陳靜康看她身上的戾氣沒那麼重了，才湊近了幾步，一本正經地開口：「顧姊姊，我畢竟是少爺的人，而妳是老爺的人，我們是各為其主，所以妳不能因為我偏袒了少爺就影響了我們之間的關係。撇開這些不說，雖說妳虛長我幾歲，可我覺得我們兩個還算是挺投緣的。」

陳靜康的一席話說得在情在理，若是換了別人，縱然是說破天去也說不出什麼，可他忘了，現在聽這話的人是顧九思。

只見顧九思點了點頭，一臉風輕雲淡地回答：「我知道啊，所以我不是氣你跟你們家少爺打小報告。」

陳靜康一愣，「那妳是……」

顧九思轉過頭看著他，輕描淡寫地緩緩吐出幾個字：「我就是單純看你不順眼。」

顧九思離開前又狠狠地往陳靜康身上扔了個巨大號的雪球，雪順著衣領掉落進衣服裡，陳靜康狠狠地打了個哆嗦，邊哆嗦邊腹誹。

如此不按常理出牌，到底越來越像誰了？

❄

陳靜康回去的時候，陳慕白正坐在小院裡的石桌前堆雪人，石桌上原本積了厚厚的一層雪，此刻全變成了陳慕白手裡兩個快成型的小雪人。雪人只有手掌大小，卻精緻可愛。眼前陳慕白的舉動似乎也有些詭異，猶如驚弓之鳥的陳靜康想起剛才的顧九思，又狠狠地打了個哆嗦。

陳慕白聽到腳步聲，抬頭看他一眼又低下頭去。

「去，給我折兩根短樹枝來。」

陳靜康頂著一頭殘雪老老實實地去折樹枝。

兩根樹枝插上，雪人終於完工，陳慕白才開口：「怎麼？被人欺負了？」

陳靜康捏捏衣角。「沒有，我知道顧姊姊教訓我是對我好。」

陳慕白一臉促狹。「喲，小康子，真看不出來，你這抖M的體質啊，口味非常地重啊。」

陳靜康一身溼答答的。「您不是跟我說過，肯當面打你罵你的人，都是對你很好的人，不會真的討厭你。如果真的記恨你，都是表面上笑瞇瞇，背後捅你刀子的。顧姊姊的手段我是知道的，如果真的生我的氣，我大概過不了幾天就栽了，到時候恐怕不只是當靶子就完事的了。」

「看不出來，你表面上傻呵呵的，心裡倒是跟明鏡一樣。」陳慕白站起來大氣磅礴地拍拍陳靜康的肩膀，「小夥子，有前途！」

陳靜康傻呵呵地樂了。

陳慕白似乎想起來什麼，仰頭看了看漆黑的天空，雪花飄落到臉上涼絲絲的。

「顧九思大概是這王府花園裡最後一個好人了。」

他的聲音太低，陳靜康沒聽清。「您說什麼？」

陳慕白回神。「去，把這兩個雪人送到冰窖裡去，別化了。」

陳靜康屁顛屁顛地拿起雪人準備走，還沒走兩步就聽到陳慕白的聲音，然後咧著嘴哭喪著臉轉過身來。

只聽陳慕白說：「看在你這麼懂事的份上，上次摔碎的花瓶就打個九折從你工資裡扣。」

陳靜康急急地辯解：「不是我，是……」

陳慕白抬手撫著陳靜康懷裡的雪人光禿禿的腦袋開口：「栽贓陷害這種事，一般是誰反應越大越是誰幹的。就拿花瓶這事來說，我還沒問你，你就跳出來說是別人幹的，你不覺得自己反應太大了嗎？」

陳靜康傻眼，一臉失策的悔恨。

陳慕白繼續開口，一臉的寬容大度。「再說了，家裡東西那麼多，你打碎了就悄悄扔了嘛，你不提我一時半會兒也不會知道。」

陳靜康似乎明白了陳慕白在說什麼，忙不迭地回答：「不提不提，以後我打壞東西再也不提了。」

可是陳慕白的下一句話又讓陳靜康糊塗了。

「可是我記性太好，也只是一時半會兒不會知道，若是等我想起來了，發現是你打壞的，你這性質就嚴重多了，可不是打個九折賠了就沒事了。」說完陳慕白姿態悠然地走了，可陳靜康低著頭不知道該怎麼辦了。他終於想起來顧九思像誰了，顧九思像陳慕白，簡直是一個模子刻出來的，專門來折磨他的！

3 相互試探，真真假假

月光下他側臉的線條清晰漂亮，在那顆桃花痣的點綴下，上挑的眼尾越發勾人。

第二天顧九思起了個大早，洗了澡換了衣服便開始用撲克牌占卜。

顧九思從小就在牌堆裡長大，骨子裡還是有些迷信的，雖沒有到了凡事都要占卜的地步，但有的時候實在不知道該怎麼辦了，還是會信一信的。而實踐證明，在她極少的幾次相信中，占卜的結果都是準確的。

陳慕白之所以信任她，不過是因為她去找陳慕昭的事是碰了陳銘墨的逆鱗，她就算再傻也不會主動去告訴陳銘墨，這樣就更加神不知鬼不覺了。

她一直竭盡全力在陳銘墨和陳慕白之間尋找平衡點，可這個平衡點似乎越來越渺茫了，經過昨夜她似乎又被陳慕白推了一把，與當初預想的軌跡越行越遠。

其實自從她昨晚抓住了陳慕白伸出的手，一切就已經不一樣了。可如果她想反悔還是有迴旋的餘地，但如果她今天按照陳慕白說的去見了陳慕昭，那她就真的不能回頭了。

一個小時之後，顧九思收起牌走出了房間。一夜大雪，整個世界都白茫茫的。

占卜這種事最忌諱同一件事連占好幾遍，她不是貪心的人，也不是急功近利非要占到好的結果才肯甘休，可邪門的是，她連占了好幾遍，結果都是好到不可思議。這麼詭異的結果讓她越發不確定這一步踏出去是柳暗花明還是萬丈深淵。

這些年她夾縫生存力求穩妥，或許是太墨守成規了，才會一直停滯不前。或許陳慕白推她走的這一步未必不是好的開始，只是，她為什麼要相信陳慕白呢？

陳慕昭並不住在老宅裡，而是在老宅後門另一條街的一座獨門獨院裡。

顧九思到了的時候，長年照顧陳慕昭的一個小丫頭正在樓前拿著樹枝在雪地上寫著什麼，這麼冷的天也不知道保暖，手和臉都凍得紅撲撲的。

顧九思走過去輕輕地把手搭在她的肩上，女孩兒嚇了一跳，睜大眼睛看著她，似乎在詢問她什麼事。

「淺唱，昭少爺起來了嗎？」顧九思的語速放得很慢，聽上去有些奇怪。

女孩點點頭，做了個手勢。

顧九思又指了指地上的字。「這裡是撇，不是橫。」

這個女孩聽不到聲音，不會說話，卻有一個好聽的名字，淺唱。她之前在雪地上寫的正是她的名字，像是初學，兩個字寫得歪歪扭扭。聽說這個名字是陳慕昭給起的。淺唱，淺唱，當真是夠淺的。

還聽說，淺唱本是能聽見會說話的，卻因為陳慕昭生性猜疑，被毀了聽覺、割了舌頭。

顧九思沒有去證實，無論是或不是都沒有任何意義了。陳慕昭是聰明的，聽不到聲音、不會說話、不會寫字的人留在身邊才是最安全的。

淺唱一直盯著顧九思的嘴唇，半晌點點頭，又低頭寫了一遍，抬頭看向顧九思，似乎在詢問她對不對。直到顧九思點了點頭，她才站起來往院內走。

顧九思拉住她，把地上的字跡抹亂。

「不要讓陳慕昭知道妳在學寫字，別人也不行，以後都不要再寫了。」

淺唱愣了半天才傻傻地點了下頭，顧九思不知道她到底聽明白自己的意思沒有。

她很快轉身進去了，不一會兒便走出來招了招手，顧九思收起神色走了進去。

陳慕昭的房間裡長年充斥著藥味，中藥西藥，像是擺脫不掉的宿命。他正在落地窗前的貴妃榻上半臥著，身上蓋了條毯子，手裡還拿了本書在看，聽到顧九思進門才抬頭似笑非笑地看過去。「九小姐今天來不知是代表誰？老爺子，還是三少爺？」

陳慕昭本就長得陰柔，又長年帶著病態的柔弱，「病西施」的頭銜實至名歸。

顧九思和陳慕昭打過幾次交道，對他的陰狠手段也一清二楚，不得不打起精神來應付，輕描淡寫地回答：「陳老也好，慕少也罷，於昭少爺而言，不都是一樣的嗎？」

陳慕昭再不去看她，撫著手裡的書，笑著緩緩開口，聲音裡透著股陰冷。「九小姐是聰明人，我就喜歡聽明人，可和聰明人打交道總讓我覺得不踏實。」

顧九思氣定神閒，接過淺唱遞過來的茶。「昭少爺真是高看我了。」

陳慕昭聽了竟真的笑了起來，陰柔的五官舒展開來，不著一字，盡得風流。「幾年前我那個堂叔可是折在九小姐手裡的，那可是我的心腹，跟在我身邊多年，我哪裡還敢怠慢？」

顧九思低頭摩挲著杯壁上的花紋。「昭少爺鴻鵠之志，眼裡哪裡看得到我？」

陳慕昭懶洋洋地閉上了眼睛。

「什麼鴻鵠之志，我這副身子骨都已經這樣了，不過是混吃等死罷了。」

「若真是混吃等死又何必看《鬼谷子》呢？」顧九思側身去看旁邊書架上的書，語氣裡不著痕跡地帶著挑釁去激怒陳慕昭。「日月昭昭，昭少爺的父親給您起這個名字，大概也是對您寄予了厚望吧。」說完微微笑著看向陳慕昭。

陳慕昭果然臉色一變，猛地抬頭直直地盯著顧九思，一雙眸子幽深晦暗，再不見剛才的插科打諢。「顧九思，妳我皆是寄人籬下，個中滋味別人體會不到，妳最是清楚，妳又何必一而再、再而三地，欺人太甚。」

顧九思眼底一片清明。「你我都是寄人籬下不假，可我姓顧，昭少爺可是姓陳的，既然是姓陳，又何必受寄人籬下之苦？」

陳慕昭輕皺起眉頭。「妳這話是什麼意思？」

顧九思並不介意把話說得再明白些。「昭少爺這些年總是不溫不火的，我看著著急啊。」

陳慕昭臉色又冷了幾分。「我不明白妳在說什麼。」

顧九思在陳慕昭對面的沙發上坐下，面上帶笑。

「不明白沒關係，我這裡有條有價值的消息，不知道昭少爺出不出得起價？」

「妳是為錢？」陳慕昭有些不可思議。

這些年顧九思在陳家的目的一直是陳慕昭好奇的地方，他想了無數種可能，只是沒想到顧九思的目的這麼簡單，只是為錢？

「不然呢？不為錢難道是為了讓陳家改姓顧？我還沒那麼大的志向。」顧九思打著含糊，「若是昭少爺沒興趣的話，我就先走了。」

陳慕昭踟躕半刻，抬眼看向顧九思。「妳說。」

既然做戲就要做全套，顧九思笑著吊陳慕昭的胃口。「那價錢呢？」

陳慕昭似乎已經相信。「妳先說，若真的是有價值，隨便妳開價。」

顧九思點頭。「立升要洗牌了，立升背後代表著什麼，不用我解釋吧？聽說很多人想分一杯羹，不知道昭少爺有沒有興趣。」

陳慕昭緩緩地開口：「既是鷸蚌相爭，必有漁翁得利，漁翁是誰？陳銘墨還是陳慕白？」

「有沒有漁翁我不知道，只是這麼大塊兒肥肉，無論是誰都抵不住誘惑吧？」

「這肉上怕是有鉤子吧？」

「沒有無風險的利益，這塊肉無論最後是到了陳慕雲的手裡，還是陳慕白的手裡，您的處境到時候怕是比現在更艱難，總得試一試吧，萬一沒有呢？」

陳慕昭卻忽然轉了話題：「這麼說，是陳銘墨讓妳來的？」

顧九思一頓，曖昧不清地笑了一下。

她說這話本是隨便舉了個例子，誰知陳慕昭竟以為她是在慫恿他去和陳慕雲、陳慕白爭，樂見其成的除了陳銘墨還能有誰？

事情發展得似乎比她預期的要容易許多。

最近陳慕雲和陳慕白鬥法，陳慕雲敗得一潰千里，陳銘墨自然不會願意看到形勢一邊倒，陳慕昭本就思忖著陳銘墨要有動作來扭轉目前的局面，正好顧九思來得巧，讓他以為這是陳銘墨的動作。到時候，陳銘墨肯定會讓立升這塊肥肉落入他的手裡，這樣他才有資本去壓制陳慕白，形勢才會有所轉變。

兩個人各懷心思地沉默了半天，最後還是陳慕昭打破沉靜道：「妳回去轉告叔叔，他老人家的意思我明白了。」

顧九思從陳慕昭那裡出來的時候，手裡還捏著一張支票，走了幾步之後臉色越發難看，一路上都有些魂不守舍的。直接導致偶遇陳靜康時，陳靜康興高采烈地問她手裡的兩枝梅花哪枝好看，她竟然回了個「好的」，留下陳靜康站在原地驚呆了。

快到了中午，陳慕白才起床，站在院子中央邊打電話邊低著頭拿了剪刀，修剪陳靜康折回來的蠟梅花枝。說到一半，抬眼對陳靜康使了個眼色，陳靜康立刻去了小院門口。

等陳慕白打完電話，陳靜康也回來了，對陳慕白點了一下頭，就咧開嘴哭了。

原本嬌俏可愛的蠟梅花枝，此刻只剩下光禿禿的褐色枝幹，雪地裡散落了一地花瓣，那是他起了個大早去折回來的啊。少爺，您真是辣手摧花啊！

從陳家老宅離開後，陳慕白直接到了立升集團的總部，總裁譚森早已畢恭畢敬地等在了門口。

陳慕白下車後和譚森兩個人也不往裡走，就站在車邊熟絡地說著話。

之前陳慕白和他見面一直避著旁人，現在卻好像故意要把他們的關係昭告天下似的。譚森心裡奇怪卻也不好問。

陳慕白一直心不在焉地和譚森說著無關緊要的話題，直到餘光掃到一直停著的一輛車緩緩離開才收了笑容，鄭重其事地開口：「譚總。」

譚森不知道自己哪句話說得不對，嚇了一跳。「您怎麼了？」

陳慕白安撫地拍了拍他的肩膀。「譚總，你也辛苦好幾年了，有沒有想過休息休息？」

譚森臉色一白。「慕少，當年您說過……」

陳慕白笑了。「當年我說的話我自然記得，我在的一天，立升表面上風光無限的總裁便是你，我們各取所需。可你忘了，這話還有半句呢：如果我撤了，立升與你便和我沒有任何關係。我們合作多年，現在我撤了，來告訴你一聲，今後的路你自己看著走。」

現在立升風頭正勁，任誰坐在譚森的位置上都不會想收手，他還想再爭取一下。

「慕少，立升是您一手扶植起來的，如果是我做的有您不滿意的地方——」

陳慕白眼底的陰鬱不退，口氣卻越發和緩地打斷他。

「譚總在說什麼，我怎麼聽不明白呢？」

譚森心裡一驚，反應過來後立即惱怒自己的莽撞，擦了擦冷汗。「是我糊塗了，慕少怎麼會和立升有什麼關係，沒有關係沒有關係，立升的名字慕少大概聽都沒聽過……」

陳慕白冷著臉上了車，陳靜康給他關上車門後轉身對譚森說：「慕少念在你跟著他這些年沒有功勞也有苦勞的份兒上，讓我轉告你一句。錢是個好東西，沒有人嫌多，可也得掂量著自己有沒有那個命去拿。晚節不保，大概不是譚總想看到的結果吧？」

陳靜康上車後，陳慕白問他：「看清楚了？」

陳靜康側過身回答陳慕白：「看清楚了，那輛車上坐著的就是大少爺。」

陳慕白閉上眼睛舒了口氣。從小到大，只要是他手裡的東西陳慕雲總是不惜任何代價來爭，這次恐怕會爭得更凶吧！

好戲就要上演了。

沒過幾天，譚森便向董事會遞交了辭呈，帶著一家人悄悄去了國外。之前一點兒預兆都沒有，這個消息在業內引起了軒然大波。一朝天子一朝臣，譚森離開後，立升內部果然開始大洗牌。各方勢力爭得頭破血流，而他們爭奪的焦點則是譚森留下的總裁位置。

陳慕雲和陳慕昭也各自派了人去爭那個位置。陳慕白為了讓戲做得逼真一些，也隨便派了個人去湊熱鬧，當然爭得再厲害也只是在暗地裡，表面上依舊風平浪靜，是人都知道陳銘墨忌諱，也有些刻意避開他，而陳銘墨那邊似乎已經聽到了什麼風聲。

某天下午，陳慕白在接完一個電話後，以最快的速度讓所有人都知道了他心情不好，而又不讓別人知道他為什麼心情不好。

先是因為雲舟集團的方案，他把手底下的一眾精英罵得狗血淋頭，顧九思坐在外間，光聽都能聽出血腥味來；然後又因為潔癖模式開啟把陳靜康使喚得團團轉。

顧九思看著陳靜康低頭弓腰、哭喪著臉進進出出，忽然有種預感。

她預感下一個被折磨的物件就是她。

果然，沒過幾分鐘就看到陳慕白拎著西裝外套走出來，覺察到顧九思一直盯著他便轉過頭問：「有事嗎？」

陳慕白現在這種狀態已經很嚇人了，顧九思害怕在她視線之外的陳慕白又會做出什麼驚世駭俗的舉動來，到時候收拾爛攤子的只會是她，便試探著問了句：「您……要出去？」

陳慕白一開口就是一顆炸彈：「我約了孟萊喝下午茶，一起去嗎？」

顧九思深吸了口氣，又慢慢地呼出來，心裡不得不由衷讚嘆。這一招放得真是漂亮，陳銘墨、孟萊，還有她，一石三鳥，虐得體無完膚，一個都沒放過。

顧九思左右為難，斟酌半晌才開口：「慕少，她畢竟是您父親的妻子……」

陳慕白一臉無辜地回答：「有法律規定繼母和繼子不能一起喝下午茶的嗎？」

顧九思艱難地看著陳慕白，艱難地搖頭，繼而艱難地開口：「沒有……」

「那不就得了。」陳慕白瞟了她一眼，「那我就先走了。」

顧九思目送著陳慕白，清瘦挺拔的背影本該是賞心悅目的，可此刻卻讓她恨得牙癢癢。

是，法律是沒規定繼母和繼子不能一起喝下午茶，可您的目的不只是喝下午茶吧？您不知道這個時間段，狗仔隊是最活躍的嗎？

可她不敢攔啊，都說忠言逆耳，而陳慕白的毒舌會讓你恨不得沒長耳朵。

❄

當天晚上，陳慕白和唐恪坐在包廂昏暗的角落裡，有一搭沒一搭地聊天，滿屋子的男男女女鬧得不亦樂乎。陳慕白百無聊賴地抬手看了幾次錶後站起來。「沒事我就先走了。」

唐恪拉住他。「哎哎哎，今天知道你來，特意給你開的酒，怎麼沒喝兩口就要走啊？」

陳慕白睨了他一眼。「你到底有事沒事的？」

唐恪一臉狗腿模樣。「有事有事……這不來了……」

正說著就有人推門進來，中年男子看到唐恪的招呼馬上就走了過來。

「這是青華實業的杜總，杜生乾；這是陳家三公子，陳慕白。」唐恪介紹完，又湊到陳慕白耳邊低聲說了句什麼。

來人臉上堆著笑伸出手。「三公子，久仰大名。」

陳慕白眼都沒抬，無視他伸過來的手，漫不經心微乎其微地點了下頭，那雙眸子出奇的孤高冷傲。這麼不給面子足以說明了態度，唐恪使了個眼色，那人猶豫了下很快出去。

「這人和……」唐恪頓了下，指了指上面繼續說，「有點關係，這幾年賺了點錢越來越膨脹，不知道自己是誰了，找了我好幾次，想讓你指點一二。知道你也看不上這種人，故意讓他來碰壁的，免得不知道收斂收斂。瞧他這名字起得，生錢？哈哈哈！」

陳慕白好似沒聽見一般，半晌才回答，語氣依舊輕緩慵懶。

「你膽子真是越來越大了，拿我當槍使。」

唐恪卻沒那麼輕鬆，渾身僵了一下，立刻熱絡著靠過去，討好地笑著。「這不是讓他見識見識什麼是皇室貴冑嗎？氣質這種東西，他那種只有錢的土豪這輩子是沒希望了。」

唐恪說完又看了幾眼陳慕白，看他似乎又在出神，試探著問了句：「心情不好？」

陳慕白又似乎沒出神，很快地抿了口酒，回答：「談不上。」

唐恪知道他向來心思深沉，想了想。「前幾天我聽我爸說，你們家老爺子那邊好像要有什麼動作，你小心點兒。」

陳慕白對這種明爭暗鬥向來不放在心上，有的時候遇到旗鼓相當的對手甚至會有些興奮，可今天聽到這些竟有些莫名的煩躁。「知道。」

唐恪看他心不在焉的樣子，便開始轟他道：「快走吧快走吧！你坐在這兒都沒有美女敢靠過來了。」

「是嗎？」陳慕白忽然勾著唇笑起來，側臉的輪廓在昏暗的燈光下泛著朦朧的溫柔，眉宇間盡是風流，對著包廂中央的人群眨了眨眼，很快就有美女躍躍欲試地想要靠過來。

但他笑完也不停留，便站起來走了。

唐恪今天晚上被他的陰晴不定嚇得夠嗆，這次沒敢再攔著。

陳慕白剛從包廂出來，便在走廊上看到了熟人。冤家路窄格外振奮人心，剛才還蔫蔫的陳慕白立刻神采飛揚地進入戰鬥狀態。

「喲，這不是江少嗎？江聖卓，字如玉，守身如玉，江湖盛傳其不沾女色，恐有龍陽之好斷袖之癖也。」

陳慕白抑揚頓挫地念叨了幾句後轉頭問：「你這兩年不是不來這種地方的嗎？」說完還故意抬手看了眼時間，繼續調侃，「這個點兒，乖寶寶早就該上床睡覺了啊。」

江聖卓被他嗆得滿臉通紅，跳著腳吼他：「你以為老子願意來啊，老子是來找你的！」

陳慕白一臉看不起他的模樣。

「找我，你打我手機不就得了？耐不住寂寞想來就直說嘛，何必拿我當藉口。」

江聖卓竟出乎意料地回答：「老子憑什麼記你的手機號碼?!」

陳慕白對於這個結果似乎有些接受不了，愣了幾秒鐘才反應過來。

「那爺也沒什麼必要在這兒跟你廢話。」

「那個……」江聖卓頓了一頓攔住他，「樂曦剛才給我打電話，忽然掛了電話，我打過去沒人接，我怕她出事。我知道你門道多，你能不能找個人去看看她……」說完又補充了一句，「找個女的。」

陳慕白幸災樂禍。「是不是你當時正和別的女人……被人家聽出來了所以翻臉了啊？」

江聖卓怒了。「滾！」

陳慕白也不生氣，摸了支菸出來點上，痞痞地叼在嘴裡似笑非笑地看了他半天，又思索了半天，繼而有些疑惑地問：「我怎麼半點兒都沒聽出來你有求我的意思呢？」

江聖卓繃著張臉，憋了半天，憋出兩個字：「謝謝。」

陳慕白看他滿臉不情願的樣子，哼笑了一聲，沒說行也沒說不行。

半小時後，兩個人靠在車邊，江聖卓細聲細語地打著電話，陳慕白邊抽著菸聽邊抬頭看著天上的月亮。

江聖卓掛了電話後問他：「你在看什麼？」

陳慕白保持著仰頭的姿勢懶懶地回答：「看月亮。」

江聖卓也抬頭看了眼。「看出什麼了？」

陳慕白優哉游哉地吐出口煙圈。「花好月圓果然是容易出事的日子。」

江聖卓眼角一抽，其實他在問出口的瞬間就知道自己又多嘴了，陳慕白正經的時候最毒舌，果不其然。

「我說，你們家喬樂曦也走很久了吧，你就沒尋思著換一個？女人不都是一個樣的嗎？」

提起這個，江聖卓便開始表現出煩躁，搶了支菸點上。「你懂個屁！算了算了，跟你這種整天就知道利益交換的人，說感情簡直是侮辱這個詞。在你眼裡，人和人之間的關係除了利用和被利用就沒別的了吧？」

陳慕白摸著下巴很認真地想了半晌。「其實女人在我眼裡還是有區別的。」

江聖卓以為他孺子可教，湊過去問：「什麼區別？」

陳慕白緩緩地吐出煙圈。「上過的和沒上過的。」

「……」江聖卓神色複雜地看著他，「我回家睡覺了。」

「哎！」陳慕白朝著江聖卓的背影叫了聲，「今天的這個局面雖說是孟萊造成的，可也不能說和你一點關係都沒有，你有沒有後悔過沒能力保護她還招惹了她？」

江聖卓頓住，沒回頭也沒回答。

陳慕白散漫地把菸蒂摁在車前蓋上繼續問：「你既不能護她周全，又何必拉她入懷？」

江聖卓聲音輕緩地開口：「陳慕白，你根本什麼都不懂。」

江聖卓的身影消失在夜色裡，陳慕白一低頭便看到了菸盒裡的那支許願菸。

其實陳慕白並不經常抽菸，要麼提神，要麼便是心情確實不好，但許願菸這個習慣他一直留著。

第一排七支，中間一排六支，最後一排七支。把第一排中間的那一支抽出來，許一個心願，然後倒放進去，這支菸，就叫許願菸。許願菸不能給別人，不能提前抽掉，更不能留著不抽，必須在前面的菸都抽完的情況下抽，願望才會實現。

此刻，菸盒裡還有幾支菸，陳慕白卻把許願菸抽出來點上了，卻也不抽，只是拿在手裡看著嫋嫋升起的白煙，自言自語道：「我壓根就不想懂，我沒資格。」

陳慕白低頭看了眼車前蓋上菸蒂燙出來的印記，總覺得一個太孤獨，又點了幾支菸燙了眾星捧月的造型出來才開車回家。

陳靜康停了車一進屋就罵罵咧咧的：「哪個不要臉的把菸頭按在車前蓋上的？也不看看是誰的車！不要命了嗎？」

陳慕白正在脫外套，聽到後停下手裡的動作，看著陳靜康一臉莫名地開口：「我按的，怎麼了？」

陳靜康一下子被噎住，然後睜大眼睛猛搖頭，以最快的反應速度拍馬屁道：「按得好按得好，我覺得按得特別有藝術範！可是……那不是您最喜歡的車嗎？」

陳慕白皺著眉越發莫名其妙。「這話誰說的？我什麼時候最喜歡那輛車了？」

在陳慕白淡然無波的目光中，陳靜康硬生生地把本來指向陳慕白的手轉了一百八十度指向了自己，大義凜然地回答：「我。」

陳慕白沒再看他，轉身上了樓，走到一半停下來。「一會兒讓顧九思到書房來一下。」

陳靜康噔噔噔地跑到顧九思房間，驚魂未定地通知她：「顧姊姊，少爺叫妳。小心點兒啊，少爺好像心情更差了。」說完又一臉肅穆地補充了四個字，「紅色警報。」

顧九思被他的樣子逗樂，其實她算著陳慕白也該找她了。她在房間裡計算著陳慕白洗澡、喝茶的時候，估摸著差不多了才起身去書房。

敲門進去時，陳慕白大概剛洗過澡，頭髮溼漉漉地伏在額前，更顯得清貴疏離，臉色……倒也看不出陰晴。

他靠在沙發上，右手食指微微彎起，一下一下地叩在沙發扶手上，看上去風平浪靜。

顧九思低眉順眼地站著，垂眸盯著陳慕白的手，風平浪靜之下怕是暗流湧動。

半晌後，陳慕白回神，淡淡地收回了視線，瞟了眼顧九思，聲線低沉清冽。「坐。」

顧九思坐下後他才再次開口：「你去找陳慕昭的時候，他以為是陳銘墨讓你去的？」

顧九思點頭。「是。」

陳慕白沉默著看了她一會兒，換了個坐姿，面無表情地繼續問：「妳為什麼不解釋？」

顧九思這才抬頭和他對視。「我覺得讓他誤會挺好的。」

陳慕白側臉的線條倏地變得剛毅凌厲。

「妳這麼做，妳以為陳慕昭會放過妳嗎？陳銘墨會放過妳嗎？」

當初陳慕白沒想到事情會變成這樣。他當初的預想是他來出面，東窗事發了，陳慕昭知道這件事是他讓顧九思去做的。陳慕昭只會把帳算到他頭上，不會遷怒顧九思。可現在陳慕昭以為這件事是陳銘墨的意思，他吃了悶虧，不會動也動不了陳銘墨，只會把帳算到顧九思的頭上。而且陳銘墨似乎已經聽到了些什麼，假傳聖旨這種事哪裡是那麼容易過關的？

他今天知道這件事以後氣得牙根癢癢，折騰了那麼多人，現在對著她，才把火真正發了出來。

看到顧九思沉默，陳慕白抿住唇角，臉色越發沉鬱，連語氣都冷了幾分。「顧九思，妳這麼做，不過就是不想讓別人知道妳在替我做事，不過就是不信任我能保得了妳而已！我跟妳說的話，妳當真是一個字都聽不進去，是吧？既然這樣，妳就繼續想怎麼辦就怎麼辦吧，我有足夠的耐心等著看妳的下場！」

顧九思不知道該怎麼解釋，其實她這麼做一半是在給自己留後路，另一半是為了陳慕白，她在賭。或許是太久不賭了，又或許是對手太厲害，她現在竟然有些沉不住氣了。

一時間房間裡忽地安靜了下來，半晌之後顧九思垂著眉眼道歉：「對不起。」

陳慕白生平最討厭兩件事，一是顧九思裝著一臉真誠地跟他胡扯，另一件便是她冷著一張臉漠然地跟他說對不起，似乎她根本不覺得自己錯了，那句對不起也說得生硬無比。

陳靜康趴在門口聽了半天，無奈隔音效果太好，他只零星聽到幾個字，卻也知道陳慕白是在發火，轉頭問陳方：「爸，少爺不會打顧姊姊吧？」

陳方也是一臉擔憂。「按理說應該不會，少爺一向不打女人的。」

陳靜康瞪大眼睛，模糊不清地小聲嘀咕：「可是少爺好像從來沒把顧姊姊當女人看啊……」

兩人正說著，就看到陳慕白冷著一張臉打開門走了出來。

陳靜康嚇了一跳，硬生生地逼出話題來掩飾自己在偷聽。「少爺，喝茶嗎？」

陳慕白臉色鐵青。「喝你妹！」

說完甩袖回了臥室。

陳靜康哭喪著臉。「爸，少爺罵人。」

陳方嘆了口氣，搖搖頭下樓去端夜宵。

前後不過幾分鐘的時間，陳方敲門進到陳慕白房間的時候，陳慕白正抱著筆記本歪在沙發上，單手支著下巴，嘴角還噙著抹笑，哪裡還有盛怒的樣子？

陳方漸漸走近，腳步刻意放緩，陳慕白並沒躲閃，他便懂了陳慕白的意思，大大方方地把夜宵放到陳慕白面前。

陳慕白點了下頭，示意陳方看電腦螢幕。螢幕裡的人是顧九思，正坐在書房的沙發上。

陳方沒想到陳慕白竟然在自己的書房裡安裝攝像頭。兩個人同時看向電腦螢幕，沒一會兒就看到陳靜康探頭探腦地推開書房的門，溜到顧九思身邊塞給她一把零食，她手裡放不下那麼多，陳靜康又往她兜裡塞，邊塞還邊嘰哩咕嚕地說著什麼。

顧九思先是一臉錯愕，繼而變為忍俊不禁。

陳慕白瞇著眼睛，一臉危險。「我怎麼覺得……這個情景有點熟悉啊？」

陳方笑。「少爺小的時候受罰，靜康經常這樣偷偷地去給您送吃的。」

陳慕白沉默半晌。「我記得那個時候，陳靜康一邊給我塞吃的，一邊憤憤不平地罵陳慕雲的母親，那他這個時候會不會在替顧九思罵我？」

陳方抽了抽嘴角。陳靜康，你自尋死路，為父也救不了你了。很快陳靜康又溜了出去，顧九思大概坐得無聊，便站起來想到書架上找本書看。

顧九思站起身走到書桌前，桌邊放著幾張紙，她遲疑了下，拿起來掃了幾眼很快又放下，神色自若地轉身去書櫃上挑書，似乎剛才什麼都沒看見。

那幾張紙上寫的都是機密的東西，陳慕白向來小心謹慎，就算氣昏了頭也不會犯這麼低級的錯誤，那就只有一種可能了。陳慕白是故意讓她看到的。太容易得到的消息真實性多半要打折，更何況對方是陳慕白。

陳慕白看著看著就皺起了眉頭，幾秒鐘後卻又笑了。

陳方也看出了什麼，輕聲說：「九思是個有分寸的孩子。」

「嗯……」陳慕白的語氣慵懶散漫，聽上去卻頗為怪異，「就是太有分寸了。」

陳方聽了轉頭看了陳慕白一眼，心裡有了數。

顧九思很快從書架上抽了本書回到沙發上，左手還拿了支筆，偶爾寫著什麼。

陳慕白這次靜靜地看了許久。「方叔，你覺不覺得顧九思有點奇怪？」

方叔看著螢幕又看看陳慕白。「您指哪方面？」

陳慕白的視線一直落在顧九思身上。「以前我沒注意，你看她，好像從來不用右手。」

方叔豁然。「哦，我問過，她說她是左撇子。」

陳慕白搖頭。「不對，她的右手似乎有點僵硬，就算非得要用右手的時候她也不會用。你看，一般人都是一手拿書一手拿筆做筆記；可你看她，幾乎都只用左手，左手拿書，要做筆記的時候把書放在腿上，左手再去拿筆。」

方叔觀察了半天。「會不會是右手受傷了，不方便？」

陳慕白思忖半晌。「還是不對，這是人的本能，就算是受傷了，也會條件反射地用，直到碰疼了才會記得自己的手受傷了；可你看她，似乎是根本不知道自己有右手。」

陳慕白收回視線抬眸看著陳方。「你去問問。」

方叔應下來便出了房間。

很快，陳慕白便看到方叔端了杯茶進了書房。兩個人不知道說了什麼，方叔把手裡的杯子遞到顧九思的右手邊，由於角度的方位，正常情況下只能用右手去接。

顧九思自然明白陳方想幹什麼，抬眸和陳方對視了幾秒後遲疑了一下，很快便伸出右手接過來。有點抖，杯子在茶碟上顫抖著發出聲響，被迫不及待地放到桌子上時動靜異常地大。

方叔狀似無意地問：「九思啊，妳的右手怎麼了？」

顧九思沒有任何異常。「哦，前幾天不小心碰了一下，使勁的時候有點疼。」

等方叔走出房間以後，陳慕白看到顧九思在身後悄悄揉了下右手。

方叔回來的時候，陳慕白手裡捏著支菸。「怎麼樣？」

方叔也是一臉奇怪。「她的右手好像使不上力，連杯子都拿不住。我問她怎麼了，她只說是碰了下，但是沒看到外傷，也不見腫。」

陳慕白沉默了半晌，輕微地點了下頭，方叔便出去了。

方叔轉身關門的時候停住，抬頭看著陳慕白。「少爺，少抽點菸，對身體不好。」

陳慕白沒說什麼，點了下菸灰，繼續盯著螢幕，卻已經出了神，等他回神的時候螢幕上顧九思正抱著書，頭點啊點地打瞌睡。

陳慕白有些無語。這也太老實了吧，不讓她出來就真的不出來了，困死她算了。

陳慕白上床之前又看了眼螢幕，顧九思正巧一頭栽到沙發扶手上，然後摸著額角哭喪著臉，迷迷糊糊地坐起來，額頭上紅了一大片。

陳慕白一臉嫌棄地把電腦扔到一邊，關燈睡覺。

房間裡的黑暗只保持了幾秒鐘，又重新恢復光明。陳慕白坐起來頗為無奈地撫了撫額頭，嘆了口氣，然後揚著聲音叫起來：「顧九思，顧九思！」

陳靜康立刻推門進來，一臉討好地笑。

「少爺，顧姊姊還在書房待著呢，可以放她出來了嗎？」

陳慕白一臉莫名。「她在書房幹什麼？」

陳靜康摸摸鼻子，那不是您的意思嗎？可這話他不能說，只能賠笑道：「大概是知道惹您不高興了，不好意思出來。」

陳慕白對這個臺階頗為滿意，順著就下來了。「去把她叫過來。」

「好嘞！」陳靜康立刻喜笑顏開地跑了出去。

陳慕白看著陳靜康歡快蹦躂著的背影，狀似無意地開口：「真不知道你是跟誰一夥的……」

陳靜康頓住，立刻轉身撲過去抱著陳慕白的大腿表忠心：「我當然是跟您一夥的啊，我對您的忠心天地可鑑日月可表，可顧姊姊是女孩子啊，男子漢要照顧女孩子的啊！」

「行了行了……」陳慕白不耐煩地打斷他，「快去吧。」

等陳靜康出了房間，陳慕白才抵著額頭笑出來，似乎聽到了什麼可笑的事情。

「女孩子？這個女孩子怕是十個你都鬥不過，還要你照顧？」

等陳靜康叫了顧九思回來的時候，陳慕白已經關燈睡覺了。陳靜康敲了下門，沒有反應，有些奇怪地轉頭問顧九思：「怎麼才一會兒工夫就睡著了？」

陳靜康不明白，顧九思心裡卻是透亮，攔住陳靜康準備再去敲門的手。「既然他睡了就別吵他了，明天再說吧。你也早點睡。」

說完便回了房間。

陳靜康似乎有些不放心，在她身後叫住她：「顧姊姊，少爺脾氣不太好，罵妳幾句妳不要往心裡去。」

顧九思轉頭看著陳靜康。記得她剛到陳慕白身邊的時候，挨了罵，陳靜康總是幸災樂禍地嘲笑她：「又挨罵了吧？這個星期少爺罵了妳三次，只罵了我一次，說明少爺對我比對妳好！」

這種無聊幼稚的舉動讓顧九思頗為無語。

後來陳靜康會繃著臉，傲嬌又帶點同情地甩一句：「多被罵幾次就習慣了！」然後一溜煙地跑走。現在終於看到陳靜康上了道，安慰人的話也像模像樣了，顧九思覺得自己這小白鼠當得真是太不容易了。

半夜，陳慕白醒來去樓下倒水，走到一半看到顧九思坐在客廳的沙發上仰頭看著窗外，一臉彷徨，似乎坐在那裡很久了。因為只開了壁燈，她的輪廓有些模糊，似乎馬上就要融入夜色。

夜深人靜是人最沒有防備的時候，顧九思似乎根本沒聽到腳步聲，對於肩膀上突然出現的壓力嚇了一跳。她動作極快地站起來，一臉防備地看著壓力的來源，眼底的凌厲和繃起的肌膚都透露出她的緊張。

看到來人是陳慕白後，她立刻垂下眼睛，幾秒鐘後又逼迫著自己可以放鬆下來，恢復了那副淡漠散漫的模樣。看到陳慕白頗有深意地看著她才反應過來，手足無措地叫了聲慕少。

陳慕白倒是來了興趣，興致盎然地看了半天她的破綻。「妳剛才……是在害怕？」

很少有女孩子有她這麼機敏和警覺的，她必定是曾經歷過什麼，否則不會反應那麼大，那種反應似乎已經變成了她的一種本能，騙不了人的。平日裡的顧九思冷是冷了點，但沒有這麼重的戾氣。想想看這個女人真的是有趣，每次都給他不一樣的感覺。

顧九思的臉色忽然轉冷，抿著唇似笑非笑地盯著陳慕白，連語氣都是冷冰冰的。

「你憑什麼說我在害怕？」

陳慕白笑了，在昏黃的燈光裡格外溫暖柔和，卻讓顧九思越發心虛害怕。

他的聲音也輕緩了幾分，帶著循循善誘的耐心。「心裡如果害怕就不要說話，也不要和別人對視，否則一個音調一個眼神就把自己出賣了。妳看妳剛剛可是漏洞百出。」

顧九思在身後擦了擦手心裡的冷汗，面無表情地回答：「多謝慕少賜教。」

陳慕白倒了兩杯水，端給顧九思一杯，頗為和善地開口詢問：「顧九思，有些事我一直很好奇。妳上次說妳在美國生活了很多年，那在妳離開美國之後，來陳家之前，這段時間發生了什麼？」

顧九思喝了口熱水，心神早已平復。「這次慕少又打算拿什麼來和我交換？」幾天前在陳家老宅做交易時吃的虧她還記憶猶新。

陳慕白在顧九思身邊坐下，盯著偌大的客廳，緩緩開口。聲音不大，在空寂的夜裡，只有他們兩個可以聽清。

「其實這裡有很多別人的眼線，他們表面看上去只是用人，卻可以做很多事情。他們和妳不一樣的是，妳在明，他們在暗。陳銘墨的眼線，陳慕雲的眼線，陳慕昭的眼線，每個人背後是誰，我一清二楚；他們可以監視我，也可以為我所用。妳也能預感到應該很快會接到老宅的電話吧？這次怕是沒那麼好過關吧？陳銘墨和陳慕昭那裡，妳想好怎麼解釋了嗎？」

顧九思不知道陳慕白為什麼突然告訴她這些，有些奇怪地歪頭看他。月光下他側臉的線條清晰漂亮，在那顆桃花痣的點綴下，上挑的眼尾越發勾人。

就在顧九思回想著她的睫毛和陳慕白的睫毛誰的更捲翹時，那張臉忽然轉了過來，漆黑深邃的眸子直直看了過來。

顧九思猛地垂下眼簾。「我剛才正在想。」

陳慕白一副恨鐵不成鋼的模樣，繼續點醒她：「今天晚上的事他們都看在眼裡，明天一早，所有人就會知道，顧九思不知道怎麼惹了陳慕白，被他大罵了一頓。明天一早我會當著所有人的面把妳趕到城外的別墅思過，沒我的允許，不許回來。我的意思，妳明白了嗎？」

顧九思不明白，一點兒都不明白。陳慕白何必要來蹚這渾水？他一而再、再而三地賣給她人情到底是為了什麼？僅僅是為了想知道當年到底發生了什麼事？這跟他又有什麼關係？

一時間顧九思心中情緒紛雜，半晌才轉過頭困惑不堪地問：「你到底是為什麼……」

一個男人肯幾次三番地幫一個女人，正常情況下只有一種可能，可對方是陳慕白啊，那個工於心計玩弄人心的陳慕白啊，他不是正常人啊。他這種人怎麼會和情字掛上鉤？實在太可笑了。她覺得倒不如想想這背後有什麼陷阱更實際一些。

「當然是因為……」陳慕白突然看向顧九思，眼底俱是認真嚴謹，幾秒鐘之後才笑著吐出兩個字：「惜才。」

看到顧九思滿臉疑惑才繼續道：「方叔年紀大了，陳靜康太毛躁，妳有心計能隱忍又沉穩，是個人才。」

顧九思總覺得又被陳慕白戲弄了，心底那點彷徨和傷感瞬間就被惱怒替代了。

陳慕白笑完之後準備回房，走到一半靠在樓梯扶手上回首。

「對了，下次妳想事情的時候記得閉上眼睛，妳每次出神的時候臉上的表情掩飾得很好，可眼神……嘖嘖嘖，就差太多了。」

顧九思皺著眉不去看他。

陳慕白轉過身邊走邊繼續說：「還有，妳以後還是不要叫我慕少了，妳每次都假裝對我恭敬又裝得不像，我都替妳累得慌。」

❄

當陳慕雲和陳慕昭的爭鬥進入白熱化的時候，陳慕白想要的傳言也傳了出來。

陳慕雲聽到這個消息只當是陳慕白的少爺脾氣又犯了，沒當一回事。陳慕昭以為顧九思替陳銘墨來找他的事被陳慕白知道了，陳慕白才會大發雷霆，更加確信了立升已是囊中之物。

消息傳到陳銘墨耳朵裡的時候，他正打算要叫顧九思到老宅來，最近他聽到的消息已經讓他開始懷疑顧九思。這一切……都太巧了吧？

他剛打算興師問罪，人就被趕走了？

陳方看著顧九思坐車離開才幡然醒悟，原來陳慕白那天生氣不只是為了試探顧九思，更大的目的在這裡——為了保護她。一開始陳方也不明白，為什麼陳慕白看上去似乎格外為難顧九思，有事沒事就拽著她折騰起來，特別是她每次見了陳銘墨之後，總是格外傲嬌彆扭。後來時間久了，他似乎看出了點什麼。可這個姑娘偏偏又不是個知情識趣的主兒，連他一個老頭都能看出來的東西，她偏偏一點兒都覺察不到，相比之下，她似乎對於心計更在行。

這兩個人，真是一個木頭樁子，一個傲嬌彆扭，什麼時候是個頭啊？

顧九思離開的第二天，各大媒體雜誌的頭條都被一則爆炸性的新聞占據。立升集團多名高層被相關部門帶走問話。

幾天之後，立升集團被查封。

每個企業看上去都是光鮮亮麗、風光無限，卻禁不住細查的。越是大企業越是如此，一查都是問題，更何況有消息傳出來，說是立升得罪了上面，上面特意交代要求嚴辦的。

陳慕雲和陳慕昭各自折損了幾員大將，陳慕白踢了個無關緊要的人出去走過場，而陳銘墨一副置身事外的淡然模樣，可他心裡卻有些不舒坦，這一切似乎和他當初預想的不太一樣。

聽說陳慕雲被董明輝罵得狗血噴頭，陳慕昭直接氣病了，而陳慕白則是一天到晚地發脾氣罵人。三個人本來就是演技派，又擅長虛張聲勢，如今更是看不出來誰真誰假。

隔了幾天，天氣漸漸晴朗起來，午後陳銘墨坐在書桌後曬著太陽閉目養神，孟宜年給他添了杯水，他慢慢睜開眼睛。

當初他覺察到立升背後有人在操控，只是他不知道這股勢力到底來自哪一邊，陳慕白？陳慕昭？還是董家？無論是哪一邊，都已經脫離了他的掌控範圍，這是他不能容忍的，所以他是一定要毀了立升，而且要快。

可是似乎有人比他的動作更快，譚森突然辭職出國，三股勢力明爭暗鬥，這一切都讓他遲疑了。他本以為譚森會是一個突破口，可以讓他知道幕後是誰在操縱。他的目的不僅僅是毀了立升，他更想知道背後這隻手是誰。突破口突然消失了，而懷疑的所有物件都參與其中，讓他越發看不清楚。他打算再觀察觀察，沒想到這一觀察似乎讓某些人鑽了空子。

他這一動作看上去似乎三方都受了挫，可他總覺得有人占了便宜，這一方到底是誰？還有顧九思，她去見陳慕昭到底和他說了什麼？

相比陳慕昭和顧九思，他更願意去問後者，且不說陳慕昭會不會告訴他，就算陳慕昭肯說，真實性又有幾分？反過來會被陳慕昭利用也說不定。他年紀大了，這種費力不討好的事情他越發覺得厭倦了。

陳銘墨難掩一臉疲倦，抿了口茶，有氣無力地開口：「宜年，你說，我是不是老了？」

孟宜年低眉順眼地站在一旁。「怎麼會呢？您最近是太累了，多休息休息就好了。」

陳銘墨笑了笑。他是心累，哪裡是休息就能好了的？孟宜年何嘗不知道這個道理，卻也只能勸他放寬心。

「你跟著我有多少年了？」

孟宜年想也沒想就回答：「快三十年了。」

陳銘墨轉頭看向窗外，嘆了口氣。

「一晃就是三十年，人生能有幾個三十年？想不服老都不行了。」

孟宜年也有些觸景傷情。「姊姊的孩子如果還在，過了年就滿三十歲了。」

陳銘墨難得一晃神，半晌沒有說話。

孟宜年說完也有些懊悔，慌忙開口：「是我僭越了。這種話我以後不會再說了。」

陳銘墨擺了擺手，閉上眼睛。「你沒錯，是我對不起你姊姊和……那個孩子。」

孟宜年似乎不想多提。「對了，顧九思最近不在，記者可能找不到合適的人，把照片送到這裡來了，您要不要看看？」

陳銘墨接過來看了幾張便扔到了一邊。「這孩子真是越來越胡鬧了！」

孟宜年看著照片裡的陳慕白和孟萊。「孟小姐確實像她。」

陳銘墨知道孟宜年口中的「她」是誰，有些不悅地開口：「只是長得有幾分像罷了，其他的……半點兒都不如她。」

孟宜年頓了一頓。

「那您何必為了她和喬江兩家對著幹呢？明知道她陷害的是喬家的小女兒，江家的準兒媳，這兩家可都不容小覷。更何況現在三少爺和她……傳出去了總歸是不好聽的。」

「我留著她不過是想看看那張臉，年紀大了總會想起以前的事，看看也無妨。至於慕白……」陳銘墨瞇著眼睛，「他看不上這個女人，不過是為了報復我罷了。」

孟宜年點點頭不再說話。

陳銘墨揉著太陽穴。「這件事你去辦吧，教訓教訓便是，別讓外人看出來。我現在是越來越有心無力了，或許也該讓位給這些年輕人了。」

孟宜年有些意外。「您想好了？」

陳銘墨猛地睜開眼睛，眼裡的威嚴滿滿，再看不出剛才疲憊不堪的樣子，半晌後搖搖頭，擺了擺手，孟宜年很快退出了書房。

夕陽的餘暉順著落地窗照進來，繼而一點點消失。

❄

陳慕白靜靜地坐在沙發上，看著新聞裡關於立升的報導。他用立升保全了自己，還拉了幾個對手下馬，這一仗怎麼看他都贏得漂亮。只是屹立行業多年的領頭羊就這麼敗落了，是自己把它扶植起來的，也是自己把它推向了現在的下場，陳慕白說不清自己到底是什麼心情。

眼看他起高樓，眼看他宴賓客，眼看他樓塌了。

陳慕白關了電視走到陽臺上往外看，看著夕陽一點點消失，黑暗一點點湧上來，良久之後，意味不明地勾唇一笑。

陳靜康悄悄推門進來。「少爺，都處理好了，他想見您，您見嗎？」

陳慕白轉身，屋內沒開燈，他臉上的笑容早已消失，被晦暗不明替代，連語氣都有些難以捉摸。「見，為什麼不見？」

陳靜康踟躕半晌還是問出來：「少爺，您為什麼要在這個時候拆穿呢？您拆穿了這一個，他還會派新的過來，我們還要費時費力地去防新人。」

陳慕白瞪他一眼。「廢話那麼多！晚飯沒吃嗎？」

陳靜康縮了縮腦袋，小聲嘀咕著關上門：「吃了吃了……顧姊姊不在，我把她的那份都吃了，真是撐死我了……」

陳靜康的話不是沒有道理。陳慕昭在他身邊安排的人他一直知道是誰，也一直沒有動作，他清楚除了這一個，還會有下一個來，可看如今的形勢……他只能犧牲一下了。

很快有人敲門進來，站在陳慕白面前。

陳慕白懶懶地坐在書桌後，看著他淡淡地開口：「羅寧，二十五歲，你父親羅文林和陳慕昭的父親從小一起長大。當年陳慕昭的父親出了事，你父親也一起沒了，從那之後你就一直留在陳慕昭身邊，這件事沒有幾個人知道，直到三年前陳慕昭派你到我這裡做內應，你每週二晚上七點到九點會出去一次和陳慕昭見面。我說得沒錯吧？還差了什麼？提醒一下我，最近記性不太好。」

羅寧自覺一向謹慎，不知道自己什麼時候露出了馬腳，面對陳慕白也只能認栽。「沒有了，栽在慕少手裡我心服口服，只是我還有幾句話想說。」

陳慕白耐心極好。「說。」

羅寧似乎下了很大的決心。「之前是我的錯，可是昭少爺的身體一天不如一天了，手段謀略也比您差了一大截，我想今後跟著您。」

旁邊一直站著的陳靜康一臉不屑的樣子。但凡是威脅到他地位的人，他從來沒有什麼好感，之前是顧九思，現在是羅寧。

陳慕白若有所思地點頭。「讓我看看你的誠意。」

羅寧拿出一張支票。「這是在顧九思的房間裡找到的，這上面是誰的筆跡，慕少看得出來吧。也許，慕少是信錯了人。」

陳慕白瞟了一眼，支票上的簽名是陳慕昭的，不會有假，票面上的金額也大得出奇。

陳慕白的唇邊隨即綻出抹意味不明的笑，一手支著下巴，漫不經心地開口：「你是想告訴我，顧九思在和陳慕昭合作？」

羅寧卻不再往下說。「慕少是聰明人，自然明白其中利害。」

一時間陳慕白眸光明滅變幻，心意難測。

良久之後，陳慕白神色淡然地看向羅寧。

「想要繼續跟著我也不是不行，不過……陳慕昭身邊的淺唱，你該知道吧？」

羅寧身形一頓，竟再也說不出一個字。

「可是……」陳慕白說到一半突然頓住，似乎遇到了很為難的問題，皺著眉再次開口，「別的還好辦，頂多和淺唱一樣辦了就是，可我記得你是識字的，可惜了，你這雙手怕是也留不得了。」

羅寧猛然抬頭，一臉不可置信地看向陳慕白。

陳慕白淡然地和他對視，語氣溫和道：「不說話了？看來你可沒你家主子狠。他讓你來的時候沒吩咐你要不惜一切代價嗎？不就是一對耳朵一根舌頭和一雙手的事嗎？這你就下不去手了？你以為內應是那麼好做的？」

羅寧也看出了陳慕白並不打算收他，恨恨地看向別處，有些心有不甘。

「都說慕少心狠手辣，真是名不虛傳。」

陳慕白一向不在意別人怎麼說他。「機會我是給你了，如果你肯廢了你的耳朵、舌頭和手的話，以後就可以跟著我了。之前發生的事情我就當從來沒發生過，就看你肯不肯了。」

羅寧承認，他到底是低估了陳慕白。他和淺唱不一樣，如果只是廢了耳朵和舌頭他還可以搏一搏，可手廢了，他就真的是廢人了，看眼前的形勢逼著他唯有認命了。

「我栽在你手裡是我沒用，任你處置！」

陳慕白一挑眉繼續開口：「這些年，陳慕昭怕是下了不少功夫培養你吧？如今折在我手裡你說他會不會心疼？就算我肯放了你，他知道了你是因為對自己下不去手而功敗垂成的，以他以往的作風會不會念在和你多年的感情饒過你？」

羅寧跟著陳慕昭多年，自然知道陳慕昭的做派，表面看上去病懨懨的，卻絕不會手軟。他眼底漸漸浮起幾絲絕望。「慕少何必連條活路都不給我？」

陳慕白的耐心終於用盡，極不耐煩地開口：「滾吧！」

羅寧不可置信地看向陳慕白，他肯放了自己？

陳慕白站起來撫了撫衣服上的皺褶。「滾回去跟陳慕昭說，讓他給我回電話。」

羅寧並沒動作，他心裡清楚現在這樣回去，陳慕昭也不會輕易放過他。

陳慕白走到羅寧面前。「你可以放心回去，我會跟陳慕昭說，是我自己不肯收你和你沒有半分關係。作為交換條件，這件事……」陳慕白捏著手中的支票緩緩地開口，眸中盡是凌厲狠絕，「如果有第四個人知道，我會讓你知道什麼是真正的沒有活路。」

羅寧離開之後，陳靜康有些不放心。「少爺，就這麼放了他，您就不怕……」

陳慕白怎麼會不明白，斬草不除根後患無窮的道理，可他不賣這個人情給陳慕昭，那條毒蛇怎麼肯放過顧九思？

想起那個女人，陳慕白又皺起了眉頭，有些不悅地轟陳靜康道：「你也出去。」

陳靜康離開後，陳慕白又坐回書桌前。

他承認，在看到支票的那一刻，他確實有些震驚，有些惱怒，情緒紛雜，一口氣憋在胸口竟讓他說不出話來。他知道顧九思八面玲瓏、城府頗深，可如果有一天她的手伸得太長，欲望大到他都無法滿足了，那他也只能親手除掉她。

如果真的有那麼一天……那他現在懸崖勒馬還來得及，至少現在他還可以勉強說出「用情不深」四個字。

違心的話陳慕白說過不計其數，可這四個字說出來，讓他有些說不出的難受。

陳慕白向來崇尚享樂主義，從不會輕易讓自己難受，只會讓別人難受，頂多是心裡不舒坦。心裡不舒坦了，折騰折騰也就過去了，他一向擅長把自己的快樂建立在別人的痛苦之上。

可這次，好像是怎麼折騰都沒辦法排解。

陳慕白又看了眼那張支票，越發覺得憋悶了。直到臨睡前，陳慕白才接到了陳慕昭的電話，他看著螢幕閃了半天才接起來，語氣散漫中帶著不客氣。

「你真是越來越沒規矩了，不知道這麼晚了，我已經休息了嗎？」

陳慕昭在電話那頭笑了一聲，設的局被人揭穿還把人送了回來，他也沒必要再偽裝。

「放出去的網沒收回來，慕少怎麼睡得著？我見到我的人了，能跑能動的，身上的零件一樣都沒少，慕少現在當真是寬宏大量，有君子之度。」

陳慕白聲音僵硬地道：「陳慕昭，你吃藥吃傻了？」

陳慕昭自然是知道天底下沒有那麼便宜的事情。「不知道慕少是什麼意思？」

陳慕白靠在床頭，手裡隨意翻著顧九思看過的那本書。「我累了，就不跟你廢話了。顧九思得罪了你，拿羅寧換顧九思，你和她的過節一筆勾銷，你不吃虧。」

陳慕昭頓了頓。「你喜歡這個女人？」

陳慕白有些好笑地回答：「你覺得可能嗎？」

陳慕昭對陳慕白的心思從來就沒摸透過，現在更加糊塗了。陳慕白明知顧九思是陳銘墨的人，而且一向對她不冷不熱的，現在竟然主動護著她，他又想幹什麼？這其中又有什麼陰謀？讓他相信陳慕白會有感情更是難上加難，他自己都覺得這個想法荒唐可笑。

「就是覺得不可能才會問。」

陳慕白懶得和他廢話下去。「既然知道不可能就不要廢話。」

陳慕昭想了想。「這事就這麼辦了。我一直以為，慕少眼裡是容不得沙子的。」

陳慕白回了一句，就掛了電話：「不容沙，日後怎麼吐珍珠啊？」

陳慕昭的電話掛下沒多久又接到陳簇的電話。

陳簇大概是在上夜班，電話那邊還能聽到不時有人和他打招呼，叫他陳醫生。

「我聽說最近鬧得動靜有些大，你沒事吧？」

陳慕白被吵醒兩次，脾氣上來了，語氣也好不到哪兒去。「我能有什麼事？」

陳簇立刻感覺到了他的小宇宙。「這是誰又招惹你了？」說完才想起來又問了一句，「是不是吵醒你了？」

他和這個弟弟一起生活了很多年，知道陳慕白剛起床和被吵醒的時候脾氣最大，簡直就是六親不認。

陳慕白模糊不清地「嗯」了一聲。

陳簇也不在意。「我好久沒見你了，這週末一起吃頓飯吧。」

陳慕白揉著眼角。「吃飯可以，不過事先說好了啊，你自己來，閒雜人等不許帶。」

他一向對陳簇的女朋友不待見，不明白那麼仙風道骨的人怎麼會喜歡那個……又二又笨的吃貨。

陳簇似乎很不滿意，小聲訓斥了一下：「那是你嫂子！」

陳慕白似乎聽到了什麼特別可笑的事情，誇張地笑了幾聲之後才回答：「別了，我沒那個福氣有這麼個長輩。」

陳簇那邊似乎有什麼事，他應了一聲之後對陳慕白說：「我這邊有個病人，就這麼說定了，我明天把時間地址發到你手機上。」

陳慕白掛了電話之後再也睡不著了，拿著顧九思看過的那本書翻來覆去地掃了幾眼，也看不進去，翻到某一頁的時候忽然掉出來一張紙。

「陳慕白你以為我是白癡嗎？會上你的當！」

陳慕白一笑。那天他確實是故意把那幾份文件放在桌子上來試探顧九思的，只不過紙上的內容都是真的，她卻不會相信。其實他也一樣，這種日子過得久了，早分不清什麼是真什麼是假了。這些年他和顧九思相互試探，真真假假，怕是再也不敢，或者是再也不會相信對方了吧。

生活對他和顧九思都是殘忍的，在最無助的時候，慢慢割捨掉對任何人的依賴心，從此，他們不敢依賴，只能孤身前行，那是他們的保護色，早已形成習慣，不會輕易退去。

4 灰藍色的雪夜

他一直在等這個人出現，在等這個人來問他，他好回答，他真的累了。

週末一大早，陳慕白就接到陳銘墨祕書的電話，讓他到辦公室一趟。

陳銘墨辦公的地方陳慕白沒來過幾次，一是太偏，二是層層站崗，隔幾步就站著一個人，他看著心煩。

陳慕白的車大部分警衛都認識，倒也一路順利地到達了目的地。

陳銘墨辦公室的裝飾還是老派作風，古樸簡單，書桌、沙發、書櫃。陳慕白的視線掃到屏風時，眼角一抽，心裡咯噔一下。

那道屏風有些年頭了，上面畫著佛手，原本頗有禪機，只是……

他十歲那年，年少頑皮叛逆硬生生地把那幅畫改成了豎著中指的佛手，下場的慘烈程度可想而知，這就是陳慕白不願意踏進這裡的第三個原因。雖然過去了十幾年，可這道豎著中指的佛手屏風卻能輕鬆地讓鐵血慕少腿軟。

坐下後，陳銘墨問了幾句之後便進入了正題，試探性地開了個頭。

「立升集團的事情……」

陳慕白一聽到那四個字就炸了毛。「別提了！真不知道是哪個挨千刀的領導，沒事整頓什麼風氣，還拿立升開刀，也不知道提前通個氣。我可是折了好多人力財力進去，本以為是塊肥肉，結果什麼都沒撈著，你說可氣不可氣？」

吼了一通之後又特別認真且真誠地看向陳銘墨。「您知道是哪個畜生幹的嗎？」

陳銘墨聽了差點吐血，卻也不能承認不能反駁，只能硬生生地吞下去，逼著自己平靜。

「我也不是很清楚……你就不覺得這事有蹊蹺？」

陳慕白一臉懵懂。「什麼蹊蹺？」

陳銘墨暗示他道：「你不覺得這其中有人鑽了空子占了便宜？」

陳慕白一拍桌子。「當然有！不就是那個什麼要求嚴辦的領導嘛！他占了最大的便宜！」

陳銘墨無語，繼續誘導：「那陳慕雲或者陳慕昭呢？雖然他們各有損失，可萬一有人在演戲呢？」

陳慕白心裡冷笑，臉上卻立刻擺出迷惑的表情，擰著眉頭苦思。「你這麼說起來，我倒想起一件事。立升集團的事情說到底不就是為了錢嗎？陳慕雲是董明輝的親外甥，董家那可是最不缺錢的，按理說陳慕雲不該湊這個熱鬧，可他卻鬧得最凶。」

陳慕白現在恨不得讓陳銘墨忘了有陳慕昭這個人，免得他找顧九思的麻煩，只能盡量把陳銘墨的注意力引到陳慕雲身上去。

陳銘墨點點頭。「你說得也有道理。」

陳慕白靜了半天忽然跳起來。「您不會也懷疑我吧？」

陳銘墨向來擅長試探，從不會當面撕破臉，掩飾性地笑著。

「沒有，對了，最近怎麼沒看到顧九思？」

陳慕白聽到那三個字又皺起了眉頭，氣呼呼地開口：「笨得要命還老在我眼前晃，我嫌煩，打發她去城外打掃別墅去了。」

陳銘墨看向陳慕白。「就因為這個？」

陳慕白煞有其事地想了一會兒。

「哦，還有，陳慕昭那裡不是有個花瓶嗎？我挺喜歡的，那天我讓她去找陳慕昭要來給我看看，結果這點小事都辦不好，走到半路給摔碎了，真是氣死我了。」

陳銘墨看著陳慕白自導自演了半天。「沒別的了？」

陳慕白莫名其妙地看著陳銘墨。「還有什麼別的？一個女人而已，我還罰不得了？」

陳銘墨覺得陳慕白的說辭和他看到的匹配得太過完美，一時半會兒也挑不出什麼問題。「我不是這個意思，就是隨便問問。都說了不過是個外人，你也沒必要這麼生氣。」

陳慕白不耐煩地站起來。

「不提了不提了，說起來我就火大，我約了人，您沒別的事我就先走了。」

陳銘墨點點頭沒再說什麼。

陳慕白出來以後才鬆了口氣，也不見剛才怒髮衝冠的樣子，他這麼賣力地胡攪蠻纏了一通，希望能把這一頁徹底掀過去。一看時間才發現早就過了和陳簇約好的時間，匆匆趕到的時候，飯桌上的兩個人已經吃得差不多了。

陳慕白有些無語有些氣悶，坐下後一直盯著正在胡吃海塞的某個在他眼裡根本算不上女人的女人不說話。

陳簇笑著解釋：「三寶餓了，我就讓她先吃著等你了。」

陳慕白看著滿桌差不多空了的盤子，挑眉問：「等我來結帳嗎？」

陳簇對這個弟弟彆扭的性格瞭若指掌，給他倒了杯水，轉移話題道：「我請還不行嗎？怎麼不叫人啊？」

陳慕白繃著一張臉，來來回回地看著。

「叫誰？這裡除了你跟我，還有一個吃貨，哪裡還有人？」

坐在陳簇身邊被喚作三寶的女人也不生氣，笑眯眯地看了陳慕白一眼，低頭繼續吃。

陳簇安撫地看了三寶一眼，催促陳慕白：「叫嫂子！」

陳慕白和三寶打過幾次照面，卻從來不正面稱呼，總覺得這個女人是扮豬吃老虎，此刻一臉誇張的驚愕。「什麼？嫂子？你讓我叫這個吃貨嫂子?!」

三寶理直氣壯地塞了口菜。

「你沒聽過嗎？吃貨眼裡只有食物，食這個字分開寫，就是良人。」

陳慕白一臉不屑加惡寒。「這麼酸的話是誰說的？」

三寶好脾氣地回答：「阿憶啊。」

陳慕白看向陳簇。「阿憶是誰？」

陳簇提醒道：「隨憶啊，蕭子淵的夫人。」

「哦……是她啊……」陳慕白回憶了一下，那個女人他接觸過幾次，不是善類，更何況她身後還有個蕭子淵。

他本想著還是留點口德吧，可又看了看三寶，實在沒忍住，拉過陳簇。「蕭子淵的那位夫人可是個人物，您這位據說和她關係好著呢，你確定她不是扮豬吃老虎？」

「她沒那個心計！」陳簇把菜單塞到陳慕白手裡讓他點菜。「你那個跟班呢？」

陳慕白沒什麼胃口，隨便看著心不在焉地回答：「顧九思啊，去城外辦事去了。」

陳篠笑了起來。

「我沒說顧九思，我是說小康子，你怎麼第一反應就以為我在說顧九思呢？」

陳慕白頓了一頓，抬起頭莫名其妙地看了他一眼，神色有些奇怪。「沒事開這種玩笑幹什麼？陳靜康吃多了去看醫生，最近顧九思不在，他吃東西都吃雙份。」

陳篠回憶著笑起來。「他還是小時候的樣子。」

陳慕白忽然闔上菜單，一本正經地建議：「你不說我都忘了，要不我把這貨介紹給陳靜康吧，兩個人都那麼愛吃，肯定般配。」

陳篠立刻收了笑容，看著陳慕白。「再說我真生氣了。」

陳慕白挑了挑眉，不再說話。

一直沉浸在美食中、壓根聽不到兩個人在討論什麼的三寶忽然抬頭。「我還沒吃飽。」

陳篠下一秒就把菜單從陳慕白手裡奪過來遞給三寶，陳慕白攔都沒攔住。

「看看喜歡吃什麼，再點。」

三寶立刻心滿意足地開始點菜，半天才想起來不好意思地問陳篠：「我吃得不多吧？」

陳篠好脾氣地寬慰她：「不多，妳這週夜班多，多吃點補補。」

三寶這下徹底放寬心撒歡地點起菜來。

陳慕白看著滿桌的狼藉，一臉無語，卻也放棄了阻攔，有氣無力地開口：「真是沒見過這麼能吃的女人，都能甩陳靜康好幾條街了，更別提你我了。哥，你那點工資養得起如此猛獸嗎？」

陳簇瞪他一眼。「我養得起，不用你操心。」

陳慕白涼涼地回一句：「那只能說明現在醫生的收入十分可觀。」

陳簇也不會真生氣，看著菜上來了就催他：「快趁熱吃吧，一會兒涼了，吃了又該不舒服了。」

陳慕白看了看他，又看了看桌子。「吃什麼，哪還有吃的，吃盤子嗎？」

兩人才說了幾句話的工夫，剛上的菜又被三寶吃完了，這下陳簇都有些無語了，不好意思地看著陳慕白。

陳慕白撫著額頭笑得不能自抑。「算了算了，我最近飯局多，整天在外面吃，對餐廳的飯也沒什麼胃口。我就是來見見你。」

陳簇也心疼這個弟弟。「那你明天來家裡吧，我給你做。」

陳慕白心裡有事，沒那個心情，便拒絕了。「不了，最近事情多。以後再說吧。」

臨分開前，陳簇忽然想起了什麼。「對了，你和孟萊又是怎麼回事？」

陳慕白忍著笑看他。「我記得某些人可是已經不問世事了呀。」

陳簇無奈地看著他。「你當我願意管啊，你是我弟弟，我才關心你。別太出格了，把自己的名聲弄壞了，以後誰敢嫁給你啊，你總不能一輩子都是一個人啊。」

陳慕白看著陳簇和三寶牽在一起的手，笑了笑。「我沒那個福氣。走了。」

陳慕白發動了車子，又往倒車鏡裡看了一眼，陳簇和三寶正手牽著手一步步往前走。

陳慕白勾了勾唇，很快車身便乾脆俐落地融入車流中。

❄

顧九思也在當天晚上接到了陳銘墨的電話。陳銘墨交代完事情之後，難得顧九思主動開口：「陳老，我很久沒接到我父親的消息了……」

「是我讓他們別告訴妳的，免得分妳的心。等妳做完我交代妳的事情之後，自然會見到妳父親。」

說完便掛了電話。

顧九思並不擔心她父親的身體，她擔心的是她父親是不是還活著。陳銘墨如果想要棄了她這顆棋子，肯定會提前做打算。她都沒用了，自然也沒有留著她父親的必要，陳銘墨的第一步恐怕就是對她父親下手。

顧九思嘆了口氣，希望她走的這步棋是對的。

第二天一早，顧九思便站在別墅門前的路邊，等了沒一會兒便遠遠地看到一輛車開了過來。

車子停穩後便看到舒畫從車上下來，顧九思在這裡看到舒畫竟然絲毫都不意外。

舒畫笑著走過來。「我打電話給陳伯伯，問起妳，他老人家說妳在這裡，我最近沒什麼事情就過來看看妳。」

顧九思也笑了下。「我知道，陳老提前交代過了，我一直在等您。」顧九思這才看到還有一個男人也跟著從車上走了下來。

舒畫雀躍著跑過去攬著男子的手臂，一臉驕傲地介紹道：「這是我小舅舅，他過來辦事順便送我過來，是不是看上去很年輕、很帥啊？他叫段景熙，妳聽沒聽說過？」

顧九思看著眼前的男人，眉眼俊逸，目光沉靜，已到不惑之年卻保養得極好，除了細看之下眉宇間刻著的些許滄桑，看上去也就三十出頭的樣子。

段景熙，外交世家段家最看重的接班人。外交部的段景熙，外交手段一流，風骨氣度自成一派。因為姓段，故里又是雲南大理，隨著金庸小說的風靡，人稱段王爺，她怎麼會沒聽說過？

顧九思很快笑著點頭致意。「段王爺，久仰大名。」

段景熙同樣淺笑著點了點頭。「顧小姐客氣了。」

顧九思側身請他們進門。「進去坐吧。」

段景熙妥帖有禮地點點頭，示意她先行。

顧九思和舒畫走在前面，舒畫狀似很親熱地攬著顧九思的胳膊，邊走邊問：「說真的，妳到底是怎麼惹到陳慕白的？幾乎所有人都知道了妳被他罵得有多慘。」

顧九思敏銳地覺察到了舒畫對她的態度和上次見面時起了變化，似乎帶了點挑釁的敵意，無聲無息地掩蓋在刻意的親密下。她停下來抬頭笑著看向舒畫，舒畫一時間只覺得尷尬。

段景熙也停了下來，不著痕跡地看了眼顧九思。這個女孩子看人太透，一些事情她三兩眼就明白了，卻也不說破。事情只要不說破，就有迴旋的餘地，這個道理不是誰都能明白的，明白了也未必做得到。舒畫在她面前實在是太透明了。她明白舒畫在挑釁，卻不點破，心裡大概只覺得可笑吧。

不過有的時候太聰明也是件很悲哀的事情。她看透了這人世間的虛偽與浮華，大概也沒什麼能打動她的了吧。

舒畫承認，她確實因為不久前陳銘墨對顧九思的高度評價而耿耿於懷，可顧九思對她而言還有用，她可不想這麼早就翻臉。

她乾笑著拉著顧九思繼續往前走。

「哈哈，不過大家也說了，哪天陳慕白不罵人了那才不正常呢。」

顧九思笑著給舒畫和段景熙倒水，依舊不說話。

段景熙接茶時，禮節性地看了顧九思一眼，點頭致謝，這個女孩子眉目異常平靜，和他之前認識的那些女人不太一樣，他忍不住多看了幾眼，片刻後斂眸，喝茶，似乎什麼都沒發生。

喝了幾口之後，段景熙站起來看向顧九思。

「我還有事，就先告辭了。舒畫就拜託顧小姐了，晚上我派人來接她。」

顧九思把他送到門口。「段王爺慢走，我會照顧好舒小姐的。」

顧九思和舒畫目送段景熙的車子消失不見。

舒畫笑嘻嘻地問：「我小舅舅是不是很迷人？他這個年紀的男人特別招女孩子喜歡，再加上他家世好、長得好、性格好，喜歡他的女人多得不得了。」

顧九思敷衍地笑了笑，不發表任何看法。

舒畫似乎並不只是在炫耀她有個好舅舅，賊兮兮地笑著小聲問：「那妳呢？妳喜不喜歡我小舅舅？」

說實話，顧九思對段景熙沒什麼好感。這個年紀的男人本就見識比她多，又是外交出身，最是擅長和人打交道和偽裝，言行舉止都是受過訓練的，不會讓人感覺到一絲一毫的不舒服，也不會暴露一絲一毫內心的真實想法。水太深，和他打交道太累，她道行不夠，招惹不得。

更何況顧九思心裡清楚舒畫問這話的目的，她不關心顧九思對段景熙的態度，不過是想藉此提醒顧九思，妳顧九思和我們不是一路人，沒家世、沒背景，以此來提醒她尊卑有別，從而滿足自己舒家小姐的優越感。

顧九思總覺得舒畫和上次匆匆一面時起了變化，卻不知道自己是哪裡得罪她了，只能笑了笑。「舒小姐開玩笑了。」

誰知舒畫並不打算放過她，似乎非要逼著顧九思說出「我配不上妳舅舅」之類的話才算安心。「我說真的啊，如果妳喜歡我可以……」

舒畫只當顧九思是軟柿子使勁拿捏，卻不知道她也是有脾氣的。

顧九思斂了笑，面無表情地看著舒畫，緩緩地開口：「舒小姐為什麼會覺得世界上所有的女人都會對妳舅舅感興趣？」

舒畫嚇了一跳，顧九思之前都是一副笑眯眯好脾氣的模樣，現在卻讓她感覺到一股懾人的氣勢，竟讓她有些心驚，於是支支吾吾地開口解釋：「我……我不是那個意思，我就是覺得妳人不錯，和我小舅舅……」

顧九思看她一眼。「哦，我人不錯？那妳倒說說看，我是什麼人？」

舒畫剛才不過是隨口謅了個藉口，大概沒想過顧九思會這麼刨根問底地問下去，這下真的詞窮了，支支吾吾了半天：「妳……妳是個好人……」

顧九思聽了先是一愣，然後哼笑了一聲，繼而真的笑出聲來。

舒畫沒見過她這麼笑過，有些害怕地看著她。顧九思沒有別的意思，她是真的覺得好笑。這麼多年，從來沒有人跟她說過她是個好人。

這下她基本可以確信，舒畫真的是被寵壞了。在陳家，哪裡有什麼好人？

顧九思笑完才沉著一張臉盯著舒畫，一字一頓地開口：「舒畫，妳要搞清楚，我顧九思從來就不是什麼好人。如果妳覺得我可以任妳捏扁搓圓，那妳真的是找錯人了。」

大概是沒有人會當面給她難堪，舒畫面上有些掛不住，想要發火，卻又有些害怕顧九思不敢發作，一時間不知道該怎麼辦了，眼淚很快便順著面頰流了下來。

顧九思也就是嚇嚇她，免得她沒完沒了，沒想到她竟然哭了，看上去好像是她欺負了她一樣。顧九思咳嗽了一聲，神色也恢復了之前親切可人的模樣，拉著舒畫的手帶她往前走，語氣也柔和了許多。「舒小姐累了吧，進去喝杯茶歇一歇。這附近有條河，這幾天天氣暖和冰都化了，水很清，還有很多魚，一會兒我帶妳去看。」

舒畫再不敢招惹顧九思，擦擦眼淚可憐兮兮地點了點頭。

顧九思和舒畫基本上沒有什麼共同語言，好在舒畫玩性大，顧九思坐在河邊的石頭上，看著她玩得不亦樂乎。

舒畫玩開心了，轉頭對她笑了一下，甜美純真，那一笑讓顧九思都有些心馳神往。她可能只比舒畫大了兩三歲，卻感覺自己老了，那般天真爛漫的笑容，她怕是再也不能在自己臉上看到了。其實顧九思心裡並不討厭舒畫，她不過是個不諳世事的小姑娘，偶爾驕縱蠻橫卻不記仇，也不是不能忍受。

吃過晚飯就有人來接舒畫。

舒畫臨走前，顧九思送到門口，她猶猶豫豫了半天看著顧九思不說話，也不肯走。

顧九思主動問：「舒小姐有事？」

舒畫有些不好意思地開口：「今天對不起啊……」

顧九思還沒傲氣到要她道歉的地步，笑了一下。「都過去了，別放在心上。」

舒畫點點頭卻還是不肯走。

顧九思摸不著頭腦了。「舒小姐還有事？」

舒畫踟躕半晌。「我聽說……聽說陳慕白和那個姓孟的……」

這個話題顧九思覺得以自己的身分並不適合去說什麼，可眼前這個女人卻是最受不了敷衍的，她想了想才開口：「以慕少的條件自然是招女人喜歡的，可他現在不認得妳，怎麼鬧都算不得錯，以後你們認識了，就看妳的本事了。」

舒畫聽後似懂非懂地點點頭，卻還是不走。

顧九思一思索便明白了她的小兒女心思，主動開口：「最近慕少事情多，等過了這陣子，我會安排，妳等我消息。」

有了顧九思的這句話，舒畫終於心滿意足地離開了。

顧九思也鬆了口氣。

❄

段家城外的住處離這裡並不遠，舒畫到了的時候，段景熙正在吃飯，就看到她怒氣沖沖地走了進來，坐到他面前一言不發。

段景熙繼續淡定地吃飯，舒畫自己憋不住了才撒嬌地開口：「小舅舅！」

段景熙看她一眼。「吃飯的時候不許說話。」

舒畫又被噎了一次，徹底泄了氣，蔫蔫地趴在桌子上等段景熙。

段景熙喝完最後一口湯，擦了擦嘴才開口：「說吧，怎麼了？」

舒畫終於找到了靠山，迫不及待地告狀：「顧九思她欺負我！」

段景熙一點兒都不意外。「那妳去找她欺負回來啊。」

舒畫蔫了。「我……我不敢。」

段景熙繼續逗她：「那就去找陳銘墨啊，顧九思不是陳銘墨的人嗎？」

舒畫還是打不起精神。

「陳伯伯啊，我不想讓他知道我和顧九思有衝突，我怕他對我印象不好。」

段景熙奇怪地看了眼舒畫。

「那妳來找我有什麼用？我和她基本上可以算作不認識，她不在我的管轄範圍內。」

「我……」舒畫一時也不知道該怎麼辦，「反正有人欺負我，你得幫我作主！」

「那我是幫妳打她一頓呢，還是罵她一頓？」

舒畫是被人哄習慣了，可段景熙偏偏不慣著她。

「倒也不用……我就是覺得憋氣！」

段景熙抿了口水。「顧九思的名字我不是第一次聽了，一個女孩子在陳家那樣的環境做事，心思手段何其厲害？一點兒都不輸給男子，多少人折在她手裡？妳去招惹她，不是自己找不痛快嗎？」

舒畫也不願意認輸。

「我就是覺得以後嫁到陳家還要靠她幫忙，所以不想和她撕破臉而已。」

段景熙皺眉。「當初妳父母來找我說這件事，我就不同意。陳家那是什麼地方，妳這種性格怎麼適合嫁到那裡去？把妳吃了，妳都不知道是怎麼回事。」

舒畫笑嘻嘻地湊上來，挽著段景熙的手臂。「怎麼會呢？誰不知道我是舒家小姐，又有個了不起的小舅舅，誰敢吃我？」

段景熙看出舒畫是鐵了心地看上了陳慕白，知道多說也沒用，便不再開口。

書房房門緊閉，陳靜康湊著耳朵聽了半天也沒聽到什麼，忽然聽到腳步聲立即立正站好，房門很快從裡面打開，一群人搖著頭、皺著眉走了出來。

陳慕白這個人從來都不會有話直說，一句話說出來轉幾十個彎，兜兜轉轉，真真假假，最後不知道轉去了哪裡。幾個人聽得雲裡霧裡、糊里糊塗的，直到出了門還是一頭霧水，只能求助蹲在門口扮石獅子的陳靜康。

陳靜康一臉義正詞嚴、忠心護主的模樣。「少爺的心思豈是我等可以揣測的？」

等人走光了，陳靜康才默默地流淚。你們問我我去問誰啊？少爺的心思我怎麼會知道？他還記得幾天前的教訓。

幾天前，陳靜康小心翼翼地去問陳慕白：「少爺，顧姊姊什麼時候可以回來啊？」

陳慕白給他的回覆是：「該回來的時候自然會回來。」

他不明白又問：「該回來的時候是什麼時候？」

陳慕白反問：「你覺得呢？」

陳靜康依舊不明白，這次卻不敢再問了。他是真的想念顧九思啊，他不想再吃雙份的東西、撐得難受去看醫生了，可他管不住自己的嘴啊！

舒畫前一天被顧九思嚇著了，晚上回去又被段景熙奚落了一頓，再也沒什麼心情欣賞郊外的美好風光，第二天一大早就回了城。

段景熙的事情直到傍晚才辦完，他看了眼時間讓祕書準備車趕回去。臨出門前已經有些飄雪花，走到一半雪越下越大，竟然連路都看不清了，再加上前面有一段路本就泥濘難走，這下更是雪上加霜了。快到高速口的時候遠遠就看到了堵車，祕書下車去看了看，很快回來彙報情況：「雪太大了，高速封了。」

段景熙看了眼窗外。「原路返回吧，明天看看天氣再說。」

回去的路上，快到段家在城外的宅子時，車子忽然滑到路邊不走了。

原本閉目養神的段景熙睜開眼睛問：「怎麼了？」

司機一臉尷尬。「車壞了，動不了了，我下去看看。」

段景熙在車裡等了會兒也下了車，走過去問司機：「還要多久？」

司機從一堆工具裡抬起頭。「還要再等等。」

站在一旁撐傘的祕書馬上掏出手機。「我打電話讓他們開輛車來接您。」

段景熙忙了一天有些頭疼，他看了眼前方，緊了緊衣領。

「不用了，你留在這裡，我自己走回去就行了。」

祕書把傘遞給他，雖有些不放心卻也了解段景熙的脾氣，囑咐道：「那您小心點慢些走，一會兒車修好了去前面接您。」

段景熙做了個深呼吸，空氣冰涼，倒也提神。他一路慢悠悠地走著，天漸漸黑了，他走著走著有些不確定自己是不是走錯路了，看到不遠處有家超市還亮著燈，就想過去問一下。剛走過去就聽到角落裡的嗚咽聲，一轉頭，一條很小的狗躲在角落裡瑟瑟發抖。旁邊蹲著的女孩伸手摸摸牠的頭。「是不是冷啊？」

小狗又嗚咽了一聲，似乎在回答她。

段景熙退了幾步讓光線照過去，他才看清。

女孩身邊放著一個紙箱子，箱子裡放著幾條毛巾和一盒牛奶。她把小狗放到箱子裡，給牠裹上毛巾，餵牠喝了點牛奶。

小狗倒是不怕生，一邊舔著牛奶一邊安靜地受她擺弄。

後來女孩摸摸牠的頭站起來。「好了，我要走了。雪太大了，你不要到處亂跑。」

小狗叫了兩聲，女孩低頭看了牠一眼，轉身走了。小狗又叫了兩聲，女孩停住腳步，似乎頗為掙扎，半天才轉身回到原地，蹲下來看著牠。

「我真的不能帶你走，那不是我的家，我連自己都顧不了，怎麼顧得了你呢。」

我連自己都顧不了，怎麼顧得了你。段景熙在怒號著的狂風和翻飛的雪花中聽到這句，心裡莫名一緊。

她的語氣不是感嘆，不是哀傷，卻是一種無奈的自嘲，在飄著大雪的冬季街頭，他因為她的這一句話心裡有了些異樣。

最後女孩狠狠心，終究是走了。她從角落裡走出來，段景熙才看清她的臉，沒想到竟然是認識的人。她一路低著頭從他面前走過，可能在想事情並沒有看到他。

段景熙想著既然在這裡遇上她，應該不太遠了，跟著她走總歸是沒錯的。

他跟在顧九思身後。顧九思走了一段之後，忽然蹲下來，很久不動，頭髮和衣服上落滿了雪，她似乎絲毫不在意，一直都沒有動。

段景熙在後面看了會兒才發現不對勁，大步走上前去，蹲在顧九思面前輕聲問：「顧小姐沒事吧？」

顧九思吃力地抬起頭來，看到段景熙時愣了一下，下一秒看到段景熙的動作時，腦中的第一個反應竟然不是段景熙怎麼會在這裡，而是這個男人是不是被設定了程式，行為舉止完美得無可挑剔。

一般人遇到這種情況，多半只會站著問；有禮貌的會彎一彎腰，可能做到和她一樣蹲在地上說話的應該沒幾個人吧？

他的家教到底有多好？

段景熙並沒覺察到顧九思的內心想法，他只看到一張蒼白沒有血色的臉和一雙水汪汪的眸子，他又叫了顧九思一聲：「顧小姐？妳怎麼了？」

顧九思眼裡閃過一絲尷尬，躲閃著目光，把手裡拎著的東西往遠離段景熙的方向放了放。段景熙透過昏暗的路燈，這才發現顧九思手裡拎著的袋子裡裝了些什麼。他這個年紀的男人生活經驗豐富，自然明白顧九思是怎麼了。

顧九思勉強站起來，氣若游絲地道：「我沒事。」

段景熙虛扶了她一下，主動挑起話題轉移她的尷尬。

「怎麼這麼晚了，身體不舒服買個東西還需要妳自己來？」

顧九思雖然知道女人的這種生理現象是個男人都知道，但到了自己身上，特別是對方還是只見過一面的男人，多多少少還是有些尷尬。「嗯……不好麻煩別人。」

段景熙極紳士地脫下大衣披到顧九思身上，順手接過她手裡的袋子，又把傘遞到她手裡。一連串的動作自然嫻熟行雲流水，讓顧九思不得不懷疑他經常對女性這麼做。

很快，顧九思又甩掉了這個想法。自己真是以小人之心度君子之腹，他的生活作風問題和自己無關，眼前的情況看，受益的到底是她。雖然她也有想過拒絕，可又覺得有些矯情，禮節性地推讓在這個男人看來，怕只能歸類於矯揉造作，自己還是安安靜靜地接受得好。

大雪紛飛的夜晚，她身上披著他的大衣站在傘下，而他一身單衣站在傘外，他們並肩走著。顧九思轉頭看了一眼，大衣輕軟溫暖，她仍舊覺得冷，可卻不見他有任何顫抖畏縮。這個男人是真的不冷，還是已經強大到可以對抗本能了？

走了幾步之後，段景熙溫和地開口：「昨天麻煩妳照顧舒畫了，她從小被寵壞了，驕縱蠻橫，如果有得罪妳的地方，我替她給妳道歉。」

顧九思此刻腹痛難忍，哪裡還有心情關心舒畫是哪根蔥，腦子也有些轉不動，剛想好詞兒準備開口客氣地敷衍，就被汽車鳴笛聲打斷，緊接著便是由遠及近的車燈。

她和段景熙回頭去看，很快從車上下來一個人跑到段景熙面前請他上車。

段景熙沒回答，卻轉頭看向顧九思，微微笑著開口詢問：「雪太大了，順路送顧小姐回去吧？」

顧九思點了點頭，她現在這種狀態自己走回去大概只剩半條命了。

上了車之後，顧九思把大衣脫下來還給段景熙。

段景熙接過來放到一邊，從顧九思手邊的袋子裡拿出紅糖，接過祕書遞過來的保溫壺，倒了杯紅糖水遞給她，笑容清淺。「杯子是新的，沒人用過。」

顧九思接過來看了他一眼。這個年紀的男人，成熟沉穩，事業有成，有同齡人沒法給予的安全感，又會照顧人，自然如舒畫所說，最是招年輕女孩子喜歡。

上次見他的時候她心裡有事，沒怎麼在意，今天才發現他的聲音低沉悅耳，聽上去格外舒服。他目光真誠柔和，笑起來溫暖明澈，眼尾有細小的笑紋。

顧九思的腦子裡忽然閃過一個疑問，這種聲音他練了多久才有這種效果？這種笑容又是練了多久？一個人的目光也是可以訓練出來的？

她捧著杯子低頭喝水，一張臉乾淨剔透。在外面凍了許久，此刻一暖和便泛著淡淡的粉紅，小小的鼻尖很快被熱氣籠罩。一見安安靜靜，一雙眸子卻不時地轉動著，看上去古靈精怪，年輕得讓他羨慕。

他沒忍住勾起唇角。「顧小姐在想什麼？」

顧九思立刻抬起頭，正襟危坐兼顧一臉無辜。「沒什麼。」

段景熙眼底的笑越發明顯。「顧小姐好像很怕我？」

顧九思扯著嘴角，頗有深意地搖了搖頭。

不是怕，是怵。這個男人大了她太多歲，經歷了太多，正處在一個男人的黃金期，早已退去了男孩的青澀和輕狂，散發著成熟男人的魅力。任何時候都是風輕雲淡、舉重若輕的模樣，卻是鋒芒泯為無形。看上去謙恭儒雅，卻是心深似海。

段景熙示意司機升起後排的擋板，後排狹小的空間瞬間就只剩下他們兩個人。段景熙參加過太多的談判，最是擅長誘敵深入。「顧小姐是有什麼問題嗎？儘管問。」

顧九思忽然想起幾年前看的一場外交部的新聞發布會，臺上的段景熙作為新聞發言人答記者問時大概就是現在的神色，幾乎沒有任何不同。

她頓了一頓。「聽說外交家連說話的聲音、臉上的笑容都受過訓練，段王爺是練了多久才有現在教科書般的完美？」

段景熙第一次被問到這個問題，愣了一愣。

顧九思自覺唐突，剛想開口收回，就看到段景熙似乎很認真地邊想邊開口：「笑容好像從小就開始了，還有一些其他的訓練。至於聲音……我記得青春期變聲之後，父親就一直教我怎麼說話，用什麼部位發聲，什麼場合面對什麼人用多大的音量，從那時候算起到正式進外交部大概有……十三四年的時間。」

顧九思再次開口：「那你還記得你本來說話該是什麼樣子嗎？」

段景熙又是一愣，只是這次時間更長了一些。他嘗試著開口說話，但剛發出一個音節便放棄了。

面具戴久了，當真不記得自己本來的面目了。

顧九思看他一臉茫然，笑著開玩笑打破僵局：「我看過你作為外交部發言人的新聞發布會，那時候的段王爺意氣風發，可不是如此不善言辭的人。」

段景熙似乎不知道該擺出什麼表情來才好，半天才一臉苦笑地看向顧九思。

「我引以為傲的半生經歷，怎麼在妳看來那麼可悲呢？今晚我大概不用睡覺了，要好好思考思考我的人生了。」

顧九思低下頭去默默在心裡懺悔，顧九思啊顧九思，人家幫了妳妳還反咬一口，妳是屬蛇的嗎，不攻擊人不舒服嗎？

再抬起頭時，顧九思臉上掛著極官方的笑容。

「段王爺妄自菲薄了，您的高度不是誰都可以達到的。」

段景熙立刻覺察到了顧九思情緒的變化，她似乎又變成了他們第一次見面時的模樣，在他們之間畫了一條明顯的界限，禮貌卻疏離。

段景熙側過身看著她，目光真誠。「是我說錯什麼話了嗎？」

顧九思調整了下坐姿，不動聲色地離段景熙遠了一些，語氣越發客氣。

「沒有，您不用這麼客氣。您位居高位，陳老特意交代過要對您和舒小姐客氣些，剛才是我唐突了，請您原諒。」

段景熙心底有些許失落，相比現在和他保持距離、對他恭敬有加的顧九思，他還是喜歡剛剛那個只把他當作普通人的顧九思。他身邊不缺恭敬乃至諂媚的人，他本以為自己早已習慣，這一刻他忽然體會到了什麼是高處不勝寒。

一時間兩個人都不再說話，直到車子停下來，擋板降下去，祕書轉過頭輕聲提醒：「顧小姐，到了。」

顧九思笑著和段景熙道別：「今天謝謝了，我先走了。」

段景熙把手邊的袋子遞過去。「應該是我謝謝妳，今天和顧小姐相處得很愉快。顧小姐是個看事情很通透的人，和妳聊天讓我學會從特別的角度看問題，獲益匪淺。」

顧九思垂眸一笑便打開車門準備下車，聽到身後的聲響，轉頭叫住同樣打算下車的段景熙，「不用送了，我自己回去就可以了。」

段景熙堅持道：「應該的。」

顧九思忽然不動了，看了他半天，慢慢笑出來。「現在很少有這麼紳士的男人了，你這樣禮節周到，總是會讓我覺得這一切都是你平時的訓練內容，感覺很奇怪，你不累嗎？」

段景熙聽了一怔。

「其實我想說的是……」顧九思忽然斂了神色，面無表情地看著段景熙，「我不想讓別人看到我們有接觸，於您於我都不好。」說完便開門下車，頭也不回地走了。

段景熙又想起剛才她那句「我連自己都顧不了」，心底最初的那絲難受似乎又深了幾分。他一直以為那麼年輕的一個女孩，能在陳家游刃有餘靠的是聰明，現在才知道不是。她不是聰明，她是懂得如何生存。

段景熙看著那道背影漸漸融入夜色才收回目光，淡淡地開口：「開車。」

顧九思不時變幻的「您」和「你」讓段景熙越想越覺得有意思，安靜許久的車廂裡忽然響起了他的輕笑聲。

司機和祕書默默對視了一眼，繼續保持沉默。

段景熙卻主動開了口，似乎真的是很疑惑。「我今天……是不是被耍了？」

祕書跟在他身邊多年，是個忠心不二卻做事一板一眼、墨守成規的人。「外長，她是陳家教出來的人，最是奸詐狡猾，什麼陰謀詭計不會？她不過是為了吸引您的注意力，您別上當。」

段景熙似笑非笑地看著他，重複了一下，「吸引我的注意力？」

祕書有些不齒。「您平時工作那麼忙，當然不知道，現在的一些女孩子不自重不自愛，最喜歡不勞而獲，用一些出其不意的方法吸引男人的注意力，從而坐享其成。」

段景熙有些不悅地吐了口氣。「你現在怎麼和舒畫犯一個毛病，我有什麼可讓別人覬覦的？到底是別人膚淺還是你們膚淺？」

祕書知道觸及了段景熙的底線，悻悻地低頭沉默。

段景熙的語氣忽然緩和了幾分，看著窗外不斷倒退的景色若有所思。「不過你有句話倒是說對了，她確實吸引了我的注意，這個女孩子……挺有意思的。」

他生在外交世家，家裡多半親戚也都在外交部，所以最看重禮儀。他在這樣的環境中長大，一切行為舉止都被束縛，規範得像本教科書，他也早已習慣，別人從來都是誇他恭而有禮，卻從來沒有人問過他累不累。沒人提起，他自己也根本意識不到，可是當有一個人忽然冒出來問他的時候，他竟然有種感覺。

他一直在等這個人出現，在等這個人來問他，他好回答，他真的累了。

❄

顧九思看到那輛黑色的車子緩緩滑出去，才從角落裡走出來，左右看了看沒有發現什麼才繼續往前走。她的生活充斥著太多的人和事，本就錯綜複雜，她可不想再因為偶然才有交集的人而惹出什麼麻煩來。

顧九思走近之後，才發現樓前竟然停著好久不見的一輛車，一時間愣住。

她抬手看了眼時間，她並沒有出去多久，她出門前明明沒有啊。她摸了摸車前蓋，還有餘溫，看來剛到不久。

這座別墅平時沒什麼人在，只有一個看門人和一個負責清潔的用人。這輛騷包的車出現在這裡，那陳靜康肯定沒跟來，顧九思不知道那兩個人伺不伺候得了那位爺。

進了門果然看到陳慕白姿態慵懶地窩在沙發裡，兩條長腿搭在矮凳上有一眼沒一眼地看著電視，似乎百無聊賴。不遠處站著瑟瑟發抖的兩個人，看到顧九思皆是一臉解脫的模樣。

顧九思覺得好笑，看來已經折騰過了。她做了個手勢，兩個人立刻慌不擇路地逃了出去。

陳慕白聽了動靜，抬頭看了一眼又把視線轉回到電視螢幕上，陰陽怪氣地開口：「妳就那麼喜歡下雪天跑出去嗎？」

她許久沒見陳慕白，再見他竟然覺得有些可笑，像是個鬧脾氣的孩子。

顧九思眨了眨眼睛。「出去買點東西。」

陳慕白又看了她一眼，然後視線停留在她手中的袋子上，突然伸出手去。

「拿來我看看。」

顧九思這下確定、一定以及肯定陳慕白真的很無聊，他平時哪裡會關心這些？

顧九思把袋子抓得更緊了。「沒什麼特別的東西。」看到陳慕白明顯的蹙眉，又補充了一句，「都是些女人用的東西。」

陳慕白收回伸了半天的手，上上下下地看著她，垂眸想了想，又上上下下地看著她，然後有些不確定地開口：「妳這日子不對啊。」

顧九思閉上眼睛深吸了口氣，覺得自己已達崩潰的邊緣。

陳慕白你到底是有多無聊？

陳慕白揚揚下巴。「不舒服就別站著了，坐吧。」

顧九思覺得今晚的陳慕白似乎格外好說話，遠離了城市裡的喧囂，他似乎也沒那麼難相處了。

她再開放也沒到和一個男人討論如此私密話題的地步，忍了忍開始轉移話題，看似很關切地問：「慕少怎麼這麼晚才到？」

陳慕白的表情忽然變得略有些複雜。「吃了晚飯才出門。」

顧九思看著他試探著開口：「聽說……高速封了？」

陳慕白收回視線，拿起手邊的電視遙控器仔細翻看，看似漫不經心地回答：「呃……我走的時候還沒封。」

顧九思覺得奇怪。

「那應該早就下了高速，這裡離高速口並沒有多遠，您怎麼這麼久才到？」

陳慕白玩完了遙控器又開始一本正經地看電視。「天黑，我開得慢。」

顧九思步步逼近，小聲地揭穿他：「走也早就該走到了。」

陳慕白猶豫半晌，看似很為難地開口：「我……迷路了，在附近轉了很久才找到這裡。」

「……」顧九思咬緊牙根發誓，她的臉上絕對沒有出現一絲絲笑容。

一個表面鎮定實則在心裡狂笑，一個表面鎮定來掩蓋自己的尷尬，一時間兩個人誰也沒有再說話。

後來顧九思昧著良心主動開口解圍：「這裡……確實是不太好找，慕少許久不來，天又黑，找不到也是正常的。時間不早了，早點休息吧。」

她現在想馬上回到房間躲在被子裡大笑。

陳慕白關上電視機，幽怨地看著她。「我還沒吃晚飯。」

顧九思馬上站起來。「您想吃什麼，我去做。」

陳慕白仰頭看著天花板似乎在思考，顧九思有種不好的預感，他一定會藉機為難自己來報剛才的一箭之仇。陳慕白想了很久，每一秒對顧九思來說都是煎熬，她大腦高速運轉思考著怎麼應付陳慕白。

半晌後，陳慕白面無表情地看向她。「妳不方便就不用妳做了，我也不餓，讓他們隨便做點就行了。妳去交代一聲，回來我有話跟妳說。」

「好。」顧九思應下來很快就出去了。

其實顧九思心中有些忐忑，她做賊心虛，心裡藏了太多事，不知道陳慕白要找她說的是哪一件。

他知道舒畫來過？

他看到段景熙送她回來了？

抑或是……她一直在等的那件事？

等她回來的時候，陳慕白正站在寬大的落地窗前背對著她欣賞雪景，聽到聲響也沒轉身，而是聲音平靜無波地開口：「說說吧，妳這次把所有事都攬到自己身上，不讓陳銘墨和陳慕昭懷疑我，冒這麼大的風險是為了什麼？別讓我平白無故承了妳的情，我不想欠女人的。」

果然，顧九思有種沒有白等這麼久的欣慰，也不著急說出目的。「慕少不生氣了？」

陳慕白從落地窗的玻璃上看著顧九思的倒影，單薄模糊。

「剛開始確實是氣著了，不過事後一想也就明白了。」

顧九思笑了笑，由衷稱讚：「慕少是聰明人。」

陳慕白轉過身，頗有興趣地看著顧九思。「妳想讓我做什麼，說吧。」

顧九思垂眸想了想，良久才抬眼平靜地和陳慕白對視。「我在美國有個朋友，叫顧寸之，很久沒有他的消息了，您能不能幫我查一查……查一查他還在不在？」

從「賭王」消失的那天起，她父親便再沒有用過真名，皆是用顧寸之。

陳慕白最擅長刺激人，百無禁忌地問出來：「是查一查他還在不在美國，還是在不在人世？」

顧九思閉了閉眼，鼓起勇氣說出那幾個字：「在不在人世。」

陳慕白點點頭，又問：「他是妳什麼人？」

顧九思還是剛才的一套說辭：「一個朋友。」

陳慕白摸著下巴想了想。「這個名字有些奇怪，也姓顧，你們家親戚？」

顧九思鎮定地搖頭否認：「不是，只是恰好也姓顧。」

「啊……」陳慕白別有深意地看了她一眼，「那還真是巧。」

顧九思心虛地沒有接話。

陳慕白又問：「妳為什麼不直接跟我說，非要繞那麼大一個圈子讓我來找妳？」

顧九思小心地回答：「直接告訴您，您未必會答應。」

陳慕白冷笑了一聲。

「那妳就先斬後奏，逼著我答應？顧九思，妳現在是越來越有本事了。」

顧九思默認，她當初那麼做就是賭陳慕白可以懂她的意思，賭她先斬後奏如此脅迫陳慕白而他不會發怒。

陳慕白唇角微揚。「我想知道，如果我一直不明白，妳打算怎麼辦？」

「我會等。」

「如果我永遠不明白呢？」

「我沒想過。」

「現在想呢？」

面對陳慕白的步步逼近，顧九思似乎已經無路可退，再也敷衍不下去了。

陳慕白對她的沉默似乎並不滿意，一臉促狹。「在我眼裡，顧九思從來不屑於把自己偽裝成一個單純的好人。說吧，妳肯定想過。」

顧九思承認，她確實想過，還想過不止一次。

「我會去找陳銘墨，告訴他立升集團的事情，作為交換，我的要求他也會答應。」

陳慕白先是點頭一臉讚許，繼而又是一臉疑惑。「其實相比較而言，妳說的這個辦法更簡單快捷，妳何不直接去找陳銘墨呢？妳是不想得罪我怕我報復妳呢，還是真心想替我瞞下去？抑或說妳覺得妳想找的人沒有重要到值得妳拿這件事去交換？」

顧九思心情複雜，臉上卻一片輕鬆。「慕少覺得呢？是哪一種？」

「我覺得……」陳慕白頓了一頓，「是第一種？」

顧九思笑了，看著陳慕白眼底波光流轉。

「當初那場雪夜，在王府花園的冰面上，慕少把這件事當成人情賣給我，難道不是為了日後為我所用？難道您還指望著我能替您保守祕密？」

陳慕白勾唇，顧九思亦看著他，眼底閃過一絲複雜。

半天才看到陳慕白薄唇輕啟，吐出幾個字，亦是看不出失望。「沒指望過。」

顧九思不動聲色地舒了口氣。「既然沒指望過，又何來我會怕得罪您之說？」

陳慕白挑眉問：「那就是第三種？」

顧九思搖搖頭，無所謂地笑了笑。「是第一種，雖然這件事是您主動告訴我的，但是慕少一貫喜怒無常，做事讓人難以捉摸，也保不齊會惱羞成怒來報復我，多一事不如少一事，我還是喜歡穩妥的做法。」

陳慕白斜睨她一眼。「妳這……又是在誇我？」

顧九思抽了抽嘴角。「就算是吧。」

陳慕白繼續問：「我能問問妳，是從什麼時候開始算計我的嗎？」

顧九思很配合地坦白：「從陳慕昭那裡回來以後，或許是我無意間說了什麼讓他以為是陳銘墨讓我去找他的，我覺得這是個好機會。」

「確實是個好機會。」陳慕白忽然話鋒一轉，「不過，我生平最恨別人脅迫我、算計我，妳不知道嗎？」

顧九思無言以對，她知道，卻也是沒有辦法。

半晌之後，陳慕白再次開口：「不過這次我可以為妳破個例。」

顧九思抬頭看向他，臉上帶著期冀。「那你是答應了？」

陳慕白和她對視，眼底一片寧靜深邃，緩緩地開口：「答應了。」

他的話音剛落，整座別墅便陷入了一片黑暗。

顧九思心裡一驚，下意識地想要去抓住什麼，摸到一個堅實溫熱的物體便馬上緊緊抓住。那物體動了動，很快便安靜地任由她抓著。耳邊很快傳來了陳慕白調侃的聲音：「看吧，我就說不能答應，遭報應了吧，天都黑了。」

顧九思無語。「慕少可不能說話不算數。」

陳慕白冷哼。「剛才不知道是誰還說我喜怒無常？」

顧九思扯了扯嘴角，保持沉默，敲門聲很快便將她解救出來。

門外傳來看門人的聲音。「陳先生，雪太大把電線壓斷了，我去找蠟燭，您稍等一下。」

腳步聲漸漸走遠，兩個人都站在原地沒有動。

「還好。」

黑暗中，陳慕白沒頭沒腦的一句話讓顧九思一頭霧水。「什麼還好？」

陳慕白的聲音再次響起，在一片漆黑中聽不出任何情緒：「還好，我們之間只是交易，我還真怕妳只是單純地為了我才那麼做。」

半晌後，顧九思低下頭在黑暗中神情複雜地笑了下。「慕少想多了。」

陳慕白的聲音裡也帶著些許笑意。「那是最好不過了，妳這麼說，我就放心了。」

一晚上兩個人各懷試探，誰都不敢先低頭，誰都不敢說真話，今天發生的一切日後讓他們後悔又慶幸。

很快有人拿著蠟燭敲門進來。「陳先生，飯菜好了，您在哪裡吃？」

陳慕白擺擺手。「不吃了，黑燈瞎火的沒心情，我去睡了。」

然後陳慕白示意有些僵硬的顧九思看自己的手臂。「放手。」

洗，顧九思才反應過來，馬上鬆手，有些尷尬地東瞧西看。

「我說……」陳慕白嫌棄地看著自己的手臂，「妳從外面回來之後是不是沒洗手？」

顧九思意識到陳慕白的潔癖模式已經開啟，轉身就走，有些無賴地開口：「是啊，沒洗，慕少如果真的受不了就把自己的手臂砍了吧，刀在廚房。」

這次輪到陳慕白抽嘴角了，他揚著聲音叫住顧九思：「明天一早一起走。」

顧九思回頭，一臉莫名。「去哪兒？」

陳慕白邊把衣袖折下來邊慢條斯理地回答：「小康子一天問三遍妳什麼時候回去，妳再不回去他就要撐死了。餵了那麼多糧食，撐死了可就不划算了。」

顧九思轉過身低頭笑著上了樓。

5 木頭也會倦的

他不能想像某一天他依舊肆無忌憚地叫著顧九思的名字，她卻再不會出現。

第二天一大早兩人便出了門。雪天路滑，本來一個多小時的路程兩個人用了一上午才回到城裡。

顧九思沒想到她才回來就有人找上門來，她接了電話便急匆匆地出了門。

咖啡廳裡，顧九思看著手裡的幾張照片，心裡一聲聲地嘆息，就這些東西真是浪費她的感情，她還以為陳慕白又幹什麼了呢。

對面某八卦雜誌的新晉記者卻是一臉得意。

「您說，這幾張照片如果上了報紙或者讓陳老看到了，會有什麼後果？」

顧九思抿了口咖啡才不慌不忙地開口：「後果就是……我大概以後再也不會在這個世界看到你了。」

當真是新人，這種別人看到了都要躲著走假裝沒看到的事情，他偏偏要拍下來，還敢覥著臉來威脅要錢？

某記者一臉錯愕。「妳這話是什麼意思？」

顧九思有些不忍地暗示他：「意思就是說……我今天什麼都沒看到，你也什麼都沒拍到。」

某記者冷笑。「看來九小姐是不打算出錢了，那我就只能帶回社裡給總編看了。」

顧九思面無表情地看著他。「你隨意。」

某記者怒氣沖沖地摔門而去，顧九思慢條斯理地站起來準備回去，還沒回到家就接到了那個雜誌社總編的電話，點頭哈腰地認錯，並表示已經把那個記者辭退了，永不錄用。

顧九思剛掛了電話，就聽到陳靜康讓她看路邊。

顧九思沒想到再次見到孟萊竟然是在這種情況下，她慢慢地在街邊走著，臉上帶著傷，走路的姿勢很僵硬。

陳靜康減慢了車速。「要不要帶她一程？」

顧九思搖頭示意他快走。「算了，她不會希望看到我們的。」

看來孟萊和陳慕白的事情陳銘墨還是知道了，他怎麼會允許這種事情發生呢？他不會動自己的兒子，可別人就沒那麼幸運了。不過，顧九思沒想到他會打她，不知道是不是陳銘墨親自動的手？

❄

段景熙開了一天的會，回到辦公室的時候天已經黑透了。他筋疲力盡地坐進沙發裡，扯開領帶、解開衣釦鬆了口氣，祕書把兩部手機都遞給他。

段景熙接過來開始看工作手機裡的紀錄，祕書把打過電話的人和要溝通的事情說完之後，示意段景熙去看私人手機。「舒太太打了兩通電話來找您，讓您開完會給她回個電話。」

段景熙點了點頭，開始撥號，祕書很懂事地退了出去。

「喂，姊。」段景熙一開口才發覺嗓子已經啞了。

段景熙是段家的小兒子，段景臻又是長姊，長姊如母，兩個人感情一直很好。她立刻不放心地囑咐：「怎麼嗓子都啞了，知道你工作忙，可也要當心自己的身體，別以為自己還年輕不當回事。」

段景熙清了清嗓子道：「嗯，知道了，妳找我有事啊？」

段景臻從小在外交世家長大，舉止禮儀本就無從挑剔，自從嫁入舒家之後越發安和從容，向來是各大家族教育女子的典範。段景熙知道她必定是有事情找他，不然不會連打兩通電話來，而且她要說的話他多半已經猜到了。

果然段景臻極輕地笑了聲。「不是什麼大事，舒畫也算是你看著長大的，她現在大了，我和你姊夫的話也聽不進去，好在你這個舅舅的話她還是聽的，你多看著點兒她。」

段景熙聽了也不接話，靠進沙發裡閉著眼睛沉默。段景臻安靜地等著，她這個弟弟雖比她小了不少，可畢竟是她父親親自挑的接班人，手把手教大，這些年又頗有歷練，見識心思早不是她可以想像的了。

良久，段景熙才輕聲開口，卻說起了另一件事：「我今天開會前才從家裡趕過來，爸和我聊了很久。」

段景臻等了半天沒有動靜，便知道了他的態度，遲疑了下才開口解釋，似乎頗為為難。「舒家這兩年越發受排擠了，你姊夫年紀也大，自從幾年前栽了跟頭之後便一蹶不振，現在也不過是撐個樣子罷了。我們到了這個歲數也沒有什麼，可舒墨和舒棋還有很長的一段路要走，做父母的不能不為子女考慮。和舒畫歲數相當的年輕人裡，陳慕白算得上翹楚。對舒畫來說，不管從哪方面來看，陳慕白都是個好的選擇。」

段景熙坐在漆黑的辦公室裡，聲音也不帶一絲溫度，不見剛才面對親人的親和，似乎又回到了談判桌上，帶著公事公辦的疏離。「陳慕白是不是個好的選擇暫且不論，陳家是個什麼樣的地方，妳不是不清楚，舒畫嫁到陳家會是個好選擇？妳既然知道舒家已經開始走下坡路了，就該明白陳銘墨和舒家聯姻到底是為了什麼？」

段景臻的聲音忽然威嚴了幾分。「舒畫，把電話掛了，大人說話不許偷聽，沒有規矩！」

舒畫似乎嚇了一跳，驚呼了一聲，悻悻地掛了電話。

段景臻的聲音重新響起，恢復了輕緩溫和。「我知道他是為了拉攏段家，父親一直不回應，他便曲線救國從舒家入手。父親老了，有些想法也不是都對，和陳家聯姻這件事對段家來說未必不是好事。」

段景熙眉頭微蹙，這些年他見過多少大陣仗，早就學會了如何控制自己的情緒，不緊不慢地開口：「父親雖然老了，有些想法也老了，可有一樣總沒有錯。段家這些年能屹立不倒靠的就是獨善其身。父親當年同意妳嫁到舒家就是看重舒家也是書香門第，自視甚高，不會拉幫結派明爭暗鬥，想不到還是看走了眼，舒家到底還是低了頭。既然妳已經做了決定，作為舒畫的舅舅，我會幫妳看著舒畫，總歸不會讓她吃虧。可作為段家的人，妳要明白，這件事以及產生的後續影響和我、和段家沒有任何關係。」

段景臻良久沒有開口，似乎電話那端和她對話的男子不是她的弟弟，而是作為段家的掌門人來表明自己的立場和態度。他雖然刻意放緩了語氣，可威嚴不減，她的弟弟是真的長大了。

姊弟倆沉默良久後，段景熙開口打破沉寂，聲音也柔和許多，似乎剛才犀利強勢的對峙只是個錯覺。「姊，就算妳已經嫁了出去，但舒墨、舒棋和舒畫身上到底還流著段家的血，舒家的日子不好過，爸和我也不至於坐視不管，妳又何必急於一時？」

段景臻嘆了口氣。「剛開始我和你姊夫也不過是為了留條路，但你也知道舒畫的脾氣，拿娃娃親這種藉口聯姻她哪裡會答應？誰知那丫頭竟然看上了陳慕白，恨不得馬上嫁過去。陳銘墨也當真了，我和你姊夫是騎虎難下，只能將錯就錯了。」

其中的錯綜複雜段景熙也知道，塞翁失馬焉知非福，也只能走一步看一步了。段景熙轉了話題道：「今天見到媽了，媽說很久沒看到妳和舒畫了，有時間帶舒畫回去看看她吧。」

最後掛電話的時候段景臻似乎有些為難。

「聽舒畫說，陳慕白身邊似乎有個很厲害的女孩子？」

段景熙揉著額角的手一頓，走到桌前，拿起一個檔案袋。他是外交出身，總有些別人不及的人脈和途徑，檔案袋裡的資料他已經看過不止一遍，過了半晌才開口：「那個女孩子……不是什麼壞人，在陳家那種地方想要明哲保身總要有些手段，只要舒畫不主動去招惹她，她不會為難舒畫的。」

在段景臻的印象裡，他這個弟弟從小被當成繼承人來培養，自己也知道努力，久而久之，性子有些清冷，對男女之事也不上心，所以婚事一直拖到現在。他自己不著急，誰也強迫不了。不過，這還是她第一次聽到段景熙為一個女孩子說那麼多話。

「我會跟舒畫說，讓她收斂些自己的脾氣。」

掛了電話，段景熙才想起自己手裡還拿著那個檔案袋，打開到一半忽然停住，然後迅速打開沒有再看一眼，一張一張地送入碎紙機裡，隱約可見一個名字。

顧九思。

顧九思當年一聲不響突然空降到陳家，他以為她會和陳家有什麼淵源，沒想到卻是這種「淵源」。

段景熙在辦公室出了會兒神才收拾東西回去。上了車，司機轉過身遞給他一枚鈕釦。

「洗車的時候發現的，您看看是不是您衣服上的？」

段景熙累得哪還有心思管什麼鈕釦，閉著眼睛無力地擺擺手。

司機知道他的意思，便收回手來，準備開車。

段景熙忽然睜開眼睛，叫住司機：「拿來我看看。」他接過來仔細看了看，不是他衣服上的。如果他沒有記錯的話，應該是……顧九思的。

他想了想，收了起來。「開車。」

他已過世的爺爺曾經評價他，小小年紀，心思深沉，深極必傷。當年他不覺得有什麼，這些年他每每深夜難以入眠或是清晨一身疲憊地醒來，便越來越體會到老人家的慧眼，這麼多年下來他早已形成了睡眠障礙，不過是平日裡掩飾得好沒人知道罷了。

司機緩緩停下車時，他才猛然驚醒。他已經累到極致，才昏昏沉沉地睡著，卻沒想到這一覺睡得還是如此辛苦疲憊。紛繁複雜的片段不斷地在腦中閃過，一時間竟讓他分不清是現實還是夢境，只有一張臉他可以清楚地看清是誰。

段景熙揉捏著眉心走下車，邊走邊有些可笑地自言自語：「段景熙啊段景熙，你中邪了嗎？她可比你小了不少……」

❄

顧九思從城外回來之後，去見過陳銘墨一次，陳銘墨對於之前發生的事情隻字未提，只是提醒她舒畫的事情抓緊去辦，還有幾天之後的牌局。

幾天之後的牌局……提到這個，顧九思又開始頭疼。這直接導致牌局的當天晚上，她看著在衣帽間不停翻找衣服的陳慕白幾次想問出口，慕少您最近又幹了什麼惹毛您父皇的事嗎？可她到底沒問出口，而陳慕白似乎也對她頗為放心兼信任，竟然一個字都沒交代就帶著她出了門。

牌局設在一家私人會所裡，會所外面看上去平常，內部卻裝修得富麗堂皇。顧九思跟在陳慕白身後，在服務生的引領下到了包廂門口，一推開門便是滿屋子的烏煙瘴氣。

潔癖狂魔陳慕白皺著眉站在門口不肯進去，冷冷地看著已經在牌桌旁坐著的兩個人。

既然今晚能到這裡打牌的，自然是對手，誰也不會給誰面子。兩個人無視陳慕白，依舊吞雲吐霧，陳慕白則繼續站在門口，一時兩方進入僵持階段。

直到唐恪慢悠悠地出現。

唐恪看到顧九思，眼睛一亮。「喲，九小姐也來了，那我今天可得好好表現！」

顧九思在陳慕白別有深意的注視中，扯著嘴角對唐恪極官方地笑了笑。

話雖然這麼說，可唐恪出現在這裡並不是為了爭那個位置，而是慣例。為了緩和氣氛，每次四個人裡都要找個和兩邊關係都不錯的人來打圓場，以免傷了和氣。

唐恪轉過頭問陳慕白：「怎麼不進去，在門口站著幹什麼？」

陳慕白也不說話，冷著一張臉看向包廂內。

唐恪裡裡外外地看了會兒便明白了，進去開了窗戶，站在包廂中央，假模假樣地開口：「有女士在場也不知道禁菸，這麼沒有風度，出去別說認識我唐恪，這麼沒品的事情我可是幹不出來的。」

都是世家公子，誰也不願意擔了這麼個名頭，紛紛無聲無息地掐滅了菸。

屋內的煙霧漸漸散了，唐恪對陳慕白使了個眼色，陳慕白才走進來。

今晚的牌局異常冗長，打到最後四個人都有些心不在焉，連一向好脾氣的顧九思也有些著急了。

到陳慕白出牌的時候，顧九思看著他修長的手指在一排珠圓玉潤中緩緩滑過，最後停下來的時候她眼角一跳。她早已算好了所有的牌，如果陳慕白不換牌，那對面的秦家公子必贏無疑，那麼那個位置必定是要讓出來，陳慕白之前布的所有局都將受制不前。

她什麼都不需要做，陳銘墨交代的事情就可以交差，事後陳慕白問起，她可以拿今天狀態不好等無數的理由來敷衍。本來嘛，她只是個人，是人都有失手的時候。

可是……陳慕白丟了這個位置又該怎麼辦？

短短的幾秒鐘，顧九思左右為難，就在陳慕白出牌的一剎那，她忽然拽住陳慕白的衣角，示意他去打另一張牌，陳慕白別有深意地微微歪頭笑著看了她一眼，便把手裡捏著的那張牌扔了出去。

顧九思一臉驚愕。

這還是陳慕白第一次在牌桌上沒有採納她的意見。

此牌一出，結果如顧九思所想的一樣，秦公子贏了。

顧九思一頭霧水地看向陳慕白，陳慕白笑而不語。

贏了牌的人自然是狂妄不堪，含沙射影地去貶低陳慕白。陳慕白一反常態地沒有翻臉，竟然還一臉笑眯眯地聽著。

吃驚的不只是顧九思，連唐恪似乎對這個結果也難以接受，歪頭小聲問陳慕白：「你怎麼回事？」

陳慕白挑了下眉，輕描淡寫地回答：「手滑。」

唐恪立刻給跪了。

一桌人除了唐恪都是互相看不順眼的，幹完正事也沒有把酒言歡的必要，很快便散了。走廊上，唐恪拉住陳慕白走慢了幾步，賊頭賊腦地開口：「哎，跟你商量個事唄。」

陳慕白示意顧九思先走，心不在焉地問：「什麼？」

唐恪抬了下下巴，指了指不遠處那道俏麗的身影欲言又止：「顧九思……」

陳慕白屈尊地給了他一個目光。「什麼意思？」

唐恪清了清嗓子。「咳……我那個限量版的遊艇你不是一直喜歡嗎？我拿遊艇跟你換。」

陳慕白停下來懶懶地靠在牆邊，垂著頭看不出喜怒。「你不是說那遊艇是你老婆嗎？」

唐恪似乎想到了什麼，一臉的興奮。「可是遊艇哪裡能有美人夠勁啊，顧九思這麼冷豔的一個美人兒在床上是什麼樣？想想就覺得血脈賁張。」

陳慕白微微抬眼，一雙含情目裡複雜難懂，看了唐恪半晌才淡淡地開口：「你敢再說一個字，我不介意讓你這輩子基本告別遊艇。」

唐恪知道這是觸到陳慕白的逆鱗了，只當他是今晚輸了牌心情不好，捂著臉吭吭哧哧地假咳嗽了半天，才無比正經地抬起頭。「其實……我還是更喜歡我們家的遊艇……剛才那話就當我沒說……」說完乾笑著看似親密地去攬陳慕白的肩。

陳慕白冷笑了一聲，清貴孤傲的模樣讓唐恪打了個寒戰，顫抖著收回自己的手。

「說過的話還能當作沒說，玉面狐狸的嘴上是不是缺根繩啊？恪，恭也。我在你身上半點恭的影子都沒看到，不過自宮嘛，我看倒是可以。」

唐恪終於認識到事情的嚴重性，淚流滿面。「哥哥，我錯了。我把我老婆……哦，不，我把遊艇無償借你玩幾天好不好？這事就到此為止啊，我先走了，拜拜。」說完也不給陳慕白拒絕的機會便落荒而逃。

陳慕白等著他跑了幾步才懶懶地開口：「站住。」

唐恪苦著臉停住，轉身，和他隔著半條走廊對話：「幹什麼？」

陳慕白勾勾手指，唐恪一臉不情願卻又不得不走回去。

恰好有個服務生從隔壁包廂走出來，看到這一幕竟然目不斜視地快速走開了。雖是訓練有素，但唐恪還是覺得今天丟人是丟大發了。

唐恪走近了，陳慕白的聲音低了幾分開口：「幫我查個人。」

唐恪臉上的不情願又增加了幾分。「為什麼是我？」

陳慕白一臉理所當然。「我去查，老爺子很快就會知道了呀。」

唐恪一聽陳慕白有求於他，便站直了腰板，字正腔圓地拿架子。「我為什麼要幫你？」

陳慕白看他一眼。「作為你剛才亂說話的代價。」

「……」這一個眼神就把唐恪秒殺了。

陳慕白忽然勾唇一笑，極盡妖嬈，慢悠悠地開口：「看來，你並沒有什麼悔意，我……」

從小到大，具體來說是從唐恪見到陳慕白的第一眼開始，他就知道陳慕白一笑準沒好事。向來識時務的唐公子立刻有力地做出保證打斷他：

「我有！我馬上去查，盡快給你答覆！」

唐恪終於跑出了安全範圍，點了支菸抽了幾口壓了壓驚，才敢拿出手機來隔著長長的走廊和陳慕白遙遙相望，開始挑釁道：「陳三兒，顧九思那個妞兒……」

縱然是隔著整個走廊，唐恪還是被陳慕白輕飄飄的一個眼神凍住，清了清嗓子。

「我重新說啊，我是說，顧九思那位姑娘，你就當真這麼看重？」

陳慕白捏著手機往前走。「你知道嗎？陳靜康這個跟班又蠢又笨還是個吃貨，根據進化論，陳家第一個被淘汰出去的就該是他，但他一直活得好好的。」

唐恪很不確定地猜測道：「你的意思是說，顧九思和陳靜康……嗯？」

陳慕白轉過拐角。「我的意思是說，他從來不多管閒事。」

唐恪聽著耳邊電話掛斷的嘟嘟聲呆在原地，半晌嘴裡念念有詞：「我也不多管閒事，我也想活得好好的……」

陳慕白上了車，顧九思便急著開口：「慕少，今天晚上——」

陳慕白打斷她，極具深意地看著她：「回去再說。」

顧九思不知道陳慕白是什麼意思，可是回到家之後，陳慕白該喝湯喝湯，該洗澡洗澡，似乎壓根今天晚上什麼都沒發生。按理說，他該生氣的啊……又是哪裡不對呢？

顧九思站在二樓往下看，陳慕白一身家居服，正雙手抱肩倚靠在沙發靠背上，指揮陳靜康把原本擺在落地窗兩邊的盆栽互換位置。在她看來，兩盆盆栽看上去幾乎一模一樣，真不知道互換的意義何在。

在顧九思眼裡，陳慕白這種人，天生就知道怎麼折磨人。他最擅長的就是在別人等他等得心急如焚的時候，慢悠悠，再慢悠悠地沒事找點事出來顯示自己很忙，實在沒空招呼你，並且一點兒都不介意表達出「你生氣啊，你怎麼不生氣呢，那麼生氣有本事就不要等我啊，你能奈我何」的意思。

就在顧九思已經打算放棄的時候，陳慕白站在一樓客廳中央仰著頭叫住她，然後指了指書房的方向。

陳慕白攞了一晚上的譜，進了書房也不再囉嗦，直奔主題道：「想知道我今晚為什麼故意輸？」

顧九思看著他神色一派輕鬆，越發心裡沒底地點點頭。「想。」

陳慕白從抽屜裡拿出一卷錄音帶，一臉隨意。「放給妳聽聽啊。」

幾分鐘以後，錄音結束，書房裡陷入沉寂。

錄音的內容很清楚，兩個人的聲音，陳銘墨和孟宜年。

陳銘墨在交代孟宜年，安排這場牌局用來試探顧九思，如果她還聽話讓陳慕白輸了牌局便留著。孟宜年低沉的聲音還在耳邊縈繞，如果他贏了呢？

錄音裡良久沒有聲音，可顧九思想象得到陳銘墨的眼神和手勢是什麼。

顧九思愣在原地，原來陳銘墨早已不信任她了，她這才明白那天晚上陳銘墨為什麼會笑著告訴她「妳會明白的」，原來他設局對付的不是陳慕白，而是她。

如果陳慕白什麼都不知道，今天晚上聽了她的贏了牌局，那陳家不僅可以得到那個位置，還讓陳銘墨試探出了她早已起了異心；如果晚上牌局她真的讓陳慕白輸了，那就說明她還是可以用的，犧牲一個位置倒也算不上損失。

她本以為她是在幫陳慕白，事實上卻是陳慕白幫了她。

顧九思知道陳銘墨生性多疑，可沒想到他的動作會這麼快，一時間心思千迴百轉，半天才找回自己的聲音：「你是什麼時候拿到錄音的？」

陳慕白想了想。「就是陳銘墨吩咐妳這件事的時候，在王府花園下雪的那天晚上。」

顧九思再去回想那個雪夜，才發現在她看不見的地方，原來還發生了那麼多事。縱使風雪再大，也洗不去這些黑暗陰霾。

她認命地吁出口氣，闔了闔眼。這才是陳慕白最可怕的地方，他不怕陰謀詭計，不怕權謀手段，他從小在那樣的環境裡長大，早就游刃有餘。他站在高高的地方，看著別人沾沾自喜地給他設圈套，卻假裝不知，從容地避開那些陷阱。他明明知道所有的一切，卻一個字都不說。如此玩弄人心，卻是一臉風輕雲淡。枉她自認聰明，卻不過是他眼裡的一個笑話。

顧九思的心裡有些惱怒，有些懊悔有些絕望，怎麼壓都壓不下去。她已經萬般小心了，卻還是時不時著別人的道，這種日子到底什麼時候是個頭？

陳慕白忽然開了口，一臉戲謔。「顧九思，說說，這次妳打算怎麼謝我？」

顧九思還沉浸在自己的世界裡，被他的聲音嚇了一跳，下意識地抬眼去看他，一雙烏黑的眼睛裡還帶著些許惱怒和委屈。

陳慕白被她這個樣子嚇了一跳，他哪裡見過木頭顧九思這副神情？像是……惱羞成怒？

他斟酌著開口：「妳這是……」

顧九思的理智已然被憤怒和絕望替代，再也不記得什麼恭敬，帶著不屑地回答：「哼，慕少如此有本事，哪裡需要我謝？」

她不過是他和陳老鬥爭的一顆棋子，他需要她怎麼謝？還有什麼事情是他做不到而她卻可以做到的？再說他既然早已知道了這件事，必是有了其他打算，就算今晚輸了這個位置，大概也沒什麼損失。

她這個樣子倒像是個無賴。陳慕白靠在書桌前，百無聊賴地屈起手指輕輕敲著桌面點撥她道：「老爺子生性多疑，既然懷疑妳了，這次試不出什麼，並不代表他就相信妳了。這次沒成功還會有下次，下次不成功還會有下下次，防不勝防，而且他年紀也大了……若妳還是想著左右逢源，怕是難上加難。」

顧九思知道，陳慕白這是在告訴她，老爺子已經不是她可以依靠的大樹了，他陳慕白才會是她真正的寄託。

可是陳慕白真的可以依靠嗎？

顧九思只覺得體力透支，甚至有些站不住，她再也沒有精力去想什麼左右逢源了，聲音低沉頹然。「慕少，上次您幫我找的人，如果您願意護他安全，我會離開，我會跟陳老說，是我無能，不能再替他做事了。」

陳慕白忽然黑了臉，眼角眉梢俱是冷峻犀利。「妳說什麼？」

顧九思不再去看他，眼神空洞地看著前方，無力地回答：「我不想再待在這裡了。」

陳慕白覺得可笑，抿住唇角，臉色黑如鍋底，連聲音裡都帶著嘲諷。「妳覺得可能嗎？」

顧九思也不再關心他是不是會發怒，她現在只覺得絕望，只想離開這個鬼地方。

「這世上沒有什麼事是不可能的。我不會多嘴，這點您可以放心。出了陳家，所有的過往我一個字都不會再提。」

陳慕白第一次發現顧九思氣人的本事很有一套，他額角青筋直跳，對著顧九思聲調不自覺地提高了好幾分。「放心?!我有什麼可不放心的？可是妳能讓陳銘墨放心嗎？妳知道在他眼裡什麼人最讓他放心嗎？死人！妳想死嗎？想嗎？」

這大概是顧九思第一次惹陳慕白發這麼大的火，可是她一點兒都不覺得害怕，聲音平穩輕緩地回覆他：「如果有那個必要，我可以死。」說完抬頭平靜地和他對視。

陳慕白的臉色唰地就變了樣，下巴的線條越發清晰鋒利，冷冽的眼神恨不得刺穿了她。房間裡一下陷入死一般的沉寂，似乎周圍的空氣也一併凝固起來。盛怒中的陳慕白把桌上的東西全都掃到了地上，旁邊的一只花瓶無辜中招，碎裂在地。

他踏著一地狼藉一步步走近，顧九思本能地要躲，卻被狠狠地扣住手腕。「顧九思妳今天是吃錯藥了嗎？妳的隱忍呢？妳的冷靜呢？」

顧九思垂眸等著他發洩完才抬頭看向他，眼淚滾滾而落，語氣裡帶著哀求道：「我真的累了，我不想再過這種日子了……」

這是陳慕白第一次見到這個女人流淚，說不震驚那是假的。在今天之前，他一直以為這個女人是不會哭的，她隱忍、自制、淡漠，在他眼裡顧九思就是木頭的最好詮釋。

陳慕白一下子把她拉近，一邊低頭溫柔地替她擦去淚痕，一邊咬牙切齒地在她耳邊低語：「顧九思，妳給我聽清楚，這一切都是妳自己選擇的，再累妳都得給我受著！如果妳敢去死，妳讓我找的那個人，我會讓他徹底消失在這個世界上，我說到做到！我沒說讓妳走，妳絕不能走，更不能死！」

說完便用力推開她，顧九思跌落在地，他並沒有上前扶起的意思。

他居高臨下地看著她半晌，冷笑著自嘲：「我算是徹底看清楚了，我陳慕白就是瞎了眼了！」然後摔門而去。

顧九思垂著頭坐在地上半晌，心如死灰。過了很久才想起要站起來，撐地的時候感覺到手下凹凸不平，手一滑，掌心便多了一道彎彎曲曲的傷痕，鮮紅的血源源不斷地往外冒。

陳靜康站得遠遠的，看著陳慕白怒氣沖沖地從書房衝到臥室，揉了揉眼睛問身邊的陳方：「少爺怎麼又生氣了？剛才不還好好的嗎？」

陳方看了一眼，皺著眉頭。「這次……怕是來真的了……」

過了一會兒，又看見顧九思神情恍惚地從書房出來，兩個人面面相覷。

其實兩個人不是沒有吵過架，要麼勢均力敵分庭抗禮，繼而進入相持階段，最後一拍兩散不了了之；要麼顧九思看似大度地示弱，卻把陳慕白氣得夠嗆。比較少見的是陳慕白故意逗她，耍無賴地氣她，最後顧九思咬牙切齒地忍出內傷。可是這種兩敗俱傷的情況確實從來沒有發生過。

陳方和陳靜康再度互看一眼。

半晌陳靜康建議道：「要不要去看看？」

陳方點頭贊同，兩個人異口同聲地喊出來：

「你去看少爺，我去看顧姊姊。」

「你去看少爺，我去看九思。」

陳靜康傻眼。「我先說的！」

陳方淡定地指出自己兒子的破綻：「我比你少說了一個字，我先說完的。」

陳靜康打算一賴到底。「那又怎樣？」

陳方相當鎮定地說：「誰先說完算誰的。」

相持不下的兩個人決定用男人的方式來解決問題，簡而言之就是剪刀、石頭、布。

最終陳靜康以一招黯然銷魂掌破了陳方的七十二路空明拳而勝出，最後揚揚得意地正步邁進顧九思的房間。

此刻的顧九思帶著自暴自棄的戾氣，顯然進入了生人勿擾熟人勿近的狀態。陳靜康明顯不知道，平時溫和好說話的人一旦不管不顧起來，那是會遇神殺神遇佛殺佛的。

陳靜康進去，口乾舌燥地說了半晌，都沒有得到顧九思一個眼神，最後靈機一動，呻吟了兩聲。「哎喲，顧姊姊，妳理我一句吧，我身體不舒服。」

顧九思看都沒看他一眼。

「早點休息。」

陳靜康繼續施展他的演技，捂著肚子叫喚：「我肚子疼。」

顧九思把前幾天剩下的紅糖遞過去。「早休息。」

陳靜康目瞪口呆地接過來。「我是男的……」

顧九思顯然敷衍都懶得敷衍他，只是機械地重複著：「多休息。」

陳靜康有些不滿。「呃……除了這個就沒別的話說了嗎？」

「有。」自始至終都沒有看他一眼的顧九思，終於轉頭看了他一眼。

陳靜康立刻兩眼冒光。「什麼？」

顧九思面無表情地冷冷開口：「回房等死。」

「……」最後陳靜康拎著半袋紅糖挫敗地退出了戰場。

陳方去看陳慕白的時候，他窩在沙發裡撫著額頭，沒開燈。陳方站在門口，走廊裡的光線照進來，陳慕白不悅地瞇了瞇眼睛。

陳方並沒有打算關門的意思，叫了一聲：「少爺……」

陳慕白的聲音低沉得嚇人。「方叔，我來陳家幾年了？」

陳方猶豫了下。「我到陳家的時候，少爺已經在了……」

昏暗中，陳慕白的聲音越發異常。

「我記得差不多有十幾年了……顧九思呢，到陳家幾年了？」

陳方一向記性好，這次想也沒想就回答：「六年。」

陳慕白低喃了幾句：「六年，六年就敢說累了……」

陳方不知道事情的始末，只能順著陳慕白的話說：「九思畢竟是個女孩子。」

陳慕白忽然笑了，笑容清冷而寂寞。「我何嘗不知道她是個女孩子，可是方叔，我不能心軟。我怕我一心軟就害了她，她說她想離開陳家，可陳方竹的悲劇我不想再看一次了。」

當年陳方竹的事情陳家的人談其色變，隨著時間的流逝漸漸塵封，可是並不代表沒有人記得。

陳方頓了一頓，把憋在心中已久的話說了出來：「少爺，那些事情都過去了。其實有些事您可以說出來，您不說她不一定知道。」

他們都不是擅長表達自己感情的人。每次都相互試探，一個憋著不說，一個悶著不問，時間久了便會開始吵。顧九思看似悶不出聲，卻是最氣人的；陳慕白骨子裡最是薄涼，可是這種人也最是情深。

陳慕白若有所思地看了陳方一眼，然後陷入沉默，他自然清楚陳方口中的「她」是誰。

陳方把醫藥箱遞到他面前。「我剛才看到九思的手出血了，您不去看看嗎？」

良久沒有得到陳慕白的回覆，陳方便關上門走了出去。

陳慕白又坐了會兒才拿起手機打了個電話。

「讓你找的人找到了嗎？」

唐恪的聲音降了幾度，帶著明顯的心虛回答：「還沒有……」

唐恪別的本事暫且不說，在這個世界上找個人對他來說，並不是什麼難事。

陳慕白頓了頓，試探著問：「是不是……不在了？」

唐恪也有些迷惑。「不在了也該有蛛絲馬跡啊，可是這個人一點兒痕跡都沒留，像是被人清洗過一樣乾淨。我說，陳三兒，你不是杜撰出一個人名故意逗我玩的吧？」

陳慕白顯然沒心情和他開這種玩笑。「我沒你那麼無聊！你是不是沒好好查？」

唐恪不服氣。「當然不是！」

兩個人互相懷疑對方的同時，極力證明自己的無辜。

唐恪忽然想起了什麼。「還有一種可能，就是有人知道你會去查，而且這個人非常了解你，知道你會來找我去查，而恰巧那個人對我的路數也非常了解，所以事先把所有的一切都掃乾淨了，所以我什麼都查不到。對了，你讓我查的這個人到底是誰？」

陳慕白想了想，並不打算回答唐恪的問題。「那就沒有別的辦法了？」

唐恪也不在意。「再找我們這一路的肯定不行，得換個圈子。我之前也想過幾個人選，最合適的莫過於段王爺了。他是專業出身，有些資料是我拿不到的，而且和你幾乎沒有交集，阻礙的那個人也想不到你會去找他。」

陳慕白和段景熙不熟，他也並不想讓更多人知道這件事。

「你再去試試，實在不行……到時候再說。」

唐恪應下來。「還有沒有什麼別的線索？」

陳慕白忽然想起顧九思曾經問過他孟宜年的事情。「你從孟宜年身上查一查。」

唐恪答應盡快去查，很快便掛了電話。

陳慕白放下手機，手無意中觸碰到那個藥箱，垂眸想了想剛要起身，手機螢幕又亮了起來。剛接起來那邊便是一聲陳慕白最討厭的稱呼。

「小白……」

陳簇還沒來得及說下面的話，陳慕白就掛了電話。

陳簇舉著手機莫名其妙了半天才反應過來，重新打過去，很正式地換了個稱呼，頗有求人辦事的態度。

「慕白。」

陳慕白愛答不理地「嗯」了一聲。

陳簇邊換白袍邊開口：「我馬上要進手術室了，我給你個電話號碼，你幫我充兩百塊話費。」

陳慕白心情差到極點，捏著手機難為他。

「幹嘛！被那個吃貨吃到窮得連話費都交不起了嗎？」

陳簇明顯不悅。「怎麼那麼多事？」

陳慕白也不含糊。「不說算了，你找別人吧！」

隱約聽到那邊有護士催陳簇，陳簇應了一聲才開始解釋：「昨天那個丫頭在公車站遇到騙子了，借了兩百塊錢，那人要了她的電話號碼，說今天充話費還給她。」

陳慕白冷哼著表達他的嘲諷：「她腦子進水了？這都信。」

「我本來打算今天親自給她充上的，可手機落在家裡了，這會兒又有個醫生臨時找我頂手術，我實在趕不及了才找你幫忙。」

陳慕白無視陳簇的急迫，慢悠悠地諷刺他：「那就是你腦子進水了，你不知道教她江湖險惡人心叵測嗎？」

陳簇的聲音不高不低地傳過來：「慕白，她和我們不一樣，她那麼單純的人，我不想讓那些人那些事汙染了。我會好好保護她，讓她覺得這個世界就這麼美好，每天快快樂樂的。你說的那些，只要有我在一天就不會讓她感受到。」

「得得得，不就是話費嘛，我馬上安排人去辦不就行了，我的牙都酸掉了！」陳慕白一臉受不了地掛了電話。

然後，沉默，發呆。

我一直以為，只有讓妳看盡人間險惡、歷練到無人可擋才是愛，原來讓妳快快樂樂地活在花房裡沒人傷害到也是一種愛。

陳簇從高處落下，看盡世態炎涼、人心險惡之後返璞歸真，所以他才知道三寶有多可愛，知道這一路下來有多黑暗、多艱辛，所以不捨得再讓心愛的人去碰觸到一丁點兒。

顧九思遇到陳慕白的時候，那個時候的陳慕白早已強大到無以復加，心思深沉，難以捉摸。他從黑暗裡一路走來，站在她面前，滿身風雪的氣息，臉上卻平和安然。他知道外面的風雪有多大，所以才對顧九思有多狠，因為只有讓顧九思也強大到可以獨自面對風雪，他才可以安心，他怕一心軟，外面的風雪就會吞沒了她。

可他沒想過，這一切都是他的想法，她並不會如數接受。

就在剛才她一臉悲愴地說要放棄，才讓他……驀然心慌。

他不能想像某一天他依舊肆無忌憚地叫著顧九思的名字，她卻再不會出現。

陳慕白提著藥箱去敲顧九思的門，「偶遇」陳靜康時把電話號碼給他，讓他去充話費。來開門的顧九思格外頹廢，似乎什麼都無所謂，目光都有些渙散，臉上還帶著幾分不耐煩。開了門也不管來人，轉身坐到了床前的羊毛地毯上看著窗外發呆，白色的長毛地毯上滴著幾滴血，看上去觸目驚心。

陳慕白看了她半晌也索性坐了下來，一言不發地開始給她包紮手。

顧九思傷的是右手，陳慕白處理的時候她一點兒反應都沒有，像是沒有靈魂的軀殼，任由他動作。

其間顧九思狀似無意地看了他一眼。他離她很近，他的側臉清俊消瘦，面目平和安靜，低著頭垂著眼簾一心一意地包紮傷口。她可以看到光線從他輕顫的睫毛間穿過，可以嗅到他身上薄荷的清涼。她從來不知道陳慕白還會做這種事。他包紮的手法很嫻熟，力道也剛剛好，一點兒都不像養尊處優的大少爺。

她甚至懷疑眼前這個看上去溫和友善的男人根本不是陳慕白。

陳慕白忽然抬起頭問：「不疼嗎？」

顧九思審視了他半天，冷冷地開口：「不疼。」

陳慕白用了用力。「真的不疼？」

若是以往，陳慕白只當她是硬撐著，可現在看她的反應，好像真的是不疼。他一早就懷疑顧九思的右手有問題，這下逮到機會更是不肯放手了。

顧九思斜睨他一眼，任由折騰。「你摸夠了沒有？」

陳慕白裝模作樣地打上一個結。「嗯……我就是看看還有沒有別的傷口。」

顧九思抽回自己的手。「沒了。」

包紮完傷口兩個人都沒有說話，一時間房間裡很安靜，安靜到可以聽到彼此的呼吸。

「妳讓我找的那個人……」陳慕白忽然開口，卻是留了半句去看她的反應。

「不在了是嗎？」顧九思苦笑了一下。陳銘墨既然已經開始試探她，必定是開始動手了，她如今也不敢再抱什麼希望了。

她不是愛哭的人，她從來都知道哭是解決不了問題的，剛才在書房裡不過是她瀕臨崩潰的失態罷了。雖然這麼說，可她還是紅了眼圈。

「還沒查到。」陳慕白很快補充了一句，「妳讓我找的那個人還沒找到。妳就不想再見他一面了嗎？」

顧九思轉頭去看窗外漆黑的夜幕，輕緩平靜地開口：「我很多年沒見過他了。從我當初選擇進陳家，就沒打算再見到他。不對，不是我選擇，是我根本沒有選擇。」

陳慕白試探著問了一句：「他是妳什麼人？」

顧九思闔了闔眼。「我父親。」

說完這句之後，顧九思便不再開口，無論陳慕白再說什麼，她都沒有反應，似乎沉浸在自己的世界裡不被外界打擾。

陳慕白看著她開始皺眉，一個人最怕失了精氣神，那才是致命的。

陳慕白瞥見地毯上躺著的一副撲克牌便拿過去。「我們賭一局，如果我贏了……」

顧九思抬著下巴，居高臨下地看著他冷笑。「你怎麼可能贏？」

叱吒風雲的陳慕白覺得自己的尊嚴受到了踐踏，還是被一個半死不活的人不屑一顧地踐踏來踐踏去、踐踏來踐踏去。

他顫抖著雙手開始洗牌，深吸了口氣。「我們來玩最簡單的，每人從裡面抽張牌比大小，抽十次，只要我贏一局，就算我贏。」

顧九思看他一眼。「這麼不要臉的話，你都說得出來。」

陳慕白再次感覺自己受到了侮辱，他再次顫抖著雙手把牌平鋪開來。「誰先來？」

顧九思心底的那點兒腹黑和陰暗在今晚終於放了出來，眼前的陳慕白成了被虐的對象。

陳慕白一張一張地抽，然後一次一次地輸。

顧九思看似是故意的，每次都只比他大一個數，幾局之後陳慕白覺得自己的尊嚴已經不復存在。

他適時打住。「停！我們換個玩法，我從裡面抽幾張牌，妳來猜，只要猜錯一張就算我贏！」說完也不給顧九思拒絕的機會就抽了五張牌出來，抬了抬下巴，示意顧九思說答案。

顧九思一臉憐憫地看著他，一張一張地說出他手裡的牌，看著陳慕白的臉色一下一下地變著顏色。

可她話音剛落，陳慕白忽然把牌扔出來，大笑起來。「妳輸了，最後一張不對！」

顧九思皺著眉看著最後那張牌，有些氣憤。「你藏牌！」

陳慕白一點兒也不知道臉紅，一臉坦蕩和好奇。「哎，妳怎麼知道？」

「這是我的牌，這張牌早就被我抽出來了。」

「妳不早說，重新來！」

顧九思按住他，眉頭緊鎖。「你到底想幹嘛？」

陳慕白瞬間斂了神色，眉宇間也正經了起來。

「妳跟我來，我有話跟妳說。」說完率先站起來。

顧九思看了他一眼，沒有要站起來的意思，反而又轉頭看向窗外，無聲抵抗。

陳慕白也惱了。「妳這人是不是有病？不威脅妳妳不舒服是吧？非得被威脅才聽話嗎？就算妳要走要去死，聽完我的話還能晚了不成？」

顧九思也有一個優點，就是很能聽得進去別人的話，如果別人說的確實有道理，她基本都會照做。

陳慕白帶著她上了閣樓，在此之前，顧九思一直不知道這個地方的存在。閣樓裡沒開燈，一片漆黑。今晚天氣很好，可窗外的月光和星光照進來也還是一片昏暗。顧九思本能地站住，到處摸索。

「燈呢？」

顧九思怕黑，就算是睡覺也要留著光源。

陳慕白似乎對這裡很熟悉，輕車熟路地走了幾步，好像是坐在了什麼地方，然後才回答：「沒有燈。妳右手邊五步左右有張凳子，妳可以坐在那兒。」

顧九思還是覺得心慌，轉身打算回去。「那你等一下，我去拿手電筒。」

「有的時候待在黑暗裡會讓妳輕鬆安心很多，妳看不到別人，別人也看不到妳，不必偽裝，不必害怕，也沒有那麼累。」

他的聲音帶著說不出的落寞，半張臉都藏在陰影裡。她看不清他的表情，只能感覺到今晚的陳慕白有些反常……反常的溫柔。

或許是夜光太柔和，讓他的陰鬱和孤傲全都退去，似乎這才是最真實的陳慕白。

顧九思嘗試著往旁邊挪了幾步，很快便觸碰到陳慕白說的矮凳。

陳慕白聽著窸窸窣窣的聲音結束，才緩緩地開口：「其實今天晚上的事情並沒有什麼，是我有私心沒有提前告訴妳，我沒想過妳的反應會那麼大。如果我提前知會妳一聲，也許一切就會不一樣了。」

他也是不確定的，他也想知道顧九思會不會幫他。一時間顧九思很局促，這樣的話不是陳慕白會說的，他一向是不屑於向任何人解釋的。

他有幾近完美的容貌，顯赫的家世背景，狠辣決絕的心思手段，本該是對什麼都不屑一顧的，可是他現在在幹什麼？

況且她也並不全是因為今晚的事，只不過情緒早已積滿，今晚出現了導火線，便全部發洩出來罷了。

陳慕白的聲音繼續響起：「妳知道嗎？這麼多年，想離開陳家的人很多，可至今我還能看見的就只有陳慕北一個，他也付出了慘痛的代價。當年陳慕北的悲劇我不想再看一遍，所以，妳最好打消這個念頭。」

其實陳慕白的聲線很是低沉，平心靜氣說話的時候最是悅耳勾人，特別是在黑暗中，更加蠱惑人心，讓顧九思躁動不安的內心忽然安靜下來，靜靜地聽他說著。

「當年也有個女人想離開陳家，她叫陳方竹。她想帶著她的兒子離開那個牢籠，可陳銘墨不允許，他身後的陳家也不允許。他們把那個女人和男孩分開關了起來，沒有對男孩做什麼，可那個女人就沒那麼幸運了，他們每天給她注射藥物。後來她瘋了……再後來她死了。陳家自始至終都沒有動那個男孩一下。那個女人死後的第二天，陳銘墨站在王府花園門口對那個男孩說，你可以走了。我到現在都還記得那個女人淒慘的叫聲……」

陳慕白記得，當年那個風雅清瘦的少年是怎樣經歷了人生中最黑暗、最悲慘的幾個月，每每那個女人的尖叫聲響起的時候，他都無能為力，什麼都不能做，只能隔著窗戶在陳慕白面前低吼哭泣。

那個時候的陳慕白比他更加年少，年少到不知道該怎麼去安慰一個人，以至於一個字都說不出來。自此，陳慕白開始懂得他不能有軟肋。被人捏住七寸，生不如死。就算真的有，他也要親手折斷。可是他卻不知道，軟肋之所以是軟肋，就是因為你捨不得折斷，就算是痛徹心扉也捨不得碰一下。

說實話，深宅大院裡的黑暗，顧九思不是沒聽過，可是第一次聽陳慕白講起。她一直以為他不屑一顧的東西，也曾給他帶來震撼。

或許是顧九思很久沒有動靜，陳慕白以為她不信，便開口解釋：「妳放心，我不會拿這樣的事來騙妳。那個男孩叫陳慕北，他是第一個也是唯一一個脫離陳家並且還好好活著的，可是卻失去了最珍貴的東西。如果你讓他回頭選，他大概會選擇繼續留在陳家。」

顧九思知道，陳慕北就是陳簇。她見過陳簇，溫和儒雅，穿著醫生白袍的時候笑起來頗有仙風道骨的味道。她實在想像不出來，那樣一個清致的男人會有那樣一段經歷，果然是一個人經歷得越多，心底便越是平和。

陳慕白的聲音越來越蒼涼。「我沒有嚇唬妳，陳銘墨最狠的地方就是他不殺人，他誅心。如果妳真的是孤身一人，沒有什麼可以受他脅迫，那是最幸運的了，受苦的只會是妳自己，不會連累到其他人，妳還不會太難過，不會痛徹心骨。可如果不是，他就會想出最殘忍的方法去對付妳的軟肋。離開陳家，絕對不是明智的選擇，至少，現在不是。」

黑暗中的陳慕白溫和耐心，最後幾個字說得猶豫，似乎不再是那個飛揚跋扈、強人所難的陳慕白，似乎他只是在和她商量，給出最中肯的建議，卻觸動了顧九思心底最脆弱的那根弦。

她哭得很小心，連啜泣都談不上，只是呼吸亂了，但是陳慕白卻知道她在哭。眼淚是這個世界上最豐盛的東西，當它在一個人臉上聚集的時候，周圍的人是會聞到的。對悲哀的敏感大概是人類的天性。

他並沒有打算開口勸慰，因為他知道她心底聚集著太多東西，不宣洩出來的話早晚會崩潰。

陳慕白今天晚上所有的行為都只是為了最後一句話，可這句話他卻說不出口，他不確定說出來對她意味著什麼，所以，他猶豫，他輾轉，他不敢說。

他想對她說，顧九思，妳不要走。

妳不要走，陳銘墨的底線我還沒摸清，還不能和他翻臉，我怕連我都護不了妳。

當時的顧九思沉浸在自己的悲傷中不能自拔，並未覺察出什麼，可如果當時她看得見的話，她就會明白陳慕白在說什麼，會發現那不易覺察的緊張以及眼底的疼惜。

陳慕白在那之後便不再開口，輕微的響動之後，顧九思忽然聽到了鋼琴的聲音。

她從來不知道閣樓的存在，對閣樓裡的擺設更是不清楚，看樣子陳慕白剛才似乎一直坐在鋼琴旁。

曲風輕快活潑，是她沒聽過的曲子，聽上去像是哄孩子的，帶了點童真。

顧九思在鋼琴聲中漸漸安靜了下來，眼淚帶走的似乎不只是身體裡的水分，還有那些悲傷、難過和絕望。

剛才覺得天大的事情在此刻看來，不過是自己在一路磕磕碰碰中又栽進了一個小陷阱裡，自己非但沒有拍拍身上的灰，馬上爬起來繼續前行，竟然趴在那裡哭個不停，真是……丟人。

這次的事情明明是陳慕白幫了自己，自己不知恩圖報就算了，到頭來還要他來安撫自己。剛才她竟然在他面前哭得稀里嘩啦，怎麼想都覺得自己今天過分了。

她轉念又一想，自己也是為他考慮才忤逆了陳銘墨的意思，這件事也不能全怪自己。可下一秒她又想起自己想幫他的目的，也不是那麼純良，多半還是想讓他幫忙找她父親。繞來繞去，顧九思覺得自己已經糊塗了，她和陳慕白之間，真的如他所說，是你擺我一道我坑你一回的交情。

閣樓內的人覺得沒什麼，可樓下的兩個人就沒那麼鎮定了。

陳靜康一臉驚恐地把陳方從房間裡叫出來：「爸，爸！你聽到沒有！少爺去閣樓彈那首曲子了！」

陳方示意他小聲一點，然後開口：「聽到了。」

陳靜康似乎對這個消息難以接受。

「少爺是受了什麼刺激嗎？那架鋼琴不是……不是少爺的媽媽留給他的嗎？還有那首曲子……」

陳方上去捂住陳靜康的嘴，小聲警告他：「知道了還敢提，不知道那是少爺的忌諱嗎？」

「嗚嗚嗚……」陳靜康掙脫未遂，被陳方一路拎回房間。

6 不屑一顧是相思

陳慕白高鼻薄唇，天生薄情相，看誰都是一副不屑一顧的紈褲少爺模樣，彆扭的時候更是出口傷人，此刻她卻沒由來地覺得……可愛。

第二天，良心不安的顧九思特意早起，和陳方一起準備了早飯。

而陳慕白似乎又在天亮之後變身回去了，臉色看上去很差，起床氣更是達到了新高，在餐桌上對每一道早飯菜都進行了刻薄惡毒的點評。如果盤中的早飯有感知的話，大概羞愧得想要一頭撞死。

陳靜康一臉詭異，顧九思面無表情，唯有陳方明白陳慕白這是在……遮掩？

陳慕白對著飯菜毒舌完之後，看了顧九思一眼。「想明白了？」

顧九思趕緊認錯：「昨晚是我小題大作了，慕少不要和我一般見識。」

陳慕白繃著一張臉。「這是條不歸路，一旦選擇了，就要走下去。半路反悔，對妳和妳父親都不是好事，妳自己想清楚。」

顧九思點了點頭。

陳慕白似乎並不滿意，等了半天顧九思都沒有反應才勉為其難地開口：「還有呢？」

顧九思一臉莫名。「還有什麼？」

陳慕白看了她幾秒，緊接著便皺起眉頭，似乎對她很不滿意。

「妳房間裡那塊地毯有血跡妳沒發現嗎？我有潔癖。」

顧九思無語。「那是我房間裡的，您平時看不到。」

「我覺得晦氣。」

「我會清理乾淨。」

「不用了。」陳慕白看了陳靜康一眼，「入冬的時候讓你去訂製的羊毛地毯到了嗎？」

「我前幾天問過了，還有一個星期左右。」陳靜康回答。

陳慕白點點頭。「催一下，到了就把顧九思房裡那塊換下來。」說完又看著顧九思，極官方地補充了一句，「費用從妳工資裡扣。」

顧九思沒有表現出任何異議。

陳慕白高鼻薄唇，天生一副薄情相，看誰都是一副不屑一顧的紈褲少爺模樣，彆扭的時候更是出口傷人，此刻她卻沒由來地覺得……可愛。

陳慕白臨出門前狀似無意地看了眼顧九思的手，有些彆扭地開口：「手受傷了今天就不用去上班了，在家休息吧。」

昨晚的暗潮洶湧似乎都已經過去，顧九思看著車子消失在轉角處，忽然覺得，其實這種日子也還不錯。

顧九思一轉身就看到陳方在不遠處站著，看到她回頭笑了一下。「少爺小的時候性格要比二少爺還要溫和一些，只是後來……生活不允許他再溫和下去，他身上擔負的要比看上去多得多，身邊又沒有體己人，所以變得越發薄涼乖張，妳不要往心裡去。」

顧九思笑。「我不覺得啊，他若是溫潤如玉，那他還是陳慕白嗎？」

眉眼漂亮到囂張，人生恣意到目中無人，那才是陳慕白。

陳方覺得這個女孩子在其他一些事情上很是聰明，可以說得上是滿腹謀略，可是在這件事情上……

他嘆了口氣，搖搖頭走了。

陳慕白並沒有去公司，而是去了陳家老宅。在小路上碰到孟萊，孟萊一見到他就紅了眼睛。換作以往，陳慕白為了給陳銘墨添堵，這麼好的機會肯定不會放過，怎麼著也得上前去演一齣憐香惜玉的戲碼。可是經過昨晚，他看到別的女人連逢場作戲的興致都沒了，總覺得心裡怪彆扭了。

於是陳慕白選擇……目不斜視地走過。

在門口遇到警衛員，警衛員說陳銘墨已經在等他了。於是進門前，他調整了下表情，擺出一副鬱悶的神情。

為了配合鬱悶的神情，陳慕白從進了門無論陳銘墨問他什麼他都一言不發。

陳銘墨今天似乎有活動，穿得格外正式，看了眼時間才進入正題道：「聽說昨晚的牌局，輸了？」

陳慕白還是不說話。

陳銘墨遞給他幾張紙條，每張紙條上都寫著一個名字。「你挑一個吧。」

陳慕白拿過來掃了幾眼，面上一副漫不經心的樣子，心裡卻在冷笑，然後還得裝傻。

「您這是什麼意思？」

陳銘墨點了點幾張紙。

「這幾個人的位置都不比你昨晚輸出去的那個位置低，你挑一個，算我送給你的。」

陳慕白心不在焉地翻了翻。「只要位置不要人行不行？」

陳銘墨一臉不滿。「這幾個人都是我精挑細選出來的，跟了你之後忠心絕對沒有問題，這點你可以放心。」

陳慕白隨手往面前一撒，挑了個飛得最遠的，捏起來遞給陳銘墨，懶洋洋地開口：「喏，就這個吧。」

陳銘墨又往他這裡安插人，目的再明顯不過，他選不得卻不能不選。

陳銘墨對他的敷衍相當不滿意，瞥了一眼紙上的人名，倒也沒說什麼。

父子倆都不是多話的人，正事說完便安靜下來。

半晌之後，陳銘墨才看了陳慕白一眼。「你最近是不是有什麼事？」

陳慕白有些神遊，被他突然一問下意識地開口：「什麼事？」

陳銘墨只是感覺陳慕白眉宇間起了些變化，倒也說不出什麼。

「沒什麼，看你心不在焉的。」

陳慕白確實有些心不在焉，懶懶地靠在椅背上，半真不假地回答：「大概是年底了，累了一年，該歇歇了。」

陳銘墨點了點頭，恰好孟宜年敲門進來提醒他時間到了該走了。

陳銘墨站起來邊整理衣服邊問：「今年還是不回來過年嗎？」

陳慕白也站起來準備走了，聽了這話笑了起來。「回來吵架給你看嗎？平日裡你看得還少？怎麼著也是個大日子，就不給你添堵了，畢竟……」陳慕白轉頭特意從上到下地看了陳銘墨幾秒鐘，「畢竟是過一年少一年了。」

陳銘墨整理衣領的手明顯抖了一下，然後恍若未聞地穩步走了出去。

陳慕白挑眉看著他的背影消失，才慢悠悠地抬腳往外走。走到一半竟然看到陳慕曉夫婦。陳慕曉自從嫁了人便很少回來了。

「你們怎麼在這裡？」

陳慕曉的肚子已經有些明顯了，旁邊的男人小心地擁著她。「老爺子說我嫁出去那麼久都沒回來住過，他自己一個人住在這裡太冷清，讓人接我回來住兩天，這就走了。」

陳慕白覺得好笑。「他怕冷清？這地方陰氣這麼重，妳現在懷著孕還敢回來，妳就不怕他有別的目的？」

陳慕曉了然地點了點頭。「確實另有目的。」說完便轉頭對身邊的男子說，「你去看看車開過來沒有？」

陳慕曉支走了丈夫，對著陳慕白笑了笑。「見過舒畫了？」

陳慕白頓了一頓。「誰？」

陳慕曉看到陳慕白一臉的茫然，立刻就知道自己多嘴了，低下頭心虛地輕咳了一聲。

「沒什麼。」

陳慕白長得薄涼，眸子深邃狹長，看著人不說話的時候尤其孤高冷傲，連陳慕曉都有些招架不住。

她嘆了口氣。

「唉，我以為你已經知道了，誰知過了這麼久你還不知道，顧九思還沒給你說嗎？」

幾分鐘後，陳慕白面色不善地上了車，耳邊還迴響著陳慕曉的解釋。

舒家，娃娃親，顧九思早就知道。

陳慕白冷笑，幾個關鍵字已經足以讓他明白這又是一場什麼戲了。

❄

顧九思在家裡待了半天，偶然間看了日曆才發現快過年了，轉頭看向窗外，陽光燦爛，想了想便出了門。

快到年關了，街上也有了節日的氣氛，各大商場都掛出了打折的看板，到處擠滿了人。笑容甜蜜的情侶，其樂融融的一家老小，抑或三五成群穿著校服青春洋溢的學生，顧九思在人群中走著，心情大好。

其實她還是挺喜歡這種熱鬧的。

每年她都會給陳慕白、陳方和陳靜康買新年禮物，陳方和陳靜康倒是好說，最費勁的是陳慕白，顧九思在商場裡轉了好幾圈，也沒發現能入那位少爺法眼的禮物。

正發愁就聽到身後有人叫她，一回頭便看到舒畫向她跑了過來，手裡拎著大包小包。

舒畫本就年輕，又無憂無慮地長大，笑起來的時候明豔照人，和從商場巨大落地窗照進來的陽光一樣耀眼，閃耀得讓顧九思有些自卑。

舒畫笑嘻嘻地湊過來。「顧姊姊，妳也來逛街啊？」

顧九思笑著點了點頭。

舒畫雖然已經掃蕩了一圈，但是顯然還沒逛夠，拉著顧九思就要上樓，邊走邊說：「樓上我還沒去，走，一起去看看。」

顧九思拉住她。「不去逛了，我們去頂層的咖啡廳坐一會兒，我有事跟妳說。」

每年這個時候，陳慕白都要帶著公司一眾員工去離這兒不遠的一座山上泡溫泉，算是犒勞大家辛苦了一年，算算時間應該就是這兩天了。

她把時間和地點告訴了舒畫，舒家大小姐果然聰明，一點就透。

山上的溫泉又不是只有陳慕白可以去，偶遇上的，這事怪不到她頭上吧？

顧九思思來想去，也就只有這個機會了。

這件事她答應過陳銘墨，也曾給過舒畫許諾，更何況她現在還寄人籬下。她抱著當一天和尚撞一天鐘的想法，把這件事做了，也當是對所有人都有個交代。

在她看來，陳慕白和舒畫結合並不是什麼壞事，反而是利大於弊。

她，樂見其成。

這件事一直壓在她心裡，現在終於解決了，她沒有鬆了口氣的感覺，反而隱隱覺得有些不安。舒畫倒是比她興奮很多，拉著她嘰嘰喳喳地問了很多問題，她有一搭沒一搭地回答著。

「顧姊姊，他……有沒有什麼……就是別人不能觸碰的底線？」

舒畫的臉頰透著粉嫩的紅色，帶著小兒女的嬌羞，沒有叫陳慕白的名字，反而用了一個「他」字，帶著對即將開始的美好愛情的憧憬。

顧九思斟酌半晌，抬頭問：「潔癖算嗎？」

舒畫用力地點點頭。「算，算！」然後又皺著眉問，「嚴重嗎？」

顧九思的腦子裡立刻蹦出了「已經到了幾乎變態到人神共憤無藥可救的地步了」，可是這幾個字只能想想，她很快極其官方地回答：「每個人的標準不一樣，接觸接觸妳就知道了。」

「還有呢？」

「還有……」顧九思這才發覺，其實她並不了解陳慕白；或者她太了解陳慕白了，他的點點滴滴已經滲透到她的生活裡，一時間讓她總結，她卻一個字都說不出來，腦海裡閃過的都是生活裡的片段。

正當她發愁的時候，舒畫響起的手機鈴聲解救了她。

顧九思看著舒畫去了旁邊接電話，吁了口氣。下一秒自己的手機也開始震動，陌生的號碼在螢幕上閃個不停。

顧九思想了想接起來。「你好，請問哪位？」

那邊似乎頓了一下，才順著顧九思的口吻開口：「你好，我是段景熙。」

顧九思一愣，她沒想過她和段景熙會再次產生交集。他打電話來又是為了什麼？感謝她關照他外甥女？這麼快就知道了？顧九思帶著疑惑轉頭看了眼不遠處的舒畫，她正笑著說著些什麼。

段景熙等了半天都沒有動靜，便試探著叫了她一聲：「顧小姐？」

顧九思很快回神。「不好意思，我這邊好像信號不太好，段王爺有事找我？」

段景熙的聲音順著電波傳過來，依舊溫和儒雅。「上次顧小姐似乎把大衣的鈕釦掉到我車裡了，我記得那件大衣是手工訂製的，釦子丟了怕是不好配，方便的話我給妳送過去？」

詢問的語氣，措辭也是客氣到極致，卻無端地讓顧九思想要拒絕。

釦子丟了她早就發現了，也懷疑過掉到段景熙的車裡，但根本沒有打算找回來。

「呃……」顧九思想了想，如果自己說「你找個人給我送過來就行了」這種話是不是太沒禮貌了？話到了嘴邊還是嚥了下去。「這種小事不用麻煩段王爺親自跑一趟了，您在哪裡，我過去取。」

段景熙說了個地方，離這裡並不是很遠。

掛了電話沒多久，舒畫也回來了。顧九思看著她的笑臉，心裡默默吐槽了一句：我和你們舅甥倆個真有緣分。

顧九思不習慣讓別人等，她匆匆趕到約好的地方，環視了一圈，沒有看到段景熙的身影才鬆了口氣。其實陳慕曉曾經跟她說過，她這種行為是下意識地保護自己，不想虧欠別人，怕自己無法償還，便做出主動，卻無形中把人推得很遠，這樣並不好。

顧九思挑了靠窗的位置坐下後等了一會兒，一轉頭看到段景熙正從車上走下來，衣著妥帖，步履穩健，依舊得體得像是從教科書裡走出來一般。

顧九思默默數著他的步子，等段景熙在她對面坐下後，她忽然開口：「你覺得從你下車走到這裡要多少步？」

段景熙不知道她為什麼會這麼問，卻還是認真地目測了下距離，然後給出一個答案：「二百二十八步？」

顧九思在心底忍不住給他鼓掌。「你確實走了二百二十八步。」說完便端起茶杯假意喝茶，遮了輕勾的唇角，只露出一雙清澈流轉的雙眸，竟教段景熙微微失神。

不愧是陳銘墨和陳慕白爭的人，段景熙斂了神色，垂眸去看自己杯中漂曳的液體，竟也勾起了唇角。

半晌段景熙抬起頭，竟然還是能從顧九思眼底看到笑意，自己也笑起來。

「二百二十八步有什麼問題嗎？」

顧九思低著頭模模糊糊地回答：「二百二十八步本身沒問題，有問題的是你。正常人頂多給出個差不多的範圍，可是你竟然能給出正確答案。」

段景熙知道自己又被調侃了，苦笑著主動承認：「是，我的步伐訓練過，可以精確到每一步都邁出同樣的距離。」

顧九思抿了抿唇，她自己也不知道為什麼，每次看到段景熙總覺得這個男人完美得有些過分，想要雞蛋裡面挑骨頭。

她輕咳了一聲。「那個……鉬子呢？」

段景熙拿出來遞給她，然後看到她伸出左手接了過去。那些資料再一次在他腦中閃過，他忽然覺得她的動作有些刺眼，皺了皺眉。

顧九思並沒注意到他的心思，把鈕釦扔進包裡之後便站起來告辭：「謝謝您了，我還有事就先走了，不用麻煩您送了。」

一句話再次把所有的客套和禮節推進死胡同。接觸過一次，段景熙知道她的作風，也就不再堅持，微笑著點了下頭。

顧九思臨走前深深地看了他一眼，她不喜歡欠別人，別人還了鈕釦，她還是要關心一下的。

「段王爺最近休息得不好嗎？」

段景熙揉了揉眉心，苦笑著。「這麼明顯嗎？睡眠品質有點差，換了很多藥都沒用。」

顧九思看了眼窗外的車，意有所指道：「再好的藥吃多了也沒用了，您很久沒運動了吧？」說完似乎並不在意段景熙的回答便走了。

日落時分，已經開始起風了。寒風中逆風而行的女子長髮飛揚，清冷俊秀。女子的身影漸漸模糊，最終消失在人海中，可段景熙心中卻越加明顯地出現了幾個字。

沉靜內斂，心若明鏡。

有些人不需要姿態，也能成就驚鴻一場。

更何況，她是賭王的女兒。

段景熙又坐了會兒才起身離開。

顧九思從咖啡廳裡出來又回到商業街，找到那家熟悉的店鋪，把手裡的鈕釦遞給店員。

「我來取上次送來要配鈕釦的那件大衣，鈕釦找到了，就不用麻煩了。」

這家店是國外某手工訂製知名品牌的分店，陳慕白是店裡的老顧客，出手闊綽，很受歡迎，店裡的人自然也是認識顧九思的。店長親自把大衣包起來遞給她。「對了，慕少上次在這裡訂的衣服到了，本來是要送過去的，正好您來了，要不要一起帶回去？」

顧九思也沒多想。「可以。」

店長一邊包起來一邊無意地說道：「說起來那件大衣和您這件還是情侶款呢。」

顧九思皺眉，沒說什麼，輕輕嘆了口氣。

情侶款而已，又不是情侶，何必又來亂她的心？

❄

當天晚上段景熙吃過飯，破天荒地沒有加班，祕書看著換了一身運動服的男人，吃驚地張大了嘴。

其實段景熙保養得很好，一身運動裝的他看上去格外年輕。走過的時候注意到祕書一直盯著他看，便問了一句：「我去跑步，一起嗎？」

祕書低頭看了看自己的皮鞋，咬了咬牙，只能捨命陪君子了。

「好的！」

段景熙住在部裡分配的社區，位置有些偏僻，但勝在靜謐舒適。社區靠著一座山，上山的小路都被規畫過。段景熙順著鋪好的小路小跑著爬到了山頂。

山並不高，或許是設計者故意為之，小路彎彎曲曲環繞著山體通往山頂。段景熙一直覺得自己挺注意保養的，直到氣喘吁吁地靠著山頂的老樹休息時，才發覺自己的體力有多差。

天早已黑透，從山頂望下去，星星點點的燈火已經亮起，不遠處的籃球場裡，昏黃的燈光下傳來少年呼喚隊友的聲音，朝氣蓬勃。他想起自己上學的時候，也曾意氣風發，揮汗成雨，彷彿有永遠使不完的力氣。

段景熙的前半生可以稱得上是中規中矩，一路保送進入父親指定的大學，然後進入外交部，後來被派到駐外使館，輾轉幾個國家任滿之後又回來，幾年前升任最年輕的外長。

他記得那個時候他聽過最多的評價就是，相貌出眾，才華過人。一向要求嚴格的父親對他也是頗為滿意。只是他自己清楚，所謂「最年輕的外長」也已經不年輕了。他看到年輕的生命會心生羨慕，竟然會產生想要再年輕幾歲的想法。

他不知道自己為什麼會突然開始在意自己的年齡，這種想法前所未有。

可下一秒，他的腦海裡卻出現了那雙看似恭敬卻隱藏著嫌棄的眼睛，清透澄澈的眸子中偶然會有一絲不易覺察的狡黠一閃而過。

難道在潛意識裡他在期盼著什麼？

段景熙看上去溫和從容，其實在擇偶方面卻是挑剔得厲害。他看似寬厚大度，對配偶沒什麼要求，好像什麼樣的都可以，可越是沒要求越讓人無從下手。從當初青蔥歲月的悸動到如今繁華落盡的沉澱，他的眼裡越來越看不進去人了。

曾經有人開他玩笑，說段王爺去過的地方太多，見過的美色也太多，都挑花眼了，不知道選哪個好了。

他不是挑花眼了，他是壓根挑不出來。他也曾想過找個門當戶對、各方面差不多的女子將就一下就算了，他也確實這麼去做了。當年他差點就娶了那個溫婉的女人，可到了最後，他還是臨陣脫逃了。

段景熙的人生軌跡在他出生那一天起便早已畫定，他也一直沿著軌跡不疾不徐地前行，那是他第一次也是唯一一次偏離了軌道。

接觸了三個月之後的一天，車子停在民政局門口，他和她並肩坐在車裡，十幾分鐘過去了，誰都沒有下車，誰也沒有說話，兩個人的臉上看不到任何喜悅，反而被一層陰霾籠罩。

最後兩人相視一笑，車子緩緩駛離停車場。

從那一刻起，他便明白「將就」這個詞不適合他。

不願意將就，所以便一直等待，等待著那個人出現。時間久了，自己也漸漸開始死心，想著或許壓根就沒有那個人。

段景熙自己也說不清對顧九思是怎樣一種情懷。起初只是覺得這個女人有意思，後來知道了她的事情之後便又產生了些憐惜，如果說是單純的因憐生愛又有些牽強。

他比她要大，大了很多歲。

他和她並不熟，只見過幾次而已。

他和她稱不上門當戶對，甚至可以說是井水不犯河水的關係。

她也似乎……並不符合他的擇偶標準。

出身純良？她從成年起便待在陳家那個虎狼窩裡。

性格單純？她的心計謀略不輸旁人。

相貌端正？段景熙在心裡點了點頭，相貌確實很端正。顧九思屬於那種耐看型的，猛然看上去氣質冷豔，不可接近，看得久了便會發現，她身上的淡然馥鬱吸引著你，讓人蠢蠢欲動。

山頂的空氣冰冷清新，段景熙的呼吸漸漸平穩下來。他分析來分析去，只得出了相貌端正這一條符合他的擇偶標準，繼而得出結論，自己就是個膚淺的外貌協會成員。

粗重的喘息聲由遠及近，祕書扶著腰、喘著粗氣出現在段景熙面前，打斷了他的沉思。

「外長……你……跑得……太……太快……快了……我……都……都快……快……累死了……」

段景熙看了他一眼，沒有說話。

＊

因為過年的時候不在，所以陳慕白約了陳簇到家裡吃飯，算是提前團圓。可是陳簇等了半天，陳慕白都沒出現，打電話也沒人接。問陳靜康，陳靜康也是一臉茫然。

陳方把最後一道菜端上來的時候，陳簇和顧九思正在大眼瞪小眼，陳靜康和三寶兩個人趴在桌子邊緣，眼睛直勾勾地盯著滿桌好吃的，就差開始啃桌子了。

顧九思看了眼時間，站起來穿衣服。「我大概知道在什麼地方，我去找吧。」

陳簇也跟著站起來。「他不知道又在彆扭什麼，我和妳一起去。」說完轉頭問三寶，「妳去不去？」

三寶也想去，可又捨不得滿桌子飯菜，虎視眈眈地盯著陳靜康。

陳方覺得陳簇的這個人生伴侶似乎很有趣，笑著開口：「去吧，還有一個湯沒好，肯定等你們回來一起吃。」

三寶這才放心，慢騰騰地穿著衣服。

陳簇低頭給她繫圍巾的時候，她又轉頭看了飯菜一眼。

顧九思忍不住抿著唇笑。

找了陳慕白常去的幾個地方，最後在一家會所裡得到了服務生肯定的答案。

顧九思轉頭看了眼會所的標誌，又看了看陳簇和三寶，想說什麼卻又沉默下來。

這家會所有些特別，用陳慕白的話說就是「不羈」，在顧九思心裡就是「放蕩」。會所老闆似乎沒什麼底線，提供的服務尺度也有些大。

顧九思在推開包廂門之前，遲疑了下，轉頭看了三寶一眼，對陳簇說：「裡面怕是不怎麼好看，你們在外面等下吧。」

陳簇大概也想到了，拉住一臉興奮的三寶。「好，我們在外面等。有事就叫我。」

三寶一臉不滿地抗議道：「為什麼不讓我進去？我還想看看呢！」

顧九思推門進去，耳邊還響著陳箴溫柔地哄著三寶的聲音，然後就看到陳慕白和幾個女人在角落裡調笑。陳慕白領口大開，配上他一臉妖孽的慵懶笑容，簡直是春色無邊。

顧九思打開大燈，瞬間屋內光線刺眼，引起幾個女人的不滿。

「幹什麼？妳是誰啊？」

顧九思目不斜視地走過去，順便撿起陳慕白丟在地毯上的外套。

「慕少，時間不早了，該回家了，您約了人吃晚飯，已經遲到了。」

陳慕白半臥在沙發裡，筆直修長的雙腿搭在矮桌上，手裡還捏著個酒杯，神色慵懶，好似醉了，不羈之態盡顯，笑著看向顧九思。「我憑什麼聽妳的？」

他的雙眸因酒氣薰染而半眯著，朦朧媚惑，波光流轉間妖氣沖面而來，顧九思有些招架不住，一時間竟說不出話來。

幾個女人看到陳慕白的態度後便放肆起來。「對啊，妳是誰啊？慕少憑什麼聽妳的呀？」

顧九思最怕這個樣子的陳慕白，無賴，不講理，漫不經心，煽風點火地讓別人來為難她。她的眉頭還沒皺起，陳箴已經推開門走了進來，臉色有些難看，聲音也冷了幾分。

「陳慕白，穿好衣服跟我回去。」

小的時候，陳慕雲的母親為難他的時候，陳箴總會跳出來護著他，可是陳箴自己也是寄人籬下，說話哪裡有分量，不過這份對弟弟的情誼，陳慕白一直都忘不了。

他可以刁難顧九思，可是陳箴的面子他不能不給。

陳慕白很快就站起來，也不整理衣衫，從顧九思手裡抽出外套，隨意地搭在肩上便往外走，自始至終都沒有看顧九思一眼。

幾個女人看到大金主陳慕白就這麼走了，便把怨氣出在了顧九思的身上，眼冒凶光一臉惡毒地瞪著她。

顧九思本來垂著眸，感覺到視線的壓力時才抬起頭，微微揚著下巴，勾著唇，眼底的嘲諷和不屑昭然若揭，淡淡地看過去，挑釁卻不挑事。

還沒來得及完全轉過身去的陳簇餘光看到這一幕，身形一頓，很快轉過身低下頭去笑。

陳慕白本就一副桃花面，喝了酒之後越發含情帶春，連眼尾處那顆桃花痣都泛著淡淡的粉紅色，走廊上偶爾有人走過，不免多看他幾眼。跟在後面的陳簇終於看不下去了，他最見不得陳慕白滿身脂粉氣地招搖過市。一把拉住他，一邊伸手去給他扣鈕釦，一邊皺著眉教育道：「穿衣服釦子要扣好，不要流裡流氣的，不要亂搞男女關係，和人說話的時候要看著人家的眼睛，要真誠，別拿餘光看人。你這個樣子別人不會說你什麼，只會說你母親沒把你教好。顏姨是很好很好的人，我不希望聽到別人詬病她。」

陳慕白倒也不動，老老實實地任由陳簇給他整理，心不在焉地聽著他的教訓，也只有陳簇敢在陳慕白面前提那個名字。

陳簇忽然停下，似乎眼前比他高了半頭的男人還是小時候的模樣。那個時候的陳慕白沒人照顧，沒人重視，簡單的一套衣服卻穿得亂七八糟，歪歪扭扭地掛在身上，白白嫩嫩的小臉上滿是不耐煩。陳簇一邊給他整理衣服一邊輕聲細語地問著他什麼，可他卻緊緊抿著唇一個字都不說。

陳簇放下手嘆了口氣。「是我沒照顧好你……」

陳慕白輕輕皺起眉，瞥了他一眼，終於開口，雖還帶著不耐煩但聽得出緩和的意味：「知道了！」

看盡冷暖的陳慕白知道，陳簇沒有任何義務來照顧他，他對自己的照顧已經足夠了。

顧九思和三寶原本站在旁邊安安靜靜地看著這一幕兄弟情深，三寶忽然小聲地嘀咕了一聲：「在一起，在一起，在一起……」

陳慕白扭過頭，用一種看白癡的眼神看了三寶一眼，繼而對陳簇說：「你女朋友的腦袋被門擠過吧？」

陳簇一臉無語地看著三寶。

顧九思悄悄扭過頭去，微微抖動著雙肩。

還沒笑完就看到會所老闆急匆匆地擦著汗跑了過來，畢恭畢敬地站在陳慕白面前，一臉的欲言又止。「慕少，唐公子那邊……能不能麻煩您去看一眼？」

陳慕白往前走著，懶懶地回眸，語氣傲慢矜貴，一副事不關己的模樣。「唐恪的事情你找我幹什麼？他是我兒子嗎？我還要管他？」說完抬腳繼續走。

會所老闆想攔卻又不敢攔，邊跟著邊囁嚅著：「那邊鬧得動靜有點大，我怕出了事，不好看……」

陳慕白輕聲哼笑了下。「不好看？像我們這種人，夜生活不開心是要屠城的，你不知道嗎？」說完還若有似無地看了顧九思一眼。

顧九思明白，她的到來大概打擾了陳慕白開心的夜生活。會所老闆腦子靈光，擦了擦汗換了個說法：「事情鬧大了，我怕傷了唐公子，唐家那邊我不好交代啊。」

三寶在一旁興奮地抓著陳簇的手臂問：「唐公子是誰啊？我要去看！」

唐恪的無法無天陳簇也是聽說過的，他看了陳慕白一眼，低聲勸了一句：「去看看吧，你和他總歸是一起長大的，你的話他還是聽的。」

陳慕白皺著眉頭想了幾秒，然後點頭。「那我就去看看我兒子在造什麼孽。」

一打開門進去，唐恪衣衫不整地壓著個女孩，兩個人身上的衣服搖搖欲墜。唐恪聽到身後的動靜便轉頭來看，女孩趁機掙扎出來，重重地賞了他一巴掌，抓著衣服跑了出去。

走在前面的陳簇一看到這幕，便轉身捂住了三寶的眼睛。「乖，別看。」

三寶好奇得不行，抓住陳簇的手指往下拉，嘴裡相當不滿意地問：「為什麼我不能看？你們都看到了……」

顧九思也有些尷尬地低下頭去。

陳慕白睨了顧九思一眼，他也沒想到會是這麼個場景，往前走了一步擋住顧九思，皺著眉把扔了一地的衣服扔到唐恪身上，總算擋住了重要部位。

「你這是幹什麼，你小子又不缺女人，人家不願意，你何必硬來？你現在的行情已經那麼差了嗎？」

唐恪也沒去追，懶懶地翻身坐在沙發上，摸了摸已經紅起來的半邊臉，低聲笑了起來。

「我也沒真想怎麼樣，就是嚇嚇她。」

陳慕白瞪他一眼。「有病吧你！」

玉面狐狸白皙的半邊臉浮現出了幾個指印，卻一點都不影響他英俊的面容，絲毫不顯狼狽。他的眼睛直直地看著女孩離開的方向，裡面有種不一樣的光芒閃耀著，忽然勾著唇開口：「我喜歡她。」

明明還是輕佻的語氣，卻沒來由地給人一種鄭重的感覺。這幾個字卻無聲無息地把陳慕白燙了一下。他和唐恪是一類人，是被歸為沒有心的那一類。玩可以，想要真心，沒有。

可唐恪忽然就那麼大大方方地說出來，我喜歡一個人，可是他陳慕白卻不敢，也不能。

半晌，屋內的一片沉寂在陳慕白一句「確實有病」中結束。

半小時後，陳簇、三寶和顧九思動作一致地靠在車邊無語望蒼天。

旁邊車子的車前蓋上，坐著兩個身材相貌皆出挑年輕人，只是這兩個年輕人懷裡抱著個酒瓶，有些神志不清地在「互傾愁腸」。

唐恪似乎頗為苦惱，灌了幾口酒就開始大倒苦水。恰好慕少近來心情也不佳，抱著「聽聽別人的不開心或許自己會開心一些」的態度，屈尊允許了唐恪絮絮叨叨地講他的心事。

唐恪和陳慕白屬於喝醉了的兩個極端。

唐恪一臉醉態，舌頭都硬了，身體似乎也不太受控制，攬著陳慕白的肩，整個人都靠過去。陳慕白則是正襟危坐，除了臉色有些蒼白，根本看不出喝多了，連眼神都沒有一絲絲渙散，說起話來語音語調更是控制得爐火純青。唯一暴露的地方在於一向有潔癖的他竟然肯讓一個醉漢離自己那麼近。

「你說說那個女人腦子是不是有問題，我她竟然都看不上……」

陳慕白臉一沉。「女人的事情別跟我說！」

喝多了的唐恪也格外好說話，撓撓頭。「不能說女人啊，那說別的吧。你知道我養的那條哈士奇吧，牠最近看上了一隻流浪狗，整天出去找那隻金毛玩，連我都愛答不理的。你說我給牠吃給牠穿陪牠玩，牠怎麼那麼沒良心呢？比女人翻臉還快。我也不能總把牠關在家裡，你說該怎麼辦？」

陳慕白向來不吝嗇自己的毒舌，想了一會兒回答：「和那隻金毛上床，然後讓你家哈士奇看見。」

唐恪的腦子已經徹底不轉了，聽了這話大概也理解不了，機械地回答：「哦，這樣啊，那我回頭試試吧。」

顧九思還沒什麼，就看到三寶在旁邊咯咯地笑，陳簇則是一臉沉痛地捂住了自己的臉。

後來唐家的司機來接唐恪的時候，兩個人皆已進入了群魔亂舞模式，連一直端著的陳慕白也格外溫和，兩個人弄得跟生離死別似的。

那邊唐家的司機扶著唐恪上車，這邊陳簇扶著陳慕白要送他回家，無奈唐恪抓著陳慕白的胳膊怎麼都不放手，嘴裡還嚷嚷著：「我不走！我要和小白一起玩！」

陳慕白半眯著眼睛也不在意那個稱呼了，語氣溫軟道：「唐唐乖，快回去吧，今天不玩了，我都睏了，明天我去你家叫你一起去上學。」

「那你早點來叫我啊！」

「嗯。」

唐恪終於戀戀不捨地撒了手，一步三回頭地上車離開，車子開出去一段距離了還能看到後車窗上唐恪回頭看的大腦袋。

「棒打鴛鴦，真是太殘忍了。」三寶說完碰碰顧九思，指了指陳簇，「妳看他像不像法海。」

顧九思噗哧一聲笑出來，歪過頭認真看了看旁邊一直不怎麼靠譜的女人，又看了看陳簇，很是真誠地笑了起來。

最後三個人加上一個醉漢終於回到了家，三寶和陳靜康開始在餐桌上決戰，陳方觀戰，陳簇和顧九思則在樓上照顧陳慕白。

陳簇看著床上換了睡衣、呼吸綿長的人，忽然開口：「陳家對子女一向苛刻，有的時候苛刻得有些不近人情，所以教出來的孩子都是薄情寡義的模樣。他剛進門的時候，陳家沒人看得起他，陳銘墨也是知道的，卻是不管不問，說那麼容易死也沒資格做他陳銘墨的兒子，所以他的個性和處理事情的方式會和常人不太一樣。有些話他心裡明白，可是他不會說……有話也從來不會好好說。他不是故意要這樣，他是真的不會，從小到大沒有人教過他這些……我一直以為他就這樣了，可小白現在似乎和以前不太一樣了。最肯忘卻古人詩，最不屑一顧是相思。九思，妳是聰明人，不會不明白。」

顧九思給陳慕白蓋被子的手忽然一頓。

最肯忘卻古人詩，最不屑一顧是相思。

這句話何止說的是陳慕白，更說的是她自己。可是他們之間怕是不可能了。

那天晚上在閣樓的黑暗中，陳慕白的反常讓她差點就問出了口，可終究還是忍住了。

他們都是薄情寡義、自私自利的人，他們之間從來都是充斥著心機手段；他們之間不能談那個字，說出來只會讓人覺得可笑，說出來對他們兩個誰都沒有好處。

只要事情不說破，就仍然有迴旋的餘地，在這方面她和陳慕白是默契的，於是就此翻頁，再也不提。

顧九思勉強扯了扯嘴角。「陳醫生開玩笑了。」

她知道陳簇不喜歡別人叫他二少爺。

陳簇看了顧九思半晌，也笑了下。

「就當我開了個玩笑吧，我下去看看三寶吃完了沒有。」

說完便走了出去，顧九思轉頭看了眼床上的人，默默關了燈，也走了出去。

黑暗中，陳慕白薄薄的眼皮下的眼睛動了動，不知道是在作夢還是沒睡著。

7

流水潺潺，心意難耐

她難得看到他這樣笑，沒有嘲諷沒有陰鬱，似乎真的是在笑，眉眼彎彎，眼底星星點點的光芒在逐漸昏暗的天色裡隨著笑意滲出來。

段景熙一夜好夢，似乎昨晚的運動起了作用，第二天起床全身舒暢，連早飯都吃得格外舒心。

相反，宿醉的陳慕白睡到中午才揉著太陽穴起床，臉色蒼白得不像話，對於昨天的事情隻字不提，只是話少了很多。

陳簇在午飯後打了電話來關心他，他也是愛理不理的。

到了下午，唐恪也打了電話來，似乎還沒起床，聲音喑啞道：「我昨兒個喝斷片兒了，你跟我說我們家哈士奇怎麼辦來著？」

此時的陳慕白已經在公司會議室裡扮了半個下午的面癱加黑面神，連虐了三個部門主管，整個會議室都籠罩著一層低氣壓，所有人噤若寒蟬。

他當著所有人面無表情地接起電話，很是認真正經地想了想，終於想起了昨天的答案，不帶任何情緒地告訴唐恪：「和那隻金毛上床，然後讓你家哈士奇看見。」

清醒的唐恪感覺嘴邊有個「滾」字呼之欲出，抖著手「啪」的一聲掛了電話。

陳慕白放下舉著手機的手，不去看滿場人顏色各異的臉，吐出兩個字：「繼續。」

今天的天氣一直陰沉沉的，年關將至，大家都無心工作，卻不得不打起精神來開會。

顧九思也有些沒精神，卻感覺到有道視線一直落在自己身上。她順著視線來源看過去，是陳慕白從美國帶來的幾個精英裡的一個女孩，她看過去的時候那個女孩很快閃躲了目光，幾次下來，顧九思便不再管她，任由她去看。

上次見到這個女孩的時候，她就感覺很奇怪，後來留意了一下，那個女孩叫姚映佳。這個名字很陌生，她不記得自己認識這個人。

好不容易清貴疏離的陳總金口一開，吐出兩個字「散會」，率先走出會議室，一眾人才吐出口氣，繼而歡騰起來，賴在會議室裡閒聊不肯走。其實大部分人手裡的工作都已經做完了，辛苦了一年就等著去山裡泡了溫泉，然後回家過年。

顧九思走得慢，便有人湊過來問她，到底哪一天去山裡泡溫泉。

顧九思在他們心中是神一般的存在，話不多，可是一旦回答多半都會變成事實。她看了看窗外，想了一想。「如果今天的雪不下來的話，應該明天就可以去了。」陳慕白這種公子哥，不知道說他是會享受呢還是品位刁鑽，非得要挑了下雪天去泡溫泉。看天氣，這雪如果今天不下，明天肯定要下，正好符合陳慕白的要求。

顧九思說完之後忽然想起了什麼，給舒畫發了條短信，告訴她什麼時間動身，特意交代了一下，以後再看到她不要表現出認識她，特別是在陳慕白面前。

舒畫很聰明，很快回了條短信，讓她放心。

顧九思抱著資料夾準備回辦公室，卻被姚映佳叫住，兩個人站在會議室門口說話。姚映佳探著身子往裡面看了看，確定沒人注意到她們才開口：「妳以前是不是在美國學金融數學的，比我大了幾屆，我記得妳……」

顧九思心裡一驚，她沒想到會在這裡遇上故人，還是對方認得她、她不認識對方的那種。

其實顧九思是跳級上的大學，那個時候的她年紀小，和學校裡的同學並不十分談得來，所以對學校裡的人幾乎沒有什麼印象，更何況還是比她還小了幾屆的人。只是她不知道還會有人記得她。

顧九思在陳家別的沒學會，演技是越發地爐火純青，很是坦然地看著她。

「沒有，妳認錯人了。」

姚映佳的臉一下子垮了下來，皺著眉頭。「我記得是妳啊……我有張合影的……」顧九思緊張地盯著她，然後便聽到她有些遺憾地繼續開口：「可是後來搬家的時候弄丟了……」

顧九思提起的一顆心終於放下，找了個藉口退出會議室，在走廊的角落裡站定，靠著牆做了幾個深呼吸。睜開眼睛，她便發現了蹲在另一個牆角偷窺的陳靜康，一臉緋紅，眼冒紅心地盯著某處。

她順著陳靜康的視線看過去，了然地點了點頭，走過去拍了拍他的肩膀。

「喂，陳靜康，別看了，人家都走遠了。」

沉浸在自己小世界裡的陳靜康顯然沒有注意到顧九思，被她的聲音嚇了一跳，驚恐地看著她半天都沒緩過來，等緩過來才發現顧九思已經沒了人影，繼而一臉嬌羞。

等他終於反應過來之後，又急匆匆地跑到辦公室找顧九思，顧九思埋頭看著電腦，看到他便主動開口：「放心吧，我什麼都沒看到。」

陳靜康這才放心地離開。

到了下班的時候，雪花眾望所歸地沒有飄下來，一群人因為顧九思的話都興奮地商量著回家收拾行李準備進山。

晚上顧九思也開始收拾，收拾到一半的時候猛然發現放在櫃子最底層的那張支票不見了。

她驚起一身冷汗，以為自己放到了別的地方，可是找了所有的地方都沒有。那是陳慕昭給她的，她當時為了作戲作得真些就拿著了，後來一直忘記，現在才發現不見了。放在房間裡不可能無緣無故丟了，既然不會丟那就是被人拿走了。

那個人會是誰？

如果被陳銘墨或是陳慕白看到了，她可就真的成了牆頭草，跳進黃河都洗不清了。

顧九思頹然坐在地毯上，再也沒了收拾行李的心情，一低頭看到腳下新換的羊毛地毯，越發覺得礙眼。

半夜兩點，顧九思臥室的房門無聲無息地被打開，她躡手躡腳地去了書房，她知道陳慕白的東西向來收拾得妥帖，可她總要去找一找，萬一運氣好被她找到了呢？

她拿著手電筒蹲在書桌的櫃子旁，輕手輕腳地翻了半天，可是都沒有找到，剛剛站起身想去另一邊的櫃子裡找，書房的燈卻一下子亮了。下一秒，她眯著眼睛看到了開關處那隻骨節分明的手，再往上看便是手的主人。

顧九思慢慢睜開眼睛，覺得這件事情已經不是巧合，簡直可以用蹊蹺來形容。

她瞄了一眼牆上的時鐘，她不認為和一個男人半夜兩點多在書房裡遇上是偶遇，可是這個男的怎麼知道自己會在半夜到書房來呢？

這個行為絕對是她臨時起意，之前根本沒有任何跡象。

穿著睡衣的陳慕白懶懶地靠在門邊的牆上，雙手抱在胸前，面無表情地看著她手足無措，半晌才淡淡地開口：「在找什麼？」

顧九思關上手電筒，鎮定地回答：「沒找什麼……」

陳慕白站直身體，緩緩走近，修長有力的手指在書架的一排書上輕輕滑過，然後停住，抽出一本書，從裡面翻出一張支票遞給她看。「是在找這個嗎？」

他的眼底一片深邃漆黑，看不出任何情緒。

顧九思和他對視了幾秒鐘，然後低頭去看，輕蹙眉頭，果然。

陳慕白收回手。「這麼久了才發現丟了，落到別人手裡不知道死了多少次了。」

顧九思覺得自己今天背到極點，腹誹著，落到你手裡也好不到哪兒去。不知道為什麼，她發現支票在陳慕白手裡而非陳銘墨手裡時，下意識地鬆了口氣，這一點連她自己都沒有發現。

她皺著眉一臉不滿地抗議道：「你翻我東西？」

陳慕白冷哼一聲，眉宇間透著不屑。

「還用得著我去翻？這麼久了，妳就沒發現這個房子裡少了人嗎？」

是，他提醒過她，這個房子裡的人很複雜，提醒過她，自己的東西要放好。可是收拾殘局這種事情，顧九思從來沒想過陳慕白會為任何人做，包括她。

陳慕白靠在書架上繼續開口道：「這東西……我可以還給妳，可我有句話要問妳。」

顧九思覺得陳慕白不該這麼心急，他一向是耐心最好的獵人，捏著獵物的把柄看著獵物受煎熬，等到獵物快要崩潰的時候才甩出自己的條件，那個時候就任由他予取予求。

陳慕白似乎真的很著急，下一秒便問了出來：「顧九思，妳還有什麼瞞著我的嗎？」

陳慕曉的話始終是他心頭的一根刺。如果她肯告訴他，告訴他那是陳銘墨的意思，不是她的本意，他可以……勉強原諒她。

顧九思沉默，長久的沉默，她瞞得太多，不知道該不該說，不知道該從何說起。而這一切落在陳慕白眼裡就變成了無聲的抵抗，隨著時間的流逝，他眼底的溫度越來越冷，神色也高深莫測起來。

最後指間火光忽起，打火機的火苗吞噬了支票，他隨手扔到桌上的菸灰缸裡，紙片很快化為灰燼。

刀是溫柔刀，鋒利的從來都是人心。

陳慕白緩緩地從她身邊走過，聲音依舊波瀾不驚。「妳不屑一顧的不是相思，是我。」

顧九思猛地轉頭去看他，卻只看到漸漸被掩上的房門。

他只是隨便一說，還是昨晚她和陳簇的話被他聽到了？

❄

第二天一早醒來，顧九思起床拉開窗簾，便看到鋪天蓋地的白色。一身黑衣黑褲的陳慕白站在雪地裡尤為顯眼，他背對著她，不知在幹什麼。

他雖然看上去有些瘦，卻實實在在地有肌肉，再加上骨骼架構很漂亮，所以無論穿什麼衣服都很好看。本是賞心悅目的一景，顧九思卻覺得那個瘦削挺拔的背影看上去格外孤寂寥落。

她還沒來得及深思就聽到敲門聲，一打開門便看到陳靜康一臉興奮地笑著。

「少爺說今天就進山！」

顧九思輾轉反側了一個晚上，看上去精神不太好，有些恍惚地點了點頭，表示知道了。

陳靜康的小祕密被顧九思撞破，再見面到底有些不好意思，說完正事之後就有些扭捏，站在門口故作鎮定地東瞧瞧西看看，就是不敢看她。

顧九思覺得好笑，靠在門上問：「你在幹什麼？」

陳靜康略為羞澀。「沒幹什麼啊。」

顧九思一直當他是弟弟，其實她自己也有弟弟，只不過本來關係就不親厚，經過那場變故之後也沒了聯繫，反而和陳靜康感情更深些。她伸手胡亂揉了揉陳靜康的腦袋，像個隨手蹂躪弟弟的姊姊。

「我都說了什麼都沒看到，你那麼彆扭幹什麼？你還打算這輩子都不見我了？」

陳靜康邊躲閃邊抗議道：「那妳還提！」

手還沒來得及收回來，她就看到陳慕白面色冷清地走過來，緩緩停住，睨了她和陳靜康一眼，最後視線落在她蹂躪陳靜康腦袋的那隻手上。那眼神完全可以凍死一頭大象，顧九思下意識訕訕地收回手。

陳靜康完全沒有意識到什麼，轉過身笑瞇瞇地叫了聲「少爺」。

陳慕白也沒搭理他，轉過頭面無表情地走了。

陳靜康看著他進了房間才扭過頭問：「少爺今天的起床氣怎麼那麼大？」

顧九思沒敢接話，她實在不確定陳慕白這是被自己招惹出來的氣，還是起床氣，找了個藉口閃人：「那個……我下樓幫方叔準備早飯。」

她本以為躲進廚房總會安全些，可是自她進了廚房，陳方就盯著她看，看得她有些發毛。

顧九思一直覺得陳方這個人像是武俠小說裡的掃地僧，寵辱不驚，高深莫測，對陳慕白根本不像是管家對主人，反而有一種說不出來的慈愛。按理說陳靜康才是他兒子，可她感覺陳方的注意力大部分都集中在陳慕白身上，對陳靜康……貌似只是順便注意一下。

好在陳靜康神經大條注意不到這些，否則不知道要怎麼想呢。

半晌，陳方才笑著搖搖頭。「又和少爺鬧彆扭了？」

顧九思不知道她和陳慕白到底是怎麼發展到今天這個地步的。也許是她想多了，就算陳慕白站在她面前明明白白地說出那個字，她都辨別不出真假，更何況是他曖昧含糊的一句話呢？她的情感史雖是一片空白，但也不是白癡，兩情相悅的男女總歸不是她和陳慕白這個樣子。

她苦笑著搖搖頭，腦子裡越發亂成一團。

在顧九思的人生中，並不清楚男女之情到底是一種什麼樣的感情，不知道這種感情該如何處理，更不知道男女之間該如何相處。在此之前，她接觸最多的男人就是她的父親，可是父親大多數時間對她是嚴厲的；後來到了陳家，陳家的男人都被她視作虎狼猛獸。所以當她意識到自己和陳慕白的變化時，除了震驚和不確定之外，更多的則是不知所措。

陳方手下動作沒停。「快過年了，大家都和和氣氣的，給少爺的新年禮物準備了嗎？」

會兒吃飯的時候妳拿出來，他看了一高興就不生氣了。」

顧九思一愣，點了點頭。「準備了，就是不知道他會不會喜歡……」

陳方轉頭看了顧九思一眼，笑得別有深意。「會喜歡的。」說完無奈地搖搖頭。

沒想到他一把年紀了，還要做這種牽線搭橋的事，可是又有什麼辦法呢。這兩個人，談心機謀略的時候總是志同道合相談甚歡，可一到感情上……那叫一個格格不入啊！他今天早上一看陳慕白的那張臉，就知道準是他去試探的時候又在顧九思那裡碰了一鼻子灰。

不知道是不是因為昨天晚上陳慕白的那句話，顧九思覺得陳方的眼神有些奇怪，說出來的話就更奇怪了。他怎麼確定陳慕白會喜歡她的禮物呢？

顧九思越想越亂，低下頭煩躁地搖了搖腦袋。

餐桌上，顧九思把三份禮物送了出去。

陳方笑瞇瞇地道謝，陳靜康一臉期待地忙著打開來看，陳慕白面無表情地盯著面前的盒子沒有任何動作。

陳方悄悄給顧九思使了個眼色。

顧九思看著坐在那裡巍然不動的陳慕白，試探著伸出手去，把禮物盒又往陳慕白面前推了推，主動示好道：「你不打開看看嗎？」

陳慕白懶懶地抬起眼皮看了她一眼，半天才抬手去拆，剛想習慣性地嫌棄卻忽然頓住。

一塊灰藍色的手帕靜靜地躺在那裡，角落裡繡了一株蘭花，旁邊便是他名字的縮寫：CMB，字體瀟灑飄逸，很是清新雅致。

繡功倒稱不上有多出神入化，只是那株蘭花，陳慕白認得，他伸出手指撫了撫。

那是素心蘭，他母親生前最喜歡的花。

他看了半晌，抬頭去看顧九思，眼底一片漆黑。「這是妳繡的？」

顧九思有些不安地點點頭。

「之前跟家裡一個長輩學過一點，繡得不好，希望你不要嫌棄。」

陳慕白的臉上看不出任何情緒，只是機械般地問：「為什麼要選這種花？」

顧九思既然敢送就已經是準備好了答案。「之前你說你種過一棵素心蠟梅，本來要繡梅花的，可是男人用梅花不太好，就換了蘭花。」她說完還一臉無辜地反問，「有什麼問題嗎？」

她的答案和演技都無懈可擊，陳慕白看了她幾秒鐘，搖了搖頭。

臉色難看了一早上的陳慕白終於恢復正常，緩了緩口氣，難得地開口誇獎了她：「我很喜歡，坐下吃飯吧。」

陳靜康出於好奇探頭看了看，然後皺著眉譴責顧九思：「顧姊姊，你是不是少繡了個N啊，CNMB（注）？這麼好的日子妳要不要這麼打擊報復啊？」

顧九思咬牙切齒地撫額，她算計了所有的人和事，唯獨算漏了陳靜康這個「萬年砸場王」。好不容易緩和了臉色的陳慕白再次黑了臉，捏著手裡的手帕不說話。

說話不走腦子的陳靜康說完也沒發現冷場，低頭繼續去拆禮物，下一秒就尖叫著跳起

注　為中國拼音的髒話。

來。「呀，是我最喜歡的紀念杯，還帶簽名的！」

他抓著杯子大笑著看向顧九思。「顧姊姊，這禮物太棒了！」

顧九思已經後悔送他禮物了，她現在恨不得收回來，砸碎了都比送給他強！當然，她只是想想罷了，卻有人真的這麼做了。

陳慕白覺得興奮得眼睛都紅了的陳靜康格外礙眼，黑著臉伸出魔爪。「拿來我看看。」

陳靜康滿心歡喜地遞過去，一臉單純地問：「是不是很漂亮？」

陳慕白接過來嫌棄地看了看，忽然勾起唇，對著陳靜康笑了一下，只是那笑容有些……猙獰。笑容還未完全綻放，手指就猛然鬆開，杯子落到了地上，成了一堆碎片。

陳慕白淡定地收回手，堂而皇之地對一臉驚愕加顫抖的陳靜康開口解釋：「手滑。」

陳靜康都快哭了，不敢相信地看著地上的碎片，覺得碎成渣的不只是杯子，還有他的心。他看看陳慕白，不敢發怒，只能把最後的希望寄託在顧九思身上，轉頭問顧九思：「顧姊姊，還有嗎？」

顧九思也沒有料到他竟如此小氣，心裡默默念叨了一遍「陳慕白是魔鬼」，在陳靜康充滿期待的眼神裡，不忍心地小幅度搖了搖頭。

受了委屈卻不能爆發的陳靜康哭著跑了出去。

陳方又一次邊嘆氣邊搖了搖頭，他這個兒子的智商和情商都十分讓人擔憂啊。

吃了早飯，於心不忍的顧九思和陳方去安慰受傷的陳靜康，陳靜康雖不再抱著那堆碎片了，可臉上也不見笑容。直到顧九思保證過了年再幫他去找一個一模一樣的回來，他才勉強扯出一個難看的笑容。

兵荒馬亂了一早上，陳慕白又磨蹭了會兒才終於出發。大巴都是提前聯繫好的，到了指定地點接人，一行人浩浩蕩蕩地進了山。雪天路滑，大巴開得很慢，下午才到達目的地。

山上除了溫泉，還有座寺廟。下車之後，大家一邊呼吸著山裡新鮮冰冷的空氣，一邊在紛紛揚揚的雪花中欣賞著餘煙嫋嫋、別具韻味的美麗風景。眾人一時間也不覺得疲勞，興奮地嘰嘰喳喳。

溫泉莊和寺廟離得很近，他們吃住都在寺廟裡，之前每年都會來，寺廟裡的僧人多半都認識他們。因為提前打好了招呼，他們剛下車就有人過來帶路。

一群人餓了一天，到了之後雖是素齋，倒也吃得香，吃完之後便自由活動去泡溫泉了。

顧九思在房間裡等了一會兒，想著時間差不多了才出門，果然路上就聽到同事議論紛紛，說陳慕白遇上了美佳人，兩人一見面就打得火熱，正在做SPA，他們特意避了出來。

顧九思終於鬆了口氣，她可以功成身退，以後的事情就看舒畫自己的本事了。

山上的溫泉種類繁多，臨近年關本就沒什麼人，顧九思喜靜，特意選了偏遠的中藥泉。到了傍晚時分，山上的雪忽然大了起來。露天溫泉，漫天飛雪，汩汩溫暖的泉水，邊賞雪邊泡溫泉，她這才體會到陳慕白真的是享樂派。

顧九思泡進艾草池裡，泉水滾燙，熱氣蒸上來，她舒服地嘆了口氣。這邊都是藥草池，很多人不喜歡中藥的味道，所以沒什麼人，她樂得清靜。

雪花飛舞著落入泉水中，熱氣蒸騰著飄起散入空中，顧九思在腦後墊了塊毛巾，看了會兒慢慢閉上了眼睛。

時間過得真快，又是一年，不知道明年這個時候她還會不會在這裡。她還記得去年年末來這裡的情景。那個時候她又不知道哪裡招惹了他，他怒氣沖沖地來，怒氣沖沖地走，無論什麼時候看到她，都冷著一張臉或是皮笑肉不笑地對她冷嘲熱諷，連年都沒過好，她也很委屈。

那段時間到底發生了什麼？陳慕白似乎看她格外不順眼，桃色緋聞頻頻登上各色雜誌，為此她被陳銘墨罵了好幾次，兩邊都不是人就算了，可罪魁禍首還跑來問她，某個女演員和某個女主播，哪個更好一些？她仔細想了想，按照他的喜好給出了個答案，可是給了答案之後他就怒了，罵她虛偽、木頭！實在是莫名其妙得很。

就在顧九思昏昏欲睡的時候，感覺到一隻微涼的手撫上了她的臉，她猛地睜開眼睛，一臉驚愕地看著眼前的這張臉，不是陳慕白又是誰？

她立刻坐了起來，扯過旁邊的浴袍遮住身體，她有點兒後悔今天選了三點式的比基尼。

陳慕白悠閒地脫下浴袍扔到一邊也坐了進來，就躺在她剛才臥著的地方，枕著她剛才枕過的毛巾，他長睫輕掩，看上去安靜寧和，可一開口就是一顆炸彈。

「怎麼，把舒家大小姐扔給我，自己跑到這裡來躲清靜了？」

顧九思皺著眉一臉警惕地看著他，他又知道？是舒畫說漏了嘴還是他一早就知道？

長久得不到回覆，陳慕白懶懶地抬眸看了她一眼，然後閉上眼睛笑了。

她剛才一直閉著眼睛，不知道在想什麼，連他走近了都沒發覺，睫毛上沾著的雪花現在因為緊張跟著睫毛一顫一顫的，再加上一臉的驚愕，看上去比平時活潑生動了許多。她的皮膚本來就白，在水裡泡久了，被熱氣熏得透著微微的粉色，當真是誘人啊。

他這一笑，顧九思就更加毛骨悚然了。他該生氣的啊，他該盛怒的啊，為什麼會這麼平靜呢？還有……他不是該和舒畫在一起的嗎？為什麼會出現在這裡？顧九思的腦子裡有太多的疑問，一時間坐在那裡亂成一團。

大概是溫泉池邊緣的石頭太硬，陳慕白躺著不舒服，他換了個姿勢依舊閉著眼睛。

「妳坐在那裡不冷嗎？」

怎麼會不冷？她為了躲開他只披了件浴袍，在冰天雪地裡坐了半天。

他一提醒，顧九思這才反應過來，站起來想要逃離這裡卻被陳慕白一把拉住，輕輕一用力，下一秒她便栽到了他的懷裡，被他從後面伸出胳膊攬住。

顧九思背對著他，半個身體都壓在他身上，看不到他的表情，卻能感覺到他的溫度。浴袍一遇水便緊緊地貼在身上，兩人之間只隔著一層布料，這是他們第一次離得這麼近。

顧九思的臉唰一下就紅了，緊張得連腳趾都在顫抖，使勁掙扎了幾下，被陳慕白輕輕鬆鬆地制住，她看著橫在她身前的手臂，恨不得咬上去。

她的聲音因為拔高而有些變調。「陳慕白，你放手！」

陳慕白反而又把手臂收了收，趴在她耳邊，一臉壞笑地威脅她：「別亂動啊……小聲點兒，動靜大了把別人引過來就不好了。我是沒什麼，就怕九小姐以後沒臉做人了。」

她身上泛著淡淡的香氣，連周圍濃烈的中藥氣味都遮不住。他低頭嗅了嗅，似乎對她的髮髻不太滿意，抬手把她的頭髮打散了揉亂了，又低頭嗅了嗅，這下溫香抱暖懷，終於心滿意足。

她心跳如雷，額上的青筋都出來了。

他又開始叫她九小姐！他一叫她九小姐就準沒好事！

顧九思知道不能來硬的，逼著自己好脾氣地和他商量：「我不知道又哪裡得罪你了，我跟你道歉，你先放手好不好？」

陳慕白一副無賴的樣子，吻了吻她的耳垂挑逗著她反問：「妳哪裡得罪我了，妳自己不知道嗎？」

他不是不生氣，他都快氣昏頭了，可他若是去質問她，她要麼裝傻演戲，要麼面無表情地給你道歉敷衍了事，不問他生氣，問了更生氣！他就不信他還治不了她！

顧九思都快哭了，他身上的氣息隨著熱氣在她鼻間縈繞，熟悉又陌生，她披頭散髮得更顯狼狽，脾氣再好也壓不住了。「你到底想幹什麼？」

陳慕白沒回答她，另一隻手扯開浴袍便伸了進去，貼著她的腰肢到處亂竄，她渾身一僵，下意識地就去抓他的手。

陳慕白的手被她兩隻手緊緊攢住，他倒真的不動了，任憑她抓著，還不忘笑著調戲她：「妳說我想幹什麼？妳都這麼主動難道還不知道我想幹什麼嗎？握著我手的感覺好嗎？」

她的手比他的手要小一些，手指也纖細白皙很多。陳慕白低頭看著泉水下交疊在一起的手，悟出一個道理，原來她不是不會主動，只是沒被逼到那個地步。

顧九思滿臉通紅，不知是熱的還是羞的。這不是她的本意，可又不得不緊緊抓住，她怕一鬆手不知道陳慕白又會幹出什麼更加出格的事情來。更何況她身後一直有個又燙又硬的東西抵在她腰間，就算她不經人事也知道那是什麼。

顧九思怕他再變本加厲，咬了咬唇，抓緊時間主動認錯道：「舒畫的事情，是我不對，我一會兒就讓她走，以後這種事不經過你的同意我再也不做了，還不行嗎？」

她的聲音裡帶著哭腔，因為害怕別人聽見刻意壓低了音量，聽上去倒像是情人間的撒嬌求饒。

陳慕白似乎並不滿意這個答案。

「妳讓她走？她就那麼聽妳的？即便她肯聽妳的，陳銘墨那裡妳又該怎麼交代？」

她現在哪裡還顧得上別人，眼前這個人就是她最大的麻煩！

顧九思深知她在武力上占不到任何便宜，且知道陳慕白吃軟不吃硬，只能捺著性子顫抖著聲音和他講道理：「你不是說過唐恪不差女人不該霸王硬上弓的嗎？慕少你也不缺女人，你現在又是在幹什麼？」

陳慕白唇角微揚，姿態閒適地睜著眼睛胡扯道：「哦，我那個時候就是隨便說說，妳隨便聽聽就行了，不用往心裡去。」說完忽然低頭用唇解開她脖子上的蝴蝶結，伸手飛快地在她背上一扯，於是原本穿在顧九思身上的比基尼便漂浮在水面上。

顧九思只感覺到胸前一涼，頸上被他不經意間碰觸到的肌膚像是著了火一般，再看到水面上漂浮的布料，想都沒想張嘴就在他的手臂上咬了一口。

陳慕白猝不及防，手臂上一疼下意識地鬆手，竟讓她掙脫出去。她抓著身上的浴袍，在池子的另一邊和他對峙。

陳慕白咬牙切齒地威脅她：「妳給我過來！」

顧九思搖頭，就差跪下求他了。「我真的知道錯了！」

陳慕白垂眸看了一眼，然後舉起手臂給顧九思看。

他的手臂上印著幾顆牙印，微微滲著血，看上去有些觸目驚心。

顧九思發誓她真的不是故意的，苦著一張臉。「我不是故意的！」

她邊說邊伸手去搆漂浮在水面上的比基尼，可剛剛搆到一角，還沒來得及高興，就看到另一角也被一隻手抓住。

她和陳慕白一人拽著一角，誰也不肯鬆手，她稍稍一用力扯過來，那邊必定也會用力扯回去。這種行為本來就幼稚得可笑，更何況還是如此私密的衣物，顧九思真的是無語透了。如果她能預見今天會發生這種事情，死都不會踏出房間門一步。

顧九思覺得自己的臉都快燒著了，深吸了口氣努力讓自己平靜下來。平靜下來才有談判的底氣，談判最怕的就是輸了氣勢。可她卻不知道，此刻的她披散著頭髮，臉色緋紅，眼睛裡泛著水光，溫潤濡溼，看上去楚楚可憐，外加衣衫不整，堪能遮住自己身體的布料還緊緊貼在身上，身體的線條一覽無遺，哪裡還有什麼氣勢可言？

「陳慕白，你有那麼多女人，我知道你根本就看不上我，我們講和好不好？就算我做得再不對，你也不用這麼羞辱我啊？」

陳慕白忽然就冷了臉。「妳敢再說一遍試試！」

話音剛落就有腳步聲走近，顧九思全身僵硬忽然鬆了手，一臉驚恐地看向陳慕白，陳慕白顯然也聽到了，只是他絲毫慌亂的反應都沒有，居然還對著她笑。

這個樣子的她被人看到和陳慕白在一起，真不知道會有多難聽的話傳出去。

她轉頭看了看身後，然後緊緊抿住唇求救般地看向陳慕白。

陳慕白往入口處瞟了一眼，幾步走過去拉著她換到池子另一邊的角落裡，那邊有石頭雕刻遮擋了視線，來人如果不往裡走，就不會看到他們。

他把顧九思攬在懷裡，用身體把她遮在裡側，就算真的被人看到，也只會看到他。

顧九思本來還心存感激，可誰知下一秒他竟然又去扯她的浴袍！

顧九思氣得渾身發抖，咬緊牙關用眼神去表達抗議和憤怒。

陳慕白難得看到她這麼生動的表情，垂著眸笑著在她耳邊輕聲逗她：「噓，別亂動，否則我真不管妳了。」

她難得看到他這樣笑，沒有嘲諷沒有陰鬱，似乎真的是在笑，眉眼彎彎，眼底星星點點的光芒在逐漸昏暗的天色裡隨著笑意滲出來。她半仰著頭看他，以往清晰鋒利的臉部線條也因為這個笑柔和溫暖起來。

陳慕白的五官是真的長得好，冷的時候邪氣橫生，笑的時候能暖到心底最深處。他就那麼看著她，嘴角勾起的弧度恰到好處，左眼眼尾極淡的一點，偏偏惹得她牽腸掛肚。

腳步聲很快走近，隨之響起女人說話的聲音。

「我明明聽到有人說話的……」

顧九思歪著頭緊緊盯著入口的方向屏住呼吸，就怕她們走進來，下意識地去抓陳慕白的手臂，微微發抖。

陳慕白低頭看了眼抓著自己的那隻手，挑了挑眉。

別人都說顧九思左右逢源，在他和陳銘墨面前都是紅人，是個有心機、有手段的漂亮女人，其實她多半都是硬著頭皮在端著，臉皮很薄，又保守，隱忍起來連他都比不上，對情事更是一竅不通，哪裡算是個女人了？

兩個女人的聲音越來越近。

「妳聽錯了吧？她們應該不會來這邊，是不是去別的地方了？」

「可能是我聽錯了，這邊怎麼都沒有人，陰森森的，我們還是走吧。」

「是有點兒恐怖，快走快走……」

顧九思趴在陳慕白的懷裡，聽著耳邊平靜有力的心跳，她亂作一團的心跳也漸漸平復下來。腳步聲漸漸走遠，最後徹底消失。她這才推了推離她越來越近的陳慕白。

「人走了。」

陳慕白半天沒動，顧九思抬頭看過去，就看他垂著眼睛怔怔地看著某處，她順著他的視線低頭看，這才後知後覺地發現自己的浴袍不知道什麼時候領口大開。

他不是個毛頭小子了，卻有些管不住自己。

她比他想像得還要瘦，浴袍本就寬大，此刻更是鬆鬆垮垮地搭在她的肩膀上，晶瑩圓潤處鎖骨玲瓏妖嬈，胸前春光乍現，瞬間嫵媚流轉，春意盎然。

他忽然覺得燥熱不堪。

顧九思馬上抬手去抓衣領，卻被他按住；換右手，也被他壓在石階上。她對右手本就敏感，被他抓住的時候，下意識地顫了一下。陳慕白瞄了一眼，很快鬆了力道，只是象徵性地抓著，似乎她不反抗，他就不會用力。

他們離得很近，近到呼吸相聞，彼此的心跳都可以聽得到。顧九思看向那張臉，他的呼吸有些亂了節奏，溫度也越來越高。她心底隱隱有些害怕，因為她從他的眼底看到一些危險的東西，那東西的名字，叫慾望。

這一切對顧九思來說都是陌生的，陌生到覺得他是洪水猛獸，心底的恐懼慢慢積聚，繼而升騰起來，她想要馬上逃離這裡，上半身被他壓制著，根本動不了，便準備抬腿。

陳慕白似乎知道她會來這一招，反應極快地抬腿壓住她亂動的腿，閉了閉眼，慢慢吐出一口氣，神情也活了起來。「哎，我說妳這個女人是屬蛇的嗎？怎麼翻臉就不認人了呢？剛才是誰幫的妳？咬了我一口不行，還要踢我？」

她到了這個地步還不都是拜他所賜！如此胡攪蠻纏，倒真的是慕少的作風！

若是放在平時，顧九思大概會和他辯上幾句，可此刻她早就已經放棄和他講道理。泉水的熱氣蒸上來，她有些熱，有些煩躁，有些惱怒，有些害怕，所有的情緒堆積在一起，讓她不知道該怎麼辦才好，只是急赤白臉地去推陳慕白。

忽然，毫無預兆地響起了一聲打嗝聲。

下一秒，兩個人極有默契地靜止不動，周圍一下子安靜下來，只能聽到汩汩的水聲。

半晌，一聲輕笑聲打破沉寂，顧九思睜大眼睛看著陳慕白，一臉不可思議。

陳慕白邊彎著腰笑著，邊伸手輕輕拍了拍她的後背，連聲音裡都帶著笑意道：「真害怕了？都打嗝了。」

顧九思也不知道那個生理反應是怎麼出現的，瞬間熱血衝到頭頂，覺得今天真是把所有的醜都出完了，惱羞成怒地推開陳慕白想要逃離這裡。

她一張小臉漲得通紅，眼睛也紅了，皺著眉緊緊咬著下唇推他，終於有了這個年紀的女孩子該有的生動活潑。陳慕白笑得更開心了，兩隻手扣著她的腰，任她使多大力氣都不能讓他移動半步。

她的腿還不斷地蹭著他，蹭得他反應更大了，陳慕白看著她柔軟飽滿的唇越發紅潤，忽然有些心癢，捏著她的下巴咬了上去。

顧九思推著他的手猛然頓住，腦中一片空白，只感覺到自己被籠罩在一股清冽的男性氣息裡，呼吸都有些困難。反應過來之後，咬緊牙關去推陳慕白，陳慕白抓著她的手壓到她身後，看到她不鬆口他也不介意，含著她的唇，輕吮淺咬。

他火熱的唇舌掃過她的每一顆牙齒，輕輕撬動著她的牙關。她的腰肢柔軟纖細，肌膚細膩柔滑，讓他捨不得放手。他的手在她身上游移，她渾身一顫，手被他扣在身後，這個動作讓她不得不挺胸往前靠，看上去倒像是她主動邀請一般。

顧九思下意識地驚呼一聲，便讓他乘虛長驅直入，侵占每一片土地。顧九思抵著他的唇舌阻止他攻城掠地，偏偏他又吻得極色情，邊含邊舔，手下輕揉慢撚，撩撥著她的神經。

她的味道比他想像得要甜美，手下的觸覺比他想像得要柔軟，他竟越發沉迷，貪戀著她，想要把她揉進骨血裡。顧九思猛地咬住他的舌，瞇著眼睛用眼神警告他，再不離開就真的咬下去，然後慢慢地用力。

四目相交，兩人眼底的情欲漸漸退去，被清明替代。

或許是感覺到了疼痛，陳慕白慢慢皺起眉，看了她半晌，主動退了出去，卻沒放手，轉而咬上她的下巴。

他的唇舌順著下巴一路往下，咬上她頸上的動脈，顧九思好不容易聚斂起來的理智又被打散，全部的注意力都隨著他的唇舌轉移，顫抖，無法呼吸。

陳慕白對她的反應似乎很滿意，含著她的耳垂輕笑著在她耳邊低喃：「這就受不了了？怎麼，李媽媽這些年教妳的東西，妳一樣都沒學會？聽說李媽媽的媚術是祖傳的，以前專門教宮裡的娘娘們怎麼伺候皇上，高明得很呢……」

顧九思已瀕臨崩潰邊緣，大腦勉強轉動著，半晌才反應過來他在說什麼，繼而怒了。

他知道，他什麼都知道！他連陳銘墨讓她去學這個他都知道！

她一開口憋了許久的眼淚也滾落了下來。「陳慕白，你什麼都知道！你既然什麼都知道又為什麼要留著我？是為了看我的笑話侮辱我嗎？」

陳慕白鬆了鬆握著她手腕的手，減輕了些力道，讓她舒服一些，溫柔地吻去她的眼淚，可說出來的話卻讓顧九思知道他依舊是那個魔鬼。

「沒關係，她教不會妳的，我來教，教會為止，分文不取。女孩子到了一定年紀，有些事情是要學的，不然會失去很多樂趣。」

顧九思氣得渾身發抖。「流氓！」

他邊吻著她的眼淚邊回答：「嗯，我是。」

「無恥！」

「嗯，我同意。」

「不要臉！」

「嗯，我也覺得。」

「你放手！」

「不放。」

他的動作越來越放肆，顧九思的腳趾都繃得緊緊，眼睛裡帶著一層氤氳，那種酥麻而陌生的感覺馬上就要把她吞沒，她心中的恐懼也升了起來。「陳慕白……求求你……」

陳慕白細細密密地含著她的唇吻著她，安撫著她道：「別怕……」

他的一席話說得輕佻又放蕩，手下的動作刁鑽又恰到好處。快感終於到了極致，顧九思的腦子裡一片空白，只留下絢爛。

可能她自己都沒意識到，剛才那一剎那，她主動含了下他的舌尖，不輕不重，溫溫軟軟的卻讓他銷魂蝕骨，他從來不知道只是一個吻就讓他有那麼大的反應。

她衣衫大開，半個身體裸露在空氣中，半個身體潛伏在水中，皮膚泛著好看的粉紅色，在緩緩上升的熱氣裡，在他身下輕顫著喘息，這一切都刺激著陳慕白的神經，讓他只能想到

「香豔刺激」四個字。

陳慕白貼了貼她的臉龐，滾燙濡溼，卻不再反抗，他低下頭仔細瞧了半天，然後咬牙切齒地閉上眼睛，憋悶地吐出口氣。

或許是在溫泉裡泡得久了，顧九思，這個他主動收的學生，在他「示範」完之後，竟然暈了過去。他燥熱不堪，全身皮膚緊繃，心頭的火一下一下地往外拱，可是瞪了她半天卻一點辦法都沒有。

陳慕白無奈地嘆了口氣，抱著顧九思出了溫泉池，坐到旁邊的熱石床上，他從旁邊扯過乾淨的浴袍給她裹上，在石枕上墊了塊毛巾讓她躺好，然後才去風口吹冷風。

陳慕白吹了半天冷風才感覺冷靜下來，回到熱石床上一手支著頭躺在她旁邊看著她睡，另一隻手有一下沒一下地順著她的溼髮。

她的頭髮很軟，聽人說，頭發軟的女孩子，心也是軟的。

她的心軟嗎？他不知道。

這些年陳慕白冷眼旁觀，看著她一步步籌謀、布局、收網，勤勤懇懇地做陳銘墨的棋子，把別人拉下馬，面無表情地踩著別人往前走，以一當十。可他也看見她看清利害因為不忍而去提醒陳靜康、淺唱等一切對她不會有半分幫助的人。

或許是睡著了有些冷，而旁邊又是個火爐，顧九思本能地往他身邊蹭了蹭。她側身偎在自己懷裡，呼吸一下一下地噴在自己胸前，輕而暖，陳慕白覺得好不容易壓下去的火又被她勾了起來。顧九思不經意的一動，蹭到了他大腿根部，陳慕白閉著眼睛咬牙切齒地隱忍著，真不知道他是在懲罰她還是在懲罰自己！實在氣不過，欲求不滿的陳慕白終於伸出魔爪，使勁捏了捏她的臉，白皙嫩滑的肌膚上立刻出現了兩個手印。

忽然有幾朵雪花飛舞著落在她的眉眼間，陳慕白低頭看了半天，慢慢伸出手用指尖去勾畫她的五官輪廓。

他從來沒有這麼近距離地，這麼安安靜靜地，看過她。

她的額頭細滑光潔，右額角處有一道極淡的傷痕，大概時間太久了，不仔細看根本看不出來，不知道是不是小時候學走路的時候摔的。陳慕白想到跌跌撞撞蹣跚學步的顧九思，不由自主地笑了一下。

她的眉型很漂亮，不是刻意修整過的乾淨，卻看上去又清又秀，他順著眉毛生長的方向輕撫了幾下，然後又去摸自己的，果然不一樣，她連眉毛都是軟的。

她的皮膚很白，白到可以看到眼皮上細細的血管。他輕輕摩挲著眼皮上那道褶皺，忽然想念那雙烏黑澄澈的眸子。

顧九思的鼻子挺而翹，鼻梁也比一般人高些。閱美無數的唐恪曾經跟他交流過，顧九思的五官雖然都不錯，可屬鼻子長得最出挑，很性感，特別是從側面看過去。

當時唐恪還沒說完就被他一巴掌拍了回去，從此他再看她的鼻子就不怎麼順眼，卻又不得不承認，唐恪說得沒錯。

他撫上她的唇時，顧九思無意識地輕輕舔了一下他的手指，溼溼軟軟的觸覺又讓他心猿意馬。

唐恪幾次三番地跟他提顧九思，除了男人的劣根性，越得不到的就越想得到之外，顧九思確實是個美女。女人之美在於韻，顧九思身上就有一種說不出的韻味美。

陳慕白俯身去吻她的眉眼，雪花融化，留下一片冰涼。

或許感覺到了涼意，她皺著眉不安分地動了動，有些醒轉的跡象。

忽然有慌亂的腳步聲匆匆而過，陳慕白飛快轉頭看了一眼，也只看到一個背影，又低頭去看顧九思，只是神色冷了幾分。還好，那個角度有他擋著，應該看不到她的臉，更何況天已經黑下來了。

陳慕白皺眉，看來這人已經聽了有一會兒，不知道聽到什麼看到什麼了沒有。

沒過一會兒，陳靜康輕手輕腳地進來，把手裡的浴袍給陳慕白披上，再看到熱石上躺著的人時猛然僵住，似乎有些接受無能。

陳慕白看他一眼。「幹什麼？」

陳靜康再傻也能覺察到什麼，指著顧九思。

「顧姊姊……你們倆……」

陳慕白也不跟他解釋，繫著浴袍的帶子往外走。

「你在外面看著點，別讓別人進來，也別讓她看到你，等她醒了你再走。」

顧九思的臉皮一向薄得很，如果讓她知道陳靜康看到了什麼，怕是恨不得去死。

陳慕白走了幾步忽然想起什麼，轉頭示意陳靜康靠近點。陳靜康湊過去，陳慕白附在他耳邊說了幾句話。

陳靜康聽到一半一臉為難加茫然。「啊？」

他懷疑自己是不是聽錯了？

陳慕白直起身瞥他一眼。

「啊什麼啊，做得乾淨點！出了什麼岔子你就不要回去了，留在這山上當和尚吧。」

說完便走了，留下陳靜康站在原地努力消化著他的話。

❄

顧九思醒來的時候天已經黑透了，她睜開眼睛努力看了半天，才發現自己躺在熱石上，反應了幾秒鐘之後絕望地嘆了口氣。

陳銘墨一直暗示她，身為女人最好的辦法就是和陳慕白上床，他一直以為是顧九思不願意用。其實，他不知道，她也不想讓他知道的，就是即便用了這個辦法，她依舊掌控不了陳慕白。想起剛才發生的一切，顧九思愁眉苦臉地垂下頭，她從來沒想過自己可以影響那個男人，不僅不能，現在連她自己都陷了進去。

8

以愛為旗，在我以上

結髮為夫妻，恩愛兩不疑。

第二天一早，顧九思在早餐桌上看到同事，由於心虛，極不自然地打著招呼，挑了個角落的位置坐下。剛坐下還沒吃兩口，就聽見身後的女同事在竊竊私語。聲音很低，顧九思聽不清楚，只能模模糊糊地聽到幾個詞。

陳總，女人，中藥池。

顧九思聽得心驚肉跳，還是被人發現了嗎？恰好有好事者圍過來，她狀似無意地往八卦的源頭湊了湊，然後便聽到了完整版。

「真的，都有人看到的！陳總和那個女人在中藥池那邊那個呢！」

「不可能吧？不是昨天才認識嗎？」

「有什麼不可能的，陳總整天花邊新聞不斷，再說了這和時間長短有什麼關係？」

「說得也有道理。」

幾個人說完一抬頭，才看到顧九思半側著身子坐在她們身後，神色有些奇怪。她們和顧九思並不熟悉，卻知道她的冷漠，也知道陳慕白對她的倚重，背後嚼舌根被發現，低著頭不敢去看她。

顧九思乾脆徹底轉過身，一臉端和肅穆地掃了幾個人一眼，半晌裝模作樣地輕咳了一聲，才不好意思地湊過去低聲問：「你們剛才說，看到陳總和誰在……那個？」

「……」

幾個女人對視了一眼，感覺找到了同盟，才繼續興高采烈地說著自己知道的資訊。

一個女人一臉肯定地開口，似乎是自己親眼所見一般。「就是和昨天剛認識的舒小姐啊，都有人看到的，肯定是他們！聽說舒小姐是大家閨秀，我看嘛，這種事情都做得出來，也不過如此！」

顧九思不放心地問：「妳們怎麼就確定那是舒小姐呢？」

另一個女人接過話道：「早上有人在艾葉池邊上撿到舒小姐的耳環，給她送過去，舒小姐自己也承認是她的，還給包了個紅包感謝呢！」

顧九思雖不知道舒畫的耳環怎麼會掉到那裡去，可看到自己徹底沒了嫌疑，終於放心了。由此可以看出，一、舒畫出手闊綽，很會收買人心；二、舒畫是個沒腦子的花瓶，以後要離她遠一點。

顧九思總結完一抬頭，看到幾個女人都看著她不說話，似乎在等著她附和，她又頓了一頓，十分違心地點了下頭，很是鄭重地「嗯」了一聲。

這邊顧九思剛慶幸自己躲過一劫，那邊就聽到身後絡繹不絕的「陳總」。眾人紛紛起身給踏進來的陳慕白打招呼，讓座。

陳慕白攔住他們，徑直走到了顧九思旁邊。

「不用麻煩了，我坐這兒就行了，都坐下吃飯吧。」說完便坐了下來。

顧九思踟躕半天，不知道自己該走還是該留。掙扎半天，打算裝作什麼都沒發生過的顧九思坐了下來，然後便看到陳慕白手臂上刺目的咬痕，心裡有些彆扭，偏偏他還故意似地總是在她眼前揮舞著那隻爪子。顧九思硬生生地偏過頭去，硬生生地忍住臉紅，硬生生地假裝什麼都沒看到，什麼都不知道。

可這頓飯吃得並不太平，顧九思剛打算找個藉口離開，就看到一道輕盈的身影閃了過來，坐到她的對面。她一抬頭就看到舒畫的笑臉，再想起自己剛才還為嫁禍於她搬磚添瓦，心裡發虛，垂下眼睛捏起手邊的水杯喝水。

陳慕白看到來人，先是別有深意地看了顧九思一眼，才介紹道：「舒畫，顧九思。」

舒畫笑眯眯地看著顧九思，好像真的是第一次見面。「這個姊姊長得好漂亮啊！」

顧九思似乎沒想到舒畫的演技這麼差，心裡一驚便被水嗆到，咳嗽了幾聲才勉強抬起頭看著她笑了下。「舒小姐。」

舒畫似乎沒覺得有什麼不對，繼續開口：「之前總聽顧姊姊的名字，可是一直沒機會見到真人，這次終於見到了。」

顧九思扯了扯嘴角，她知道陳慕白已經看破，而且昨天她也已經招了，可舒畫不知道，她也不能主動說破，不知道該不該接著往下演，彆扭至極。

陳慕白看著兩個人演戲，不時扭頭看著顧九思，笑而不語，似乎在嘲笑她：妳接著演啊接著演啊，妳倒是接著演啊。

陳慕白這尊大佛往這裡一坐，瞬間周圍幾張桌子的人都退散了，只剩下他們三個。

顧九思一垂頭，餘光掃到陳慕白的手臂，看看他，又看看他的手臂。陳慕白明白她的意思，這次倒是沒有為難她，慢條斯理地動手把衣袖放下來，打算遮住咬痕。可是他的動作實在是太慢了，慢到成功引起了舒畫的注意，顧九思完全懷疑他是故意的。

舒畫探著腦袋看過去。「咦，這是怎麼弄的啊？」

舒畫低著頭，沒注意到頭頂上另外兩個人的無聲交流。

陳慕白任由舒畫看著，一臉無辜地對顧九思挑了挑眉，似乎在說：妳看，不是我不配合妳，是她眼太尖，不怪我。

顧九思皺著眉看了他一眼，然後長長地吐出口氣，咬牙切齒地看向別處。

舒畫看了半天都沒得到回應，便抬起頭又問了一遍：「這是怎麼了？」

陳慕白輕描淡寫地回答：「哦，昨天在後山遇上一隻小野貓，躺在山洞裡睡覺，那麼大的雪我怕她凍僵了，便把她抱出來救了她，誰知她醒了就咬了我一口。」一邊說邊拿眼睛瞟顧九思。

舒畫並不知道這個故事的真正含義，順著陳慕白的話說：「這不是恩將仇報嗎？」

陳慕白對這個答案頗為滿意，彎著嘴角轉頭問顧九思：「妳說這個故事說明了什麼？」

顧九思一向是遇強則強，看到陳慕白這麼明裡暗裡地擠對她，也不想任由他捏扁搓圓，面不改色地胡謅道：「說明了沒事不要打擾別人睡覺，否則後果很嚴重。」

「噗！」下一秒舒畫就笑了出來，笑得前仰後合地看著顧九思，「這位姊姊，妳平時也這麼幽默嗎？」

顧九思再次扯了扯嘴角，她實在不知道自己哪裡幽默了。

陳慕白聽了也勾起了唇，這次很快就放下衣袖，遮起了手臂。

顧九思的精力終於在陳慕白的眼神和擠對中一潰千里，隨便找了個理由跑了出去。

她一路跑到寺廟的後院才停下腳步，站在偌大的寺院裡，閉上眼睛深吸了幾口氣，又慢慢地呼出來。昨天還大雪紛揚的，今天就出了太陽，雖然還是很冷，不過陽光燦爛總會讓人心情好一點兒。

她這個人一向懂得趨利避害，她一般不願和人深交。如果她願意和一個人有交集，多半是因為這個人是她可以摸透的，比如陳靜康，再比如，舒晝。

她知道流言這個東西，擋也擋不住，而且總會以最快的方式傳到當事人耳中，還兼顧著越傳越難聽的屬性，當事人聽到的那個版本怕是已經面目全非。她確信中午之前，以舒晝大小姐的脾氣，肯定會跑來找她訴苦。

果然顧九思在寺院裡到處蹓躂的時候，就看到舒晝一改早餐桌上的活潑，紅著眼睛跑到她面前，委委屈屈地叫她一聲：「顧姊姊……」

語氣婉轉哀怨得讓顧九思打了個哆嗦。她也心虛啊，都不敢在房間待，而且已經怎麼偏僻怎麼逛了，怎麼還會被她找到？

顧九思裝模作樣地左右看了看，沒看到什麼人才繃著臉開口：「不是說了嗎？就當作不認識我。」

萬一被陳慕白看到，那後果……她已經領教過一次了，不想再有第二次。

舒晝也顧不得這些了，一臉的委屈加憤慨。「不知道是哪個造的謠，說我和慕少……妳肯定也聽到了！我承認那個耳環是我的，可是我也不知道怎麼會掉到那個地方去啊？那地方我根本就沒去過！我最討厭中藥味了，怎麼會去那個地方？」

顧九思當然知道不是舒晝，可是作為倖免的當事人，她面對替她背黑鍋的人，心情是十分複雜的，除了沉默，她想不出第二條路。

顧九思沉默著不說話，舒畫以為她不信，便急著解釋：「我昨天是按照妳說的去和他『偶遇』，可是我們就說了一會兒話，他就走了呀，根本就沒一起去什麼中藥池。」

顧九思聽著聽著總覺得哪裡不對，想了一會兒才發現問題，繼而對舒畫的腦回路表示懷疑，有些不解地問：「即便不是妳，可慕少和別人……」顧九思說到這裡，不自然地頓了一下，輕咳了一聲才繼續道：「慕少和別人那什麼，妳就不生氣？」

舒畫一臉不相信。「他不是有潔癖嗎？昨天做SPA的時候，他都不讓按摩師直接碰他，怎麼可能在外面和人那什麼呢？根本不可能，不知道是誰造謠啦！妳不要相信。」

顧九思怔怔地看著舒畫，心情越發複雜了。就好像妳明明偷吃了人參果，而且消化都消化完了，結果別人卻義正詞嚴地告訴妳，壓根就沒有人參果這回事，並且那人的語氣神情讓妳自己也覺得確實沒有人參果，妳之所以覺得妳吃了不過是妳的一場夢。

幾秒鐘之後，顧九思在心裡搖搖頭，甩掉那個想法，那不是場夢；繼而再次肯定，舒畫沒有腦子。她並不知道昨天她睡著的時候發生了什麼，所以對這件事怎麼會發展到今天的地步也很好奇，這些流言的源頭到底是誰？

顧九思的第一反應是，舒畫昨天確實去了中藥池，只是什麼都沒看到，還被陳慕白發現了。為了保險起見，陳慕白就順水推舟拉她下水。

為了驗證這一想法，她問舒畫：「妳真的沒去過？」

舒畫搖搖頭，指天誓日地保證道：「真的沒有。」

顧九思看她不像是說假話，既然沒有那就是被陷害了，而始作俑者會是誰？她第一個懷疑的還是陳慕白，便試探著問：「妳昨天得罪慕少了？」

舒畫很奇怪地看著她。「沒有啊，我們聊得很開心。」

顧九思覺得以陳慕白的演技，以舒畫的智商，陳慕白可以甩她好幾條街，她根本看不出來陳慕白到底開不開心。他想讓她覺得他開心她就會覺得他是開心的，他想讓她覺得他不開心她就會覺得他是不開心的。

一提起陳慕白，舒畫的心思似乎已經都轉移到了他身上，一臉擔憂地看著顧九思。「是他說什麼了嗎？他說我昨天得罪他了？」

顧九思趕緊搖頭。「沒有沒有，我就是隨便問問，妳不要多想。」

顧九思看到她鬆了一口氣的樣子，忽然開始羨慕舒畫。在陳家和舒家看來，她和陳慕白是強強聯合，利益最大化。可在舒畫看來，她是純粹地喜歡陳慕白，她的眼裡只有他，會因為旁人一句無心的話而患得患失，怕他不喜歡自己，他們之間只有喜歡或不喜歡，是純粹的感情。可自己和陳慕白之間是什麼？是陰謀？是利益？是猜測？是試探？他們之間隔著那麼多東西，再純粹的感情也打了折扣。

顧九思的心裡忽然間有一絲絲難以捉摸的失落，下意識地問出口：「妳沒跟慕少說嗎？」其實她想知道的是，陳慕白的態度。

舒畫的臉立刻垮了下來。「說了啊，可是他說，別人願意說就讓他們說去好了，妳沒做過怕什麼，我都不怕。」

陳慕白薄涼的語氣和神態，舒畫學得惟妙惟肖。

顧九思聽了這話後立刻看向舒畫，她現在就可以肯定，把舒畫的耳環丟在藥池邊、嫁禍她的人就是陳慕白！雖然不一定是他親自幹的，可出主意的一定是他。

他是不怕，因為就是他幹的呀！

舒畫不了解陳慕白，可能不知道他這話是什麼意思。可顧九思了解他，而且對他這句話很是熟悉。背黑鍋這事她也曾被迫背過，所以太了解陳慕白了，他這句風涼話簡而言之就三個字：妳活該！

這話顧九思當然不會對舒畫說，只是安慰了她幾句了事，可是她不明白陳慕白為什麼要把這件事搞得沸沸揚揚的？

難道是……昨天真的有人看到了她和陳慕白？陳慕白為了掩人耳目便嫁禍他人？

陳慕白的臉皮一向是厚無可厚，他向來不介意別人看見什麼聽見什麼，那他這麼做就是幫她掩人耳目，可是他又為什麼要幫她掩人耳目？

因為……

心底有個答案呼之欲出，卻被顧九思及時制止。

雖然強制制止，她卻不由自主地又想到那天晚上，陳慕白對她說，她不屑一顧的不是相思，而是他。

顧九思不敢再去想這個問題，轉而去思索另一個問題。說實話，顧九思至今都搞不清楚陳慕白對舒畫的態度，如果是一早就知道舒畫是陳銘墨和她安排好的局，又何必跳進來呢？

可既然跳進來了便是對這樁親事默許了，既然默許了又為什麼無端地陷害舒畫讓她難堪？

猛然間，顧九思忽然想起昨天昏昏沉沉間陳慕白似乎問過她，如果她讓舒畫走人，陳銘墨那裡她該怎麼交代？

再去深想……

顧九思嘆了口氣，終於放棄，似乎所有的疑問在最後都回歸到那一點。

她不敢想也不敢去相信的那一點。

她沉浸在自己的世界裡無法自拔，舒畫聽到嘆氣聲有些奇怪地問：「怎麼了？」

顧九思猛然回神，面不改色地回答：「我替妳嘆氣啊，那些人太可惡了！」

舒畫自己也嘆了口氣，她知道這種事情就算再冤枉也只能聽著，別人怎麼說她也管不了，難不成她還要找人家理論嗎？不好聽也不好看，這個悶虧只能吃了。不過找個人說了說，她似乎沒那麼鬱結了，和顧九思邊走邊說起了別的事：「我一會兒就走了。」

顧九思似乎沒想到她會主動放棄和陳慕白獨處的機會。「不多玩一天了？」

舒畫看了眼不遠處站著的兩個人，面有不甘卻有些畏懼。

「今天是除夕，家裡還等著我吃團圓飯呢。」

顧九思也看了一眼，兩個穿著西裝的男人面無表情，大概是舒家怕舒畫不肯回去，特意派人押她回去的。

剛說完，其中一個黑衣男就過來催舒畫，那人冷面冷語的，舒畫對著他又笑又撒嬌，他就是不為所動。顧九思抿了抿唇，她父母還真是了解她，大概也只有這種人能制得住舒畫。

舒畫看到自己努力了半天無果，氣呼呼地把臉扭到一邊，站在那裡吼：「我又沒說不回去，催什麼催！沒看到我在和別人說話嗎？懂不懂禮貌？」

那個男人依舊面無表情，抬起手腕看了眼時間。「一個小時前，您就找各種理由來拖延時間，這是您找的第七個理由了，現在已經比預定的出發時間遲了十五分鐘，您再不走我就只能給太太打電話了。」

這下舒畫更生氣了。

「你用不著拿我媽來壓我，那是我媽！你說她是聽我的，還是聽你的？」

黑衣男看都沒看舒畫一眼，機械般地給出答案：「太太交代了，如果超過半小時您還不動身，就讓我們把您綁回去，希望小姐還是配合點好，免得自己受罪。」

「你……」舒畫指著黑衣男，氣鼓鼓地「你」了半天也沒說出什麼。

一時間氣氛有些僵，顧九思明白像舒畫這種千金大小姐最看重的是面子，這麼不依不饒不過是想要個臺階下，可眼前這個黑面的男人似乎並不了解舒畫的小姐脾氣，她便主動給出臺階道：「總歸是要回去的，還是早點動身吧。雪還沒化，下山的路不好走，過年了別弄得不高興。」

舒畫果然就坡下驢，惡狠狠地瞪著黑衣男。

「我是給顧姊姊面子！否則我今天就不走了，看你能不能把我綁回去！」

舒畫邊說邊把手裡的紙袋遞給顧九思。「這次的事情真是謝謝妳了，我也跟陳伯伯說了妳的好話，快過年了，這個送給妳做禮物。」

顧九思盯著袋子看了半天沒接。以舒畫的情商，這些話和這種事她說不出來也做不出來的，她做不出來的事情現在卻做了，只能說明她背後有人教她。

是誰？她父母？還是她那個舅舅？

顧九思或多或少是有些自視甚高，可是此刻心底卻是羨慕舒畫的。羨慕她有人教，可以少走很多彎路，而自己所有的一切都是碰壁碰到頭破血流之後才學會的，和舒畫一比，悲涼且狼狽。

舒畫看她低著頭不知道在想什麼，有些拿不準她的意思。「不喜歡嗎？」

顧九思經過上次的支票事件後，對收禮這件事格外敏感，推了推。

「不用這麼客氣，都是我該做的。」

教舒畫的人大概沒有預見到顧九思會拒絕，似乎壓根沒教舒畫如果被拒絕了該怎麼辦。

舒畫拎著袋子一臉茫然。「妳為什麼不要？打開看看吧，妳肯定會喜歡的。」

以顧九思幫陳慕白的女伴準備禮物的經驗，她看一眼就能知道袋子裡是什麼，牌子和價格也可以猜出個大概，不收不是喜歡不喜歡的問題，而是因為舒畫出手太闊綽，讓陳慕白知道了，她又要說不清楚了。

顧九思敷衍地笑了笑。「這禮太重了。」

舒畫聽到這話笑了，滿不在乎地塞到顧九思懷裡，有些炫耀的意味。

「沒關係的，這點兒對我們家來說不算什麼的。」

顧九思忽然勾起嘴角，別有深意地附和了一句：「是啊，舒家現在大概就只剩下錢了。」

舒畫沒聽懂她的話，倒是旁邊的黑衣男看了顧九思一眼。

顧九思並不打算為這件事和舒畫翻臉，搖了搖手裡的紙袋，轉移話題道：「這個……就謝謝舒小姐了。」

舒畫看到顧九思終於肯收了，便和她告別，轉身往外走，邊走邊扭著頭對跟在身後的黑衣男發脾氣道：「你等著！我回去就跟我媽說，你欺負我！」

黑衣男亦步亦趨地跟著，很是淡定。「您隨便。」

很快另一旁一直站著的男人也跟了上去。

顧九思看著三個人的身影消失在寺廟門外，忽然很想知道像舒畫這樣的人嫁到陳家來，到底會是個什麼樣的結局。

她還在出神，手機猛地震動起來，一個不認識的號碼，接起來卻聽到熟悉的聲音。

孟宜年的聲音終年沒有溫度和情緒。「陳老知道舒小姐和三少爺的事情了，說最近幾件事妳做得很不錯，快過年了，送妳件大禮作為獎勵。」

顧九思還在想著今天難道是什麼黃道吉日？怎麼都挑今天送禮？就聽到電話那邊換了個人，蒼老的聲音叫她：「小九。」

顧九思一顫，半晌才不敢相信地開口叫出那個稱呼：「爸……」

她有多久沒聽到父親的聲音了？她來到陳家多久就有多久沒聽到了，那麼多個日日夜夜，再次聽到陌生而熟悉的聲音，竟然有種恍如隔世的感覺。

喜悅的同時，顧九思心底漸漸升起一絲不安。陳銘墨之前允許她和父親聯繫的方式是寫信，每隔一段時間帶來她父親的一封信，她回一封，僅此而已，為什麼忽然在這個時候讓她聽到父親的聲音？真的是為了獎勵她最近表現不錯？還是在提醒她什麼？

父女間有太多的話要說，一時間竟然不知道說什麼，顧九思沉默半天才開口：「您身體好些沒有？」

「還是老樣子，不好不壞的，有的時候我倒真希望一直壞下去，我死了，他們就再也不能要脅妳什麼了。」

顧九思猛地皺起眉頭。「爸爸，不要說那個字！」

當年她離開美國的時候，她父親的身體就已經很不好了，這些年大概都是靠錢在養著。陳銘墨倒是說話算數，如當日約定好的那般，顧九思替他做事，他不會虧待她父親。

那邊隨即大笑了幾聲，帶著幾分灑脫幾分悲愴。「哈哈哈，想不到我顧某人一輩子有那麼多兒女，到頭來就只有妳一個肯留在我身邊，偏偏還得不到半點好處！顧九思，妳圖什麼？」

顧九思鼻子一酸還想再說什麼，電話就已經回到了孟宜年的手裡。

「就這樣吧，陳老讓我轉告妳，只要妳好好替他做事，妳父親會得到最好的治療，你們早晚會團聚的。」說完便掛了電話。

顧九思聽著耳邊電話掛斷的嘟嘟聲，強忍著眼淚冷笑。早晚?!早晚是什麼時候？她還等不等得到？她父親還等不等得了？

顧九思沉浸在憤怒和悲哀中不能自拔，把她喚醒的是寺廟鐘樓裡響起的鐘聲，深沉綿長，在幽靜的山谷中回蕩。鐘聲一下一下像是敲在她心上，顧九思漸漸平靜下來。

她該高興的。

她折騰了這麼久不過就是想知道父親過得好不好，現在她親耳聽到父親的聲音，求仁得仁，還有什麼不滿足的呢？

顧九思遙望著鐘樓的方向努力綻放出一抹笑容，順著路接著往前走，她早已沒了退路，無論前方等著她的是什麼，她都只能往前走。

才走出沒幾步，就看到陳慕白懶洋洋地靠在寺院門前曬太陽，雙手抱在胸前，半瞇著眼睛似乎在聽鐘聲，慵懶得像隻貓。

顧九思又走近了幾步才聽到他嘴裡還在輕聲數著。

「九十九……一百……一百零一……一百零二……」

聽到腳步聲，陳慕白睜開眼睛看了她一眼，做了個噤聲的動作，然後又閉上眼睛接著數。「一百零五……一百零六……一百零七……一百零八……」

隨著鐘聲的結束，陳慕白慢慢睜開眼睛，悠閒肆意地輕觸著手邊的白雪，慢悠悠地念出首詩來：「春有百花秋有月，夏有涼風冬有雪。若無閒事掛心頭，便是人間好時節。」

顧九思看得出來，陳慕白是真的心情愉悅。似乎每每偷閒暫時逃離那個牢籠時，他的心情都不錯，一貫凌厲的臉部線條都柔和下來，一身清貴，眼角眉梢帶了絲散漫隨性。直到陳慕白看著她不說話時，顧九思才感覺到有些尷尬，有些手足無措。

不知道是不是因為昨天的事，顧九思再和他獨處時，總有些不好意思。她之前只是覺得他可怕，讓她頭疼，可現在卻總有些說不出的彆扭，只能低下頭去盡量避免和他對視。

陳慕白看著她的臉一點點變紅，似乎並沒有捉弄她的打算，很是隨意地揚揚下巴問：「手裡拿的什麼？」

顧九思立刻愣愣地遞了過去。「舒畫送的，給你吧。」

她難得這麼老實，陳慕白瞄了一眼，心不在焉地回絕道：「女人用的東西，給我幹什麼？」

顧九思似乎捧著的是塊燙手的山芋，扔也不是留也不是，為難地看向陳慕白。「我也不要，那怎麼辦？」

她早上大概只是隨意地抹了把臉，粉黛未施，晶瑩剔透，連眉毛都是淡淡的，樸素清雅得像是一幅水墨畫。此刻站在冰天雪地裡，身後便是寺廟裡氤氳繚繞的煙雲，看上去有股飄逸出塵的味道。她一臉糾結，眼底又帶著期冀地看著他，似乎真的不知道該怎麼辦，那雙眼睛竟讓他心中一動。

陳慕白很快回神，垂下眼簾掩飾著什麼。「不是什麼難事，不要就換了錢捐給寺裡，他們高興得很。」

顧九思很是乖巧地點點頭。「喔。」

陳慕白之前手裡一直拿著個什麼，擺弄了半天忽然叫她：「過來。」

顧九思往前走了一步。「怎麼了？」

陳慕白對她招招手。「妳躲那麼遠幹什麼，再過來點。」

顧九思不知道他要幹什麼，就又往前走了幾步。

他坐在石階上，顧九思微微彎腰看著她，誰知下一秒，他竟然伸手去抓她的頭髮。顧九思頭皮一麻，本能地直起身來，很快刺痛湧上心頭，她下意識地驚呼一聲。

陳慕白抬手往她的方向鬆了鬆力道。「別動！」

顧九思只能又彎下腰去，皺著眉側身配合著陳慕白。

陳慕白揪著她的頭髮挑了半天，突然使勁扯了幾根下來。顧九思捂著頭皮直起腰來瞪他。「你幹什麼？」

陳慕白也不回答，低著頭搗鼓了半天，然後向她攤開掌心，淡淡地開口：「喏，拿去吧，送妳的。」

今天第三次收禮物的顧九思已經相當淡定了，只是陳慕白這人，連送別人禮物的方式都這麼……別致。他懶懶地坐在那裡，微微抬眸看著她，臉上看不出任何情緒。用的「送」而不是「賞」，已經相當給她面子了。

顧九思接過來，看著手裡黑乎乎像長著長尾巴的蟲子一樣的一團毛髮，沉默半天問：「這是什麼？」

陳慕白淺淺蹙眉，也是一臉奇怪。「頭髮啊。」

顧九思覺得大概是自己沒表達清楚，又重新問了一遍：「我知道這個是我的頭髮，請問，除了我頭髮之外的物體是什麼？」

陳慕白指著自己坦坦蕩蕩地回答：「胎毛，我的。」

顧九思低頭看了看，顏色很淡，伸出手指摸了摸，也很軟，好像真的是胎毛。她完全想不到，陳慕白還會留著自己的胎毛。

或許是她臉上的糾結太過明顯，陳慕白試探著問了一句：「這個結不好看嗎？我學了很久。」

顧九思繼續一臉糾結地去看手裡鬆鬆垮垮勉強可以稱作一個結的東西，完全看不出這個「結」的結構，似乎只是亂七八糟地將兩股頭髮勉強糾纏在一起。她實在看不下去了，於是去看陳慕白那雙修長白皙的手，皺眉。那麼好看的手為什麼就只是個擺設，中看不中用呢？他那絕對不是手，是爪子，不對，動物的爪子都比他靈巧。

此時的顧九思並不知道，在那麼久那麼久之後，這雙被她嫌棄萬分的爪子是怎樣坐在陽光大好的清晨，在金色的光圈裡一臉溫柔認真地給一個軟萌的小姑娘梳出漂亮的小辮子，不知道那個時候的她，還記不記得他曾經如此笨拙過。

還有，問題的關鍵並不在於這個毛團到底是不是個「結」以及這個「結」好不好看，而是……

顧九思深吸了口氣，坐到陳慕白旁邊耐心地解釋：「慕少，你知不知道一男一女的頭髮纏繞在一起是什麼意思？」

送完禮物打算繼續倚著寺廟的門柱曬太陽的某人一臉莫名。

「就是放在一起嘍，能有什麼意思？」

顧九思看了陳慕白半天，不確定眼前一臉純良的某人到底是在演戲，還是本色出演，又捺著性子問了一句：「那結髮夫妻這個說法是怎麼來的，你總該知道吧？」

陳慕白越發高傲，微微揚著下巴。「什麼東西？聽都沒聽說過。我就是覺得過年了該送妳點什麼，可是我沒準備，反正我身上的東西都挺珍貴的，一根頭髮也是值得珍藏的，妳說是吧？可是胎毛太少了，挽不成一個結，就借妳的頭髮來用用，有什麼問題嗎？」說完又拿出一個小巧的紅色束口錦囊袋，把那個「結」拿過來塞進去，然後一起塞到顧九思手裡，嘴裡還囑咐著：「收好了，別丟了。」只是自始至終都沒有看顧九思一眼，有些彆扭，有些不自在。

顧九思的注意力被手裡的錦囊袋吸引了過去，並沒覺察到平日裡的陳慕白並沒有這麼多話，他一向是不屑於向別人解釋什麼的。

她摸著手裡的錦囊袋，質地很好的綢緞，上面用金線繡了個福字，很是精緻。顧九思看了半天，越發的迷茫。「這是……」

陳慕白閉上眼睛曬著太陽，很隨意地回答：「我媽留給我的。」很快又補充了一句，「胎毛本來是放在這裡的。」

顧九思看著手裡的第二塊燙手山芋，遞到陳慕白眼前。

「這麼重要的東西，你還是自己留著吧。」

陳慕白感覺到了她的靠近卻沒有睜開眼睛，薄唇輕啟道：「先放妳那裡吧，妳幫我保管。如果……」

他頓了一頓，才繼續開口：「妳再還給我。」

顧九思還想再說什麼，就看到陳慕白不耐煩地睜開眼睛，皺著眉趕她道：「妳還有事沒有，沒事就自己玩去，別擋著我曬太陽。」說完又閉上了眼睛。

顧九思覺得今天的陳慕白有些詭異，可再說下去他肯定要開始冒火了，只能暫時收了，想著以後找個機會再還回去。

陳慕白在聽到腳步聲越來越遠之後，才慢慢地睜開眼睛，看著某個快要消失的背影，微不可察地吐出口氣。

顧九思回到房間忍了又忍，終於沒忍住，還是掏出那個結來，按照大致的結構修修整整了半天，才終於能看出這個結的輪廓來。她拿出手機查了半天，又照著圖片辨認了半天才發現，陳慕白打的這個結，名字叫……同心結。

結髮為夫妻，恩愛兩不疑。

顧九思被自己腦子中冒出的這句話給嚇了一跳，像是燙到一樣把同心結扔到袋子裡，然後扔到行李箱裡。

臉紅心跳了半天，才想起來捂住心口安慰自己。

「陳慕白是個文盲，這麼有寓意的禮物他是想不出來的。他只知道砸錢，一定是自己想多了，想多了……」

念了幾遍之後，顧九思感覺自己的心跳沒那麼快了，也不敢在房間裡待，便去寺廟門口等下山買年夜飯食材的陳方和陳靜康。

顧九思坐在寺廟門口的臺階上，胡思亂想了一個下午，完全沒有意識到時間飛逝，直到天快黑了才看到兩個人回來。

每年的年夜飯都是他們四個一起吃，陳方做他最拿手的火鍋，雖不是多熱鬧，倒也溫馨。

濃濃的湯汁不斷翻滾著，帶起一片熱氣騰騰。陳靜康吃得滿嘴流油，含混不清地問：「我們在這種地方大搖大擺地吃葷，是不是不太好啊？」

陳慕白揮舞著筷子，還不忘打擊陳靜康道：「是啊是啊，會下地獄的，你去旁邊啃清水煮白菜吧！」

陳靜康在碗裡的肉和下地獄之間左右徘徊，終究還是捨不得碗裡的肉，心一橫。

「我不要，下地獄就下地獄吧！我不入地獄誰入地獄。」

顧九思看著陳靜康咬牙切齒地吃著肉，頗有捨生取義的味道，低著頭笑起來。

陳慕白狀似無意地看了她一眼，顧九思下意識地看回去，視線相撞，幾秒後兩個人均是尷尬地調開視線，各懷鬼胎地低頭去鍋裡撈菜。

陳靜康和陳方安靜地在一旁看著，然後目瞪口呆，繼而有些為難地開口阻攔。

「那個……少爺，您吃的那個才剛剛放進去，還是生的，快吐出來……」

「那個……顧姊姊，妳咬著的是薑，那是調料，不能吃的……」

❄

年夜飯在陳慕白和顧九思的不在狀態中，以及陳方和陳靜康的膽戰心驚中進行著。

這邊吃得熱火朝天，陳家老宅的年夜飯卻有些淒涼，菜色豐富，卻少了些人氣。

陳家子嗣雖多，可大多都是面和心不和，每年的團圓飯不過是走個過場，來得快走得也快。開席沒多久，基本的流程走完之後，陳慕昭率先以身體不舒服為由提前走了。陸陸續續也有人以各種理由離開，最後陳慕雲幾次想要開口走人，可剛抬起頭就被陳銘墨的眼神逼了回去。

當桌上就只剩下陳銘墨和陳慕雲時，陳慕雲越來越坐不住了，再一次看向陳銘墨，還沒開口就被陳銘墨打斷。

陳銘墨慢條斯理地夾著菜。

「怎麼，讓你陪我吃頓飯就這麼困難？」

陳慕雲和一群公子哥約好了有別的節目，早就遲到了，口袋裡的手機震個不停，他不接也知道是催他的，可這邊……實在是脫不開身。

他有些無奈地求饒道：「爸，您讓孟萊陪您不行嗎？你說我們兩個大男人一起吃飯有什麼意思？」說完又不滿地瞥了眼旁邊站著的孟宜年，「再加上一個門神。」

陳銘墨簡單扼要地斥責他：「你是我兒子！團圓飯都不在一起吃，像什麼樣子？」

陳慕雲不服氣。「陳慕白也是您兒子，怎麼他不回來都行，我早點走就不行呢？」

陳銘墨面色不善地摔了筷子，不耐煩地擺擺手。「滾吧滾吧！」

雖然被罵了一頓，可目的達到了，陳慕雲還是喜笑顏開地走了。

半晌，陳銘墨才重新拿起筷子繼續吃著，邊吃邊問：「孟萊呢？」

孟宜年站在陳銘墨旁邊低聲回答：「孟小姐在房裡，要不要叫她過來？」

陳銘墨搖了搖手裡的筷子。「不用了。」

孟宜年似乎想到了什麼，猶豫著問：「孟小姐最近好像有點不對勁，要不要……」

陳銘墨頓了下，嘆了口氣才開口：「不用……她這個年紀跟了我，多多少少有些委屈，多注意點就行了，只要不過火都隨她吧。」

孟宜年應下來，轉而問：「菜都涼了，要不要給您熱一熱？」

陳銘墨搖搖頭，依舊慢條斯理地去嘗每一道菜，孟宜年站在他旁邊看了會兒有些擔憂。「您怎麼了？」

窗外不時傳來爆竹聲和小孩子嬉戲的聲音，落地窗的玻璃上閃現出五顏六色的煙火，陳銘墨看著冷冷清清的房間，半晌閉上眼睛搖了搖頭。

寂寞，無言。

❄

陳慕白一行人吃完火鍋便開始打麻將。

隔段時間就互換位置的陳方和陳靜康不停地給陳慕白點炮，眼看顧九思就要怒了，陳方在她爆發前以年紀大了不宜熬夜為藉口，率先退出戰場。

陳靜康也嗅到了砲火味，捏著小手帕眼淚汪汪地看著陳方離開的背影。爹，你把我自己扔在這裡孤身一人受苦，真的好嗎？

陳方扔給他一個自求多福的眼神後，輕輕地走了，揮一揮衣袖，不帶走一片雲彩。

只剩三個人，麻將是打不下去了，便改為鬥地主（注），只不過這地主鬥得相當……霸道。

陳慕白霸氣十足地說：「叫地主！」

顧九思絲毫不讓地道：「搶地主！」

陳靜康囁嚅道：「不搶……」

陳慕白挑釁地看了顧九思一眼。「我搶！」

顧九思極不屑地哼了一聲。「你出。」

陳慕白：「四五六七八。」

顧九思：「五六七八九。」

陳靜康看著越鬥越狠的兩個人，手裡的牌都快捏爛了。自從他那天在中藥池看到顧九思，對陳慕白和顧九思之間的關係有了一定認識之後，每次兩個人鬥法的時候，他都有種要當炮灰的感覺。「過……」

陳慕白面無愧色地扔出幾張牌。「七八九十K。」

顧九思：「你不按規矩出牌啊！」

陳慕白繼續發揚他霸道的本性。

「什麼規矩，我就是規矩！妳要不要，不要小康子你出！」

陳靜康恨不得此刻自己能縮成一個球，無聲無息地滾出兩個人的視線。「……過。」

顧九思火了，釜底抽薪地甩出幾張牌。「四個三，炸彈！」

陳慕白低頭看了半天，大言不慚地開口：「哎，這裡有兩張九好像是我掉的，我撿起來啊，四個九壓死！」

陳靜康看看陳慕白笑瞇瞇的臉，又看看顧九思黑如鍋底的臉，顫抖著開口：「要不起……」

顧九思徹底惱了，眼睛裡冒著火瞪著陳慕白。「你不要臉！」

陳慕白厚著臉皮和她對視，竟然還風輕雲淡地挑釁道：「妳到底打不打？輸不起就算了！」

顧九思把旁邊可憐又無辜的陳靜康拽過來。「小康子，你怎麼說？」

陳靜康看看顧九思又看看陳慕白，顫顫巍巍地吐出一個字：「過……」

顧九思憤然離席。「太欺負人了，耍賴王！」

陳慕白長手長腳地去攔她，顧九思一臉惱怒地推開，他又去攔，她再推開。

陳靜康站在一旁趁著兩方混戰，悄無聲息地跑了。

等陳慕白再三保證這次絕對不會再耍賴，絕對會按照規則來的時候，屋內就只剩下他們兩個了。這下地主也鬥不成了，陳慕白想了想，很是誠懇地建議：「我們來下象棋吧？妳應

注　盛行於中國的一種撲克牌遊戲。

該會吧？」

如果顧九思能預見到後來發生的事情，那她此時一定會毫不猶豫地搖頭，用陳慕白的話去回答他：什麼東西？聽都沒聽說過。

剛開局的時候陳慕白還是挺守規矩的，只是後來……

陳慕白走棋的時候趁著顧九思沒注意炮連打兩次，顧九思瞪他。

「該我走棋了，退回去。」

陳慕白厚顏無恥地回答：「我這炮可以連發。」

顧九思忍了。

過了一會兒，顧九思皺眉。

「哎哎哎，我說你到底會不會下啊？兵過河之前不能橫著走。」

陳慕白一臉理所當然。「我這是特種兵。」

顧九思又忍。

又過了一會兒，顧九思伸手把陳慕白的棋子挪了挪位置。

「你這是馬，不是象，不能跳田字。」

「我這是汗血寶馬。」陳慕白又把馬挪了回去，還一臉不耐煩地嫌棄顧九思，「我說妳能不能別說話啊？妳看誰下棋像妳似的，一驚一乍的。」

顧九思看著賊喊抓賊的某人，忽然笑了，手裡的炮越過半個棋局吃了陳慕白的帥，然後一抬手推亂了棋局。「你輸了！」

陳慕白無語地看著她。「什麼意思？」

顧九思學著他的語氣道：「我的是原子彈。」

不就是要賴嗎？誰不會！

陳慕白皺著眉頭半晌，妥協道：「好吧，再來一局。」

顧九思沒動，面無表情地看著陳慕白半晌，問：「有意思嗎？」

陳慕白摸著下巴。

「我覺得……是挺沒意思的，總是贏，獨孤求敗啊。」

顧九思咬牙切齒地吐出幾個字：「你還能更不要臉點兒嗎？」說完扔了手裡的棋子站了起來。

陳慕白看她一眼。「哎，妳去哪兒啊？」

顧九思憤然轉身。「去地獄！」

陳慕白愣了一下，繼而哈哈大笑起來，在她身後揚著聲音逗她：「顧九思，做人不要那麼小氣嘛！」

顧九思不再理他，加快腳步跑了出去。

陳慕白慢悠悠地收拾了棋子，又坐在門外看了會兒月亮。

這座寺廟的香火並不旺，除夕夜也沒有別的寺廟那麼熱鬧，不見燈火通明，似乎只是一個尋常的夜晚，寂靜安和。

就在他百無聊賴的時候忽然想起來一個人，詭異地笑了一下，站起來往寺廟的後院走。

走到一間房間前停住，也沒敲門，他直接推開門大搖大擺地走了進去。

屋裡的人正在燈下看書，一身出家人的僧袍，卻蓄著頭髮，看上去比陳慕白大不了幾歲。寺廟裡的僧袍多為灰色或土黃色，可燈下那人穿著的僧袍卻是白色，雪白的錦緞在燈下發出平和的光，柔順如水，不帶一絲皺褶。那人本就長得眉清目秀，在白袍的襯托下別有一番風度氣韻。

他抬起頭看了陳慕白一眼，很快又低下頭去，似乎什麼都沒看到。

陳慕白對於他的無視也不在意，環視了一圈。屋內擺設很簡單，一桌一椅一床，桌子和椅子被那人占據，而別人的床……陳慕白的潔癖讓他選擇了靠在門邊站著，看著桌前的人不說話。

或許是今晚的陳慕白耐性太好，那人終究還是抬起頭來，很是關切地問了一句：「陳三少爺有病？」

陳慕白立刻就翻臉。「你才有病呢！」

「沒病你來找我幹什麼？」

「難道來找你的人都有病？」

那人好脾氣地笑了笑。「我是大夫，來找我的人，可不都是有病嗎？」

陳慕白被噎住，翻了個白眼。「我說溫讓，你躲在這山裡也有好幾年了吧？怎麼這種青燈古佛的無聊日子，還沒過夠？」

被喚作溫讓的人一臉平靜。

「我一點兒都沒覺得無聊，來找我看病的人都排到下半年了，我忙著呢。」

陳慕白裝模作樣地盯著他瞧。

「怎麼小的時候，我就沒看出來你還有這等救死扶傷的志向呢？」

溫讓微笑著打擊他：「那是你眼拙。」

陳慕白走近了幾步，一點兒都沒遮掩自己的疑惑。「其實你做醫生這一行，我一點兒都不奇怪，畢竟溫家本來就是盛產醫生的地方。我想不明白的是，你不好好地在醫院待著，為什麼幾年前突然跑到這山裡來，而且再也沒有下過山？」

溫讓似乎早已料到陳慕白會這麼問，慢條斯理地和他繞：「這地方你每年都來，你每次來了都問我同一個問題，我不會回答你就是不會回答你，無論你問多少遍都沒用。」

溫讓說完之後頓了幾秒，似乎忽然想起來什麼，帶著不確定地問：「你不會是實在太無聊了，所以故意來耍我的吧？」

陳慕白愣了下，眨了眨眼睛，很無辜地洗白自己道：「怎麼可能？我就是單純地想知道而已。」

溫讓越看越覺得陳慕白可疑。「是嗎？我還不知道傳說中的慕少這麼八卦。」

陳慕白在溫讓的注視下敗下陣來，終於承認：「好吧，我就是之前聽人說起過，這個問題是你的痛腳，一踩準炸毛，所以我就來試試，看看是不是真的。看來，傳聞不虛。」

溫讓對他笑了下，下一秒就收起笑容，冷著臉指向門口。「出去！」

陳慕白好像還沒玩夠，又走了幾步雙手撐在桌上，看著溫讓。

「你就不問問我，那個人是誰嗎？」

溫讓的眼底忽然間閃過一絲慌亂，雖然知道陳慕白是故意吊他的胃口卻還是問出來：「是誰？」

「你侄子溫少卿啊！」陳慕白飛快地給出答案，然後很成功地看到了溫讓臉上的惱怒，偷笑了一下，裝作一臉好奇地問，「怎麼？你以為會是誰？還是說你心裡還在掛念著誰？」

溫家的良好教養也沒能讓溫讓忍住，他瞇著眼睛看著陳慕白，一字一頓地開口：「滾、出、去。」

陳慕白紋絲不動地和他理論：「哎，你這是幹什麼，你們出家人不是講究個不孕不育嗎？」

溫讓糾正他：「是不慍不欲！」

陳慕白繼續和他玩著文字遊戲。「是不孕不育啊，你以為我說的是什麼？」

忍無可忍的溫讓終於破了戒，親自動手把陳慕白推出房間，「碰」的一聲關上了房門。

陳慕白站在門口摸了摸鼻子，然後一臉無辜地邊走邊自言自語：「那麼生氣幹什麼，我說什麼了嗎？既然六根不淨，還裝什麼出家人……」

走了幾步又想起什麼，從兜裡掏出個信封，走回去從門縫裡塞進去，敲了兩下門揚著聲音開口：「溫少卿讓我帶給你的！事先聲明啊，我沒看過。」

說完陳慕白在門口等了會兒，直到聽到椅子和地面摩擦的聲音，繼而聽到腳步聲才轉身離開。

❄

怒氣沖沖的顧九思在黑燈瞎火的寺院裡到處亂逛。她這輩子就從來沒見過哪個男人像陳慕白這麼無恥，她暗暗發誓，這輩子再也不會和他坐在同一張牌桌上了！

陳慕白被溫讓趕出來之後在屋裡待得有些悶，便出來散散酒氣，最後冤家路窄的兩個人在一座偏僻的大殿裡不期而遇。

顧九思推門進去的時候，才發現這座大殿裡供奉的是藏傳佛，殿內只燃著燭火，顧九思仰著頭瞇著眼睛一尊一尊地仔細看著。

沒過多久，身後傳來「吱呀」一聲開門聲，顧九思轉頭看向門口，就看到陳慕白走了進來。不知道為什麼，在看到他的那一瞬間，顧九思突然覺得自己好像根本沒生他的氣。

陳慕白看到已經站在裡面的顧九思不見驚訝，倒也不見絲毫虔誠，隨意地往蒲團上一坐，盯著周圍的佛像看了一圈，又看到顧九思一臉肅穆，別有興致地問她：「妳信這個？」

「信。」顧九思點了點頭，繼續仰起頭去看面前的佛像，心裡默默說著沒有說出的下半句。

佛教修來世，藏傳佛教修今生；來世太縹緲，今生太飄搖，我只願今生能一切安好。

陳慕白本就是百無禁忌的人，此時只有他們兩個就越發地口無遮攔道：「那妳說，像我這種人是不是要下地獄的？」

顧九思這才轉過頭認真看著陳慕白。在這麼莊嚴肅穆的地方，他眉宇間依舊邪氣橫生，一副漫不經心的樣子，絲毫沒有虔誠的意思。剛才吃飯的時候，他喝了點酒，臉色微紅，帶著豔色，偏偏眼底還帶著好奇，那部分好奇漸漸轉化成興奮，似乎真的想知道會不會下地獄。

不知怎麼，顧九思竟然彎著嘴角笑了起來。他如此邪氣縈繞，殺伐狠絕，又百無禁忌，別人是遇神殺神，遇佛殺佛，到了他這裡，怕是連神和佛見了他都要退避三舍，神、佛、魔三界任由他馳騁，哪還有什麼下地獄之說？

陳慕白出了那座牢籠，整個人也輕鬆了，似乎被她的笑容感染，也跟著笑了一下。

「妳笑什麼？」

「這些神像有的是護法神，有的是明王或金剛。明王或金剛是諸佛或菩薩的憤怒相，平常我們見的菩薩都是現慈悲相。《法華經》裡說，佛說觀音菩薩為了渡化眾生，可以化現不同的身相，當然就可以顯現慈悲和威猛相。不管哪種身相都是渡生方便，對於善根眾生則以慈眉攝受之，但對於根性頑劣的眾生，菩薩並非捨棄不管。調伏這些剛強不化的眾生，單用慈悲是不行的，必須使用威猛的手段，使其生起畏懼而攝受之……」顧九思本意是想說無論什麼樣的人總會有普渡他的辦法，可是說到一半卻覺得無論是慈悲還是憤怒，似乎對陳慕白都是無效的。

陳慕白認認真真地看著佛像，聽著顧九思說完。「妳怎麼會知道這些？」

顧九思一頓，聲音也低沉了幾分。

「家裡有個長輩對佛法很有研究，我小時候聽她說過一些。」

陳慕白想了想。「和妳上次說教妳刺繡的那個長輩是一個人？」

顧九思當時就隨口一說，沒想到陳慕白竟然聽進去了，點點頭。「是。」

其實在顧九思的回憶裡，早已不記得她的音容笑貌，唯獨記得她跪在佛前的背影。很少會聽到顧九思提起自己的家人，陳慕白順著她的話又問了一句：「她對妳很好？」

顧九思眼睛直直地看著前方，似乎在出神，陳慕白並沒有打擾她，安安靜靜地等著。半晌她才搖搖頭，輕聲回答：「那個時候年紀太小，根本不知道什麼是好什麼是壞，什麼是善什麼是惡，別人對我笑，我便認為那是好人。現在想來表面上對我好的人，未必是真心，表面上對我不好的人或許才是真的為我著想。」

說者無心，聽者有意，陳慕白忽然有些心虛，狀似無意地輕咳一聲開始轉移話題：「藏傳佛教是不是有門修行，叫什麼來著？男女雙修？」

顧九思一愣，繼而臉上一熱，就知道陳慕白又開始「放浪形骸」，果不其然，他的聲音緩緩響起。

「不是還有歡喜佛嗎？先以欲勾牽，後令入佛智。我覺得這個應該適合我，只是不知道誰來普渡我？」一邊說就真的湊了上來，認認真真地看著顧九思，似乎真的在和她討論佛法。

顧九思不自然地往後撤了撤，皺著眉很無語地看著他。

「在這種地方，你說這種話不怕下地獄嗎？」

陳慕白一點兒也不在意。「下地獄？妳和我一起嗎？」

顧九思忘了，別人的浪漫是守護你一輩子、和你一起慢慢變老，而陳慕白眼中的浪漫則是和你同歸於盡。不是每個人都有和他同歸於盡下地獄的資格，不是誰都有那個「殊榮」。

陳慕白忽然笑了。

「妳那是什麼表情，我開玩笑的。」

剛說完就聽到門外一聲巨響，緊接著天空中就出現了絢爛的煙花，也只是這一瞬，很快天空又恢復了漆黑寂靜。

顧九思探著頭往外看了看。「怎麼這裡還有人放這個？」

陳慕白很快就站起身來。「是我讓陳靜康放的，快到十二點了。走，跟我來。」

顧九思不知道陳慕白又要幹什麼。「去哪兒啊？」

陳慕白把她拉起來。「去了就知道了。」

出了大殿才覺察到不知道什麼時候起了風，陳慕白帶著她在寒風中穿過了大半個寺院，最後兩個人站在鐘樓底下。通往鐘樓頂部的臺階又陡又窄，還沒有照明燈，一片漆黑，顧九思忽然停住了。陳慕白上了幾級臺階之後才發現身後的人沒有跟過來，停下，轉身，然後向顧九思伸出手去。

鐘樓位於寺院的角落裡，周圍一片漆黑，耳邊只有呼嘯的風聲。

顧九思什麼都看不清，只能勉勉強強看到她面前的那隻手。她覺得這個場景很熟悉，不同的是陳慕白這次沒有伸錯手。

似乎一下子又回到了那個雪夜。那天夜裡，陳慕白也是這樣向她伸出手。那個時候的他們互相試探算計，幾個月過去了，如今他們之間發生什麼變化了嗎？還是這幾個月發生了太多的事，什麼都沒變，變的只是她的心境？

時間一分一秒地過去，黑暗中緩緩響起陳慕白清冽低沉的聲音，他在叫她的名字。

「顧九思。」

顧九思下意識地應了一聲：「嗯？」

「妳是不信我，還是不信妳自己？」

他說得鄭重緩慢。

顧九思看不見他的臉，卻因為他的一句話，她的心一潰千里，一片狼藉，竟讓她驚慌失措起來，不知道該如何回答。

半晌，他忽然輕笑一聲，誘哄道：「好了，快點上來，一會兒就趕不上新年鐘聲了，這次趕不上又要再等一年了。」

顧九思似乎受了笑聲的蠱惑，竟然真的摒棄雜念伸出手去握住他的手，跟在他身後，踏上了通往樓頂的臺階。記憶中，也曾有雙寬厚溫暖的大手牽著她一步一步往前走，只是現在握著自己的這隻手細膩微涼，卻同樣讓她，不畏前行。

鐘樓樓頂的風比下面大了很多，顧九思想要伸手去壓住被風吹起不斷飛舞的頭髮，抽了一下，卻沒有抽出手來。

陳慕白沒鬆手，看了她一眼，似乎並沒有鬆手的打算，側過身面對著她，抬起另外一隻手幫她把翻飛的亂髮理好，掖在耳後，順便又幫她緊了緊衣領，做完一系列動作之後看著她問：「冷嗎？」

他的動作自然流暢，不見任何異常。顧九思聽著自己響如擂鼓的心跳聲，覺得自己真是矯情，努力裝作不在意地回答：「不冷。」

陳慕白把她的手整個包進手掌中暖著。「不冷妳抖什麼？」

她出來的時候並沒打算在外面待太久，只是隨隨便便地套了件外套，連圍巾都沒繫，此刻站在風口裡顫抖是本能反應。

可是她再冷也不會說出來，她怕……可是明顯的，她自作多情了。

陳慕白看著她幾秒鐘，忽然開口：「沒關係，冷妳可以直說，反正我是不會把我的衣服給妳穿的，我也很冷。再問妳一次，冷不冷？」

顧九思氣得直翻白眼，有些惱怒，有些羞愧，惡狠狠地說：「冷，滿意了吧！」

陳慕白滿意地點點頭。

「幸虧我穿得多，冷妳什麼不早說呢？」說完他便鬆開她的手，解開自己大衣的衣釦，把她拉到身前背對著自己裹在懷裡，替她擋著風，再次開口：「還冷嗎？」

他的動作很快，不過短短的幾秒鐘，她還沒反應過來，便感覺到了身後的溫暖，還有他身上的氣息。

她有些目瞪口呆。

陳慕白的手臂還圈在她的腰間，下巴擱在她肩上歪著頭問：「怎麼不說話？」

顧九思極快地回答：「不冷。」

陳慕白看她依舊有些發抖，便去抓她的手，握在手裡試了試溫度知道她是真的不冷，想了想忽然笑了。「妳怕什麼？」

顧九思是怕，她是真的怕，她怕再發展下去，她就真的萬劫不復了。一張口卻是別的答案：「我怕你把我推下去。」

「妳啊，什麼時候能說句實話，看來妳是不信我。」他的聲音裡帶著笑意，不知道是不是寒風太凜冽，在她聽來竟然有些不易覺察的落寞。

很快天空中再次出現煙花，陳慕白撈過鐘杵塞到顧九思手裡。「到零點了。」

顧九思微微歪著腦袋和身後的人說話：「聽說敲新年鐘聲的時候，可以提三個願望。」

陳慕白沉默了半晌，才一臉大度地回答：「好吧，那妳提吧，我盡量滿足。」

顧九思抓狂。「是你提！」

他緊緊貼在她身後，她能明顯感覺到他的胸腔不斷震動。「我提？妳幫我實現？」

顧九思覺得陳慕白根本就是故意的，煩躁地動了幾下。「當然不是我！」

陳慕白又把她往懷裡撈了撈。

「那是誰？佛？天？還是別人？我倒覺得還不如信我自己靠譜些。」

顧九思已然放棄，抓著手中的鐘杵向前撞去。

新年的鐘聲終於敲響，在寂靜的夜裡，鐘聲渾厚有力，穿過她的層層設防直達心底。顧九思並不費力，只是象徵性地把握著方向，真正出力的是身後的人。

她不需要出力，不需要計數，似乎只需要站在那裡享受這個過程就好，一切都有身後的那個人，溫暖，安心。不管曾經發生過什麼，不管以後又會如何，至少在這一刻，顧九思是撤下心防，全心全意依賴著這個男人。

她微微偏了下頭想去看身後的人，在他覺察前轉回來，低下頭去看鐘杵上相隔不遠的兩雙手，直到鐘聲漸漸歸於沉寂。

不多不少，正好一百零八下。

鐘聲聞，煩惱輕；智慧長，菩提生；離地獄，出火坑；願成佛，渡眾生。

兩個人保持著剛才的姿勢沒動，過了很久，陳慕白才開口打破寂靜：

「妳剛才許了什麼願？」

顧九思的心底忽然湧上幾絲落寞，鐘聲結束了，她的夢也該醒了。

她從陳慕白的懷裡掙脫出來，笑著看向他。

「其中一個是希望陳靜康能一直跟在你身邊。」

陳慕白一臉奇怪地笑著。「這是什麼願望？」

顧九思在寒風中一直看著陳慕白，他唇角微揚，眼角含著幾分暖意和她對視。

顧九思這次沒有躲閃，看著他微微一笑。

陳慕白，希望新的一年以及以後的每一年，靜好安康都能夠跟隨著你，永不散去。

與此同時，兩個人放在房間裡的手機同時亮起。

9

誰是誰的棋子

愛一個人本來就是卑微的，不是嗎？
所謂的不願再卑微下去不過是不愛的藉口罷了。

段景熙坐在沙發上陪著老人守歲，看著無聊的節目，手裡捏著手機，思慮了半天還是給顧九思發了條短信拜年，很簡單的內容，只有「新年快樂」四個字。

可是半天都沒得到回覆。

段景熙雖然和顧九思接觸不多，但也了解她的行事作風，表面功夫做得極好，即便是敷衍也會回覆一條。正想著就看到舒畫舉著手機從外面走進來，一臉不高興。

舒畫走到段景熙旁邊坐下，煩躁地把手機摔到一邊，小聲嘀咕著：「怎麼沒人接電話呢？」

段景熙對於舒畫的煩躁心知肚明，本沒想搭理她，可想到那條一直沒回覆的短信，看著沒人注意這邊，便開口問：「怎麼了？」

舒畫看了段景熙一眼。「我想給陳慕白打電話拜年呢，可是電話一直沒人接。」

段景熙確認了下：「妳之前說，陳慕白留在山裡過年？」

舒畫並沒覺察出段景熙在套她的話，一股腦都說了出來：「是啊，還有顧九思，他們家管家和一個小跟班。」

段景熙默默點了下頭，不知道是安慰舒畫還是安慰自己：「可能是山裡的信號不好吧。」

顯然舒畫對於這個解釋根本無法接受，可是無法接受也只能接受，無精打采地低下頭去，不再說話。

第二天一早，段景熙起床之後發現手機裡靜靜躺著顧九思的回覆，如他預想的一般簡潔敷衍。

「謝謝，新年快樂。」

段景熙看著短短的一行字，笑著搖搖頭。

總想著這世間竟有如此女子，明目清心，風雨中自有一份淡泊，可是這個女人對自己……怕是避之唯恐不及。

陳慕白過年的幾天沒在，一眾人對他屢屢缺席活動頗為不滿，自他從山裡回去的第二天，便被各種飯局纏身。

陳慕白過年之前和陳簇的那頓團圓飯沒吃成，想著今天吃飯的地方是陳簇偏愛的，便叫上了他。誰知吃到一半，陳簇就抱著手機開始發短信，完全不像他的作風。

陳簇之所以抱著手機不撒手，是因為短信那頭的人突然抽瘋。

三寶下了夜班睡醒之後，躺在醫院公寓的床上百無聊賴，便開始騷擾陳簇：

「你在幹嘛？」

陳簇回：「在和我弟弟吃飯啊，不是跟妳說過了。」

三寶：「怎麼還沒結束啊？有沒有女人？」

呃……陳簇掃了一眼桌上的女性，正猶豫著，手機再次震動。

三寶：「陳簇啊，你為什麼會喜歡我啊？你那麼好……我那麼差勁……」

陳簇看著最後那個可憐兮兮的表情，似乎已經看到了三寶那張糾結成一團的包子臉。

陳慕白看著陳簇低著頭不停地發短信，剛想湊過去看，陳簇忽然站了起來，嚇了他一跳。「你幹什麼？」

陳篌邊穿衣服邊回答：「我先走了，我沒開車過來，你送我一下。」

「要走了？去哪兒？」陳慕白滅了菸，卻沒動，「我讓司機送你。」

陳篌遲疑了幾秒鐘。「還是你送吧。」

陳慕白知道陳篌的顧忌，笑了一下。「陳靜康你該信得過。」

陳篌很嚴肅地看著陳慕白。「陳家，我只信你。」

陳慕白徹底服了，站起來拿鑰匙。「好，我送！」

三寶等了半天沒有回覆便又發了一條：「你怎麼不理我了？」

陳慕白把車停在X大附屬醫院的公寓前，看著陳篌發短信：

「多穿點兒衣服下來，我在妳樓下等妳，帶妳去吃好吃的。」

陳慕白正大光明地偷窺，看完之後一臉蔑視。「嘖嘖嘖，我的牙又要酸掉了。」

陳篌無視他，打開車門準備下車。「你可以走了。」

陳慕白嘀嘀咕咕著過河拆橋之類的目送陳篌，車子轉彎的時候他從倒車鏡裡看到一個瘋丫頭風風火火地從樓裡衝了出來。

帶你去吃好吃的，在那個吃貨眼裡，這大概是最動人的情話了吧？

❄

顧九思接到陳靜康的緊急電話之後便出了門，到了地方剛要踏進去，就看到一塊盤子飛了出來，摔在她面前的地上，一聲清脆之後留下一地碎片。她挑著眉回頭看向陳靜康。

陳靜康一臉扭曲。「吃到一半的時候，少爺開車去送了下二少爺，回來的時候就看到江少坐在他的位置上。妳也是知道那句話的，陳家的三少爺和江家的四少爺是不能坐在一張桌子上吃飯的，誰知那麼巧就撞上了。」

果然，裡面不陰不陽的鬥嘴聲不斷傳出來。顧九思透過門縫看進去，除了陳慕白和江聖卓之外，還有幾個相貌出眾的男人見怪不怪地在一片雞飛狗跳中平靜地嘗著剩下的幾道菜。

這邊的動靜越鬧越大，就在顧九思不知道該不該進去勸兩句的時候，主人成功地被這邊的動靜吸引過來，推開門走了進去。

這家私房菜的主人是位老太太，聽說也是八旗之後，又從那個槍林彈雨的年代走過來，性格頗為剽悍，和裡面的幾位爺相處起來，更像是長輩和晚輩之間的關係。

自從主人踏進門之後，盤子也不摔了，爭吵也停止了，兩個當事人心虛地對視一眼，餘下的幾個人也扔下筷子開始看戲。

老太太掃了幾眼地上的碎片。

「你們知不知道，那幾個盤子是清朝的古董，就這麼被你們倆砸了？」

江聖卓一聽就樂了。「您說它是清朝的它就是清朝的了？我看頂多就是幾年前才做出來的，您矇我們呢？」

老太太竟冷笑了一聲，連稱呼都變了。「那是比不得江少見過大世面。」

江聖卓立刻睜大了眼睛擺著手解釋：「周媽媽，我不是那個意思。」

陳慕白看到混世魔王江聖卓都栽了，也不敢挑戰，附和了一聲：「您說是哪個朝代的就是哪個朝代的。」

老太太對兩個人的認錯態度很滿意。「既然這樣，那就賠吧！」說完伸出手去準備接錢。

陳慕白和江聖卓又對視了一眼，便開始各自掏錢，可兩個人從來都是刷卡，現金並不多，錢包翻了底朝天也沒多少。

陳慕白試探著詢問了一句：「能刷卡嗎？」

老太太目不斜視。「不好意思，小店只接受現金交易。」

陳慕白又建議：「那我回頭叫人送過來吧。」

老太太不為所動。「不好意思，小店概不賒帳。」

陳慕白沒轍了。「那您說怎麼辦？」

老太太字正腔圓地給出解決方案：「沒看過電視劇嗎？踢了人家館子沒錢賠，要刷碗還債的。」

坐在一邊看戲的幾個男人都快樂瘋了，大概也只有周媽媽能制得住這兩隻。

陳慕白和江聖卓的臉徹底黑了。

最終兩位少爺在廚房裡，瞬間用掉半桶洗潔精並且打碎了幾只碗之後，被趕出了廚房，並被主人拉入黑名單。

顧九思本以為「碎碎平安」之後就沒什麼了，只是這個年似乎過得並不太平。

當天晚上，顧九思再次接到陳靜康的救急電話，她掛了電話就趕緊出門。

這是顧九思第一次來公安局這種地方，在此之前，她壓根就沒想過陳靜康這種乖孩子竟然有需要她來公安局認領的一天。

顧九思在看到陳靜康的同時，也看到了另一張熟悉的面孔。那人看到她似乎也很驚訝，不好意思地低下頭。

顧九思的腦中立刻浮現出「紅顏禍水」四個大字，果然不出她所料。她走過去踢了踢蹲在地上的陳靜康，問：「怎麼回事啊？」

陳靜康為了姚映佳和別人打架被抓了進來，他不敢提陳慕白的名字，也不敢打電話回去，只能找顧九思幫忙。

陳靜康抬起頭來，先是看了看不遠處的姚映佳，才回答：「吃飯的時候，隔壁桌喝多了，看到她漂亮就……我氣不過就打了起來。」

陳靜康和姚映佳的事，顧九思是知道的，所以他也用不著瞞著掖著了。

陳靜康一抬頭，顧九思才看到他臉上的傷，眼睛和嘴角都腫了，鼻子裡還流著血。她有些不悅地皺起眉，從包裡抽出紙巾遞給他。「你沒事吧？」

陳靜康擦了擦鼻血，一臉無所謂。「沒事！他們三個打我一個也沒撈著什麼便宜！」

顧九思瞪他一眼。「你還來勁了！」看到陳靜康又低下頭去才又問，「他們人呢？」

陳靜康指指旁邊。「在錄口供。」

很快，員警帶著三個男人走了過來，那三個人顯然已經醒酒，老老實實地蹲在陳靜康的旁邊。

員警問顧九思：「妳是陳靜康什麼人？」

顧九思看了陳靜康一眼。「我是他姊姊。」

員警看著眼前的女人斯文漂亮，口氣緩和了很多：「雖說是對方鬧事，可畢竟是妳弟弟先動的手，對方也受了傷，這種情況建議私了。賠他們幾個錢就算了，鬧大了對誰都沒有好處。」

顧九思又踢了踢陳靜康。「你同意私了嗎？」

陳靜康當然不願意鬧大，很爽快地點點頭。

誰知私了的時候對方竟然獅子大開口，氣得陳靜康又要跳起來。

顧九思也不攔著，冷靜地拿出手機點了幾下，遞給陳靜康，淡淡地開口：「他想要多少，你就照著多少的醫藥費標準下手就行了。賠償標準在這兒，你自己看著打，打多了也沒關係，我給你出，打到你滿意為止，別出人命就行了。」

員警和對方三個人皆是目瞪口呆地看著顧九思，本以為是個斯文柔弱的女人，沒想到……

員警也很為難。「這……」

顧九思拍拍陳靜康的肩膀。

「你慢慢打，我在外面等你，打夠了再出來，一會兒我帶你去醫院。」

她的語氣不冷不熱，陳靜康也摸不清顧九思到底是什麼意思，看著她不敢說話。

顧九思看著陳靜康腫得越來越厲害的嘴角和眼角，又從錢包了拿出一疊錢遞過去。

「去打吧，算我的。」

恰巧一個中年男子從裡面的辦公室走出來，看了看神情冷漠的女子，又看了看幾個掛彩的男人，若有所思地走了出去，掏出手機打了個電話。

陳慕白是個沒有原則的人，他的原則以他當時的心情而定；而陳慕白又是個有原則的人，他的原則裡有一條就是「我的人和別人打架，無論輸贏，一定是別人的錯」。身處飯局的陳慕白在聽到陳靜康掛彩之後，謝絕了中年男子要幫他把人領出去的好意，決定親自來領人。

說實話，顧九思和陳靜康看到陳慕白出現在這裡時，都有些心虛，特別是後者。

陳慕白這個人行事向來囂張高調，年少的時候他和唐恪常被抓到這裡，然後再被恭恭敬敬地請出去，沒有幾個人不認識這位「慕少」的。

陳慕白這個人也最護短，這點和顧九思很像。他的人他可以打可以罵，可是別人不能動一下。

他放蕩不羈地坐在椅子上，看著幾乎整個公安局的值班人員誠惶誠恐地站在他面前，眼底情緒複雜。直到局長也趕來的時候，陳慕白都沒有說一個字，不發怒但也絕稱不上沒情緒。

宋文山當然知道請神容易送神難的道理，瞪了一眼把陳靜康抓進來的無辜員警，然後笑著開口：「這麼晚了，慕少還專程跑一趟幹什麼，您有什麼事給我打個電話就行了。」

陳慕白淡淡地掃了他一眼，一開口便帶著刻薄：「宋局這話是說我這麼晚了坐在這裡都是我的錯嘍？」

宋文山在心裡給了自己一個嘴巴，諂媚地笑著解釋：「當然不是，慕少怎麼會有錯呢？都是下面的人有眼不識泰山抓了您的人，我替他們給您賠個不是，大過年的您千萬別動氣。」

「嗯……」陳慕白抬手指了指角落裡的三個人，「那他們怎麼處理？」

宋文山當然不會傻到真的以為陳慕白在詢問他的意見。「今天時間也不早了，要不您早點回去休息，我看這位小哥是不是也需要到醫院處理一下，明天您直接讓律師來找我？」

陳慕白看了眼這個人精，點了點頭。「就按你說的辦吧。」說完站起來走了，顧九思也緊跟著出去，最後陳靜康拉著姚映佳也離開了。

宋文山把這尊大佛送到門口，又目送著車子消失在黑夜裡才鬆了口氣。

車內的氣壓前所未有地低沉，陳靜康吭吭哧哧了半天才憋出幾個字：

「少爺，我錯了……」

陳慕白並不接話，還算客氣地看著姚映佳，吩咐司機：「先送姚小姐回去吧，你的事一會兒再說。」

姚映佳也沒想到陳慕白會親自來，覺得真是尷尬到了極點，沉默著點點頭。

顧九思冷眼看著，陳慕白那麼聰明，陳靜康和姚映佳之間的事情他多半已經猜到了，只是不知道他是什麼態度。

幾個人一路無言，直到姚映佳下了車，陳慕白才開口：「喜歡她？」

陳慕白的臉上看不出什麼表情，陳靜康看了顧九思一眼，顧九思輕輕地點了下頭。

陳靜康這才老實交代：「嗯。」

陳慕白繼續問：「在一起多久了？」

陳靜康把所有事情都攬到自己身上。「沒在一起，是我一個人的事，她一直沒答應。今天的事也都是我的錯，和她沒有關係。」

半晌陳慕白點點頭。「嗯，還算有點擔當。」

說完陳慕白便不再問，閉上眼睛開始閉目養神。

顧九思和陳靜康都不明白為什麼陳慕白的反應有些反常。其實只是因為姚映佳，這個他看重的團隊裡唯一的一個女孩，曾或多或少流露出對他的愛慕，而他做出這種判斷絕不是出於自戀。

若是別人就算了，可偏偏是陳靜康。

臨下車前，陳慕白下判決：「打架總歸是不對的，你這幾天就不要出門了，在家裡寫檢討吧，手寫，一萬字。」

陳靜康最怕拿筆桿子的活了，當天晚上在燈下哭得稀里嘩啦。顧九思實在看不下去了，默默走過去拍了拍他的肩。「別哭了，哭是永遠解決不了問題的，要去死……」

陳靜康哭得更厲害了。

❄

陳慕白第二天一早又被陳銘墨叫回了陳家老宅。

陳銘墨也沒拐彎抹角，開門見山地開口：「我聽說你和舒畫的事情了，你和她本就是定過娃娃親的，現在接觸接觸正好。還有，既然你身邊有了新人，那顧九思就不用留在你身邊了。」

陳慕白垂著眼簾看著杯中漂浮的茶葉，眼皮都沒抬一下，抖動著肩膀笑起來。

「您有話可以直說。」

才過了一個年，陳銘墨似乎蒼老了許多，精神也不大好。

「就是字面上的意思。」

陳慕白抿了口茶。「如果是字面上的意思，那我就有話說了，別說我現在和舒畫沒有什麼，就算是日後真的有了什麼，就她？舒家的千金小姐？我能使喚她幹什麼？您把顧九思撤走了，以後誰給我端茶倒水？」

陳銘墨好像已經下定了決心，現在只是通知陳慕白。

「如果你缺了端茶倒水的人，我可以給你換別人。」

陳慕白不知道陳銘墨是發現了什麼在試探自己，還是真要把顧九思派到別處，只能保守回答：「您乾脆把我換了得了。」

陳銘墨不緊不慢地開口：「好好的說這話幹什麼，你若是捨不得——」

陳慕白下一秒就打斷他：「沒有什麼捨得捨不得的，只是覺得用慣了的人沒什麼錯處沒必要換。」

陳慕白說完就在心裡後悔，自己答得太快，明顯的此地無銀三百兩。

屋內一下子安靜下來，陳銘墨半晌才開口，話裡有話：「慕白，現在是非常時期，你千萬別做錯事。」

陳慕白沒回答，沉默以對。他終於明白了陳銘墨的意圖，怕是他老人家知道了什麼，拿顧九思來威脅他，讓他娶舒畫。

陳慕白在心裡冷笑一聲，終是抬頭看向陳銘墨，口氣卻反常地四平八穩：「恕我愚昧，這位舒家大小姐到底有什麼好？或者我這麼問吧，你為什麼非得把舒畫塞給我？如果你是為了讓陳家成為貴無可貴的世家，陳家的人裡可以有很多選擇，未必是非我不可。」

陳銘墨難得坦誠道：「舒畫沒什麼不好，現在城中幾個世家沒有互相聯姻的大概就只剩下段家了。段家獨善其身這麼多年，也被盯了那麼多年，到了你們這一輩，段家沒有年紀相仿的女孩兒，不過舒家有，曲線救國也是一條路。董家這幾年在幹什麼，你不會不知道，你大哥現在和董家走得越來越近，陳慕昭的身體又是那樣，舒家不想自己的女兒嫁進來就成了寡婦。其他人嘛，入不了舒家的眼，只有你最適合。」

陳慕白只覺得這個理由單薄得可笑。「適合什麼？適合當你聯姻的棋子？」

陳銘墨咳嗽了幾聲，喝了口茶往下壓了壓才皺著眉開口：「這對你沒什麼壞處，你要知道，如果有段家支持你，你以後的路會好走很多。」

陳慕白的嘲諷再也壓抑不住，勾著唇角懶洋洋地冷哼：「您可真是替我著想。」

陳銘墨似乎下定了決心，看著陳慕白的眼睛，別有深意地緩緩開口：「慕白，我年紀大了，我的位置遲早要有人來接。」

這句話背後的含義再清楚不過，這些年陳銘墨第一次說出這句話。

陳慕白似乎聽到了什麼更加可笑的事情，不屑地把頭扭到一邊，笑了幾聲之後才正色看向陳銘墨。「且不說您老人家心裡的接班人是不是我，如果是，那麼也許我根本就沒打算接呢？」

在陳銘墨審視的目光中，陳慕白勾唇一笑，挑釁的意味越加明顯。

他眼中笑意漸濃，卻瞬間化作嘲諷，眼底的幽深陰冷漸漸浮出，越積越多，越積越濃，看著陳銘墨，聲音裡聽不出一絲波瀾。「我的父親，別讓我揭穿您，其實您根本不需要一個接班人，您需要的是個傀儡，一個您可以完完全全控制的傀儡。您從不在意誰是您的接班人，您只在意陳家以後會怎麼樣。您心裡只有陳家的將來。這些年您遲遲不下決心，看著我們鬥，優勝劣汰，最後勝出的那個自然是強者。可是再強也要受你控制，於是這些年您在陳慕雲身邊安排了那麼多人，給陳慕昭吃了那麼多藥，怎麼，現在開始想用女人來控制我？您把所有的可能都算計到了，最後不管勝的那個人是誰，最大的贏家始終都會是您。您就沒想過，如果我在整死您另外兩個候選人之後撒手不管，讓您辛苦建立起來引以為傲的大陳帝國在您面前頃刻轟塌嗎？」

陳銘墨神色微動，卻也只是轉瞬即逝。「你不會，這麼做對你沒有好處。」

陳慕白笑了，過了半晌闔了闔眼意味深長地重複著：「是啊，我不會。」

陳銘墨面沉如水，語氣也冷了下來。「陳家倒了，對你沒有一絲一毫的好處，你別忘了，你現在的一切都是陳家給你的。」

陳慕白看著自己的父親，那雙眼睛狹長冷漠。

「以前或許是，可是你不知道嗎？現在別人都叫我『慕少』，慕白這個名字是我母親取的，這兩個字前面無論是什麼姓氏，都無所謂。」

當年那個在陳家孤獨一人苦苦掙扎拚搏的少年，終是成長到可以坐在陳銘墨的對面，風輕雲淡地說：「沒了陳家，我依舊是慕少，我不再受陳家的庇蔭，陳家只不過是我的附庸。」

周圍的空氣一下子凝固起來，父子兩個人對視良久，互不相讓，連站在一旁的孟宜年都垂著眸只盯著地上看。

半晌，陳銘墨讓了步，也是這些年來第一次讓步。

「既然人你用著順手了，不願意換就先這樣吧，過段時間再說。顧九思不過是個女人，我想你分得清孰輕孰重。」

陳慕白也恢復了散漫隨性的口吻道：「我自然分得清孰輕孰重。」

陳慕白看著斂眸喝茶的陳銘墨，心裡默念著：陳銘墨，我不是你，也永遠不會成為你。

他剛想站起來打個招呼準備離開，就聽到一串急亂的腳步聲，隨著腳步聲的臨近，腳步聲的主人氣沖沖地在門外叫著他的名字：「陳慕白，你給我出來！」

陳慕白本來已經站了起來，聽到這話又重新坐下，懶懶地靠在椅背上和門外的人喊話：「你有本事就進來啊。」

陳慕雲當然不敢進去。「你有種就出來！」

陳慕白好笑。「我沒種，你有，有的話就進來撒點兒出來我看看。」

「……」門外頓時沒了動靜，陳慕雲被噎得接不上話來。
陳銘墨給孟宜年使了個眼色，孟宜年走到門口打開門，做了個手勢請陳慕雲進來。
「大少爺，有什麼話進來說吧。」
陳慕雲每次見了陳銘墨都會被罵，因此他站得遠遠的，從門縫裡伸進來半個腦袋，對著陳銘墨諂媚一笑。「爸，我沒什麼事，您讓他出來一下，我在外面說就行了。」
陳銘墨掃了他一眼，淡淡地開口：「進來。」
語氣雖淡，卻飽含威嚴，陳慕雲苦著一張臉進了門，站在不遠不近的地方耷拉著腦袋，自知這頓罵是躲不過去了。
果然，他才站穩陳銘墨就開始了。「大呼小叫的，還有沒有規矩？」
陳慕雲不服氣。「爸！那個舒畫我都追了那麼久，怎麼就讓他搶去了呢？」邊說邊瞪了陳慕白一眼，他明顯是知道了什麼。
陳慕白好整以暇地看著他，樂得看他被罵。
「喲，原來是大少爺喜歡的人啊，那我可不敢搶，喜歡就拿走啊，我、讓、你。」
陳慕雲的男人尊嚴受到了挑釁。「你……不用你讓，本來就是我的！」
陳慕白不屑地哼笑了一聲，他現在倒是巴不得陳慕雲把這局給攪了，只可惜啊……他看著陳慕雲邊搖頭邊嘆氣，這個廢柴沒那個本事啊。
陳慕雲惱羞成怒，眼看兩個人又要吵起來，陳銘墨適時地看了他一眼。
「我還以為是什麼事，舒畫？是你喜歡她，還是你舅舅讓你喜歡她啊？」

「這……」陳慕雲什麼都擺在臉上，聽到陳銘墨這麼問，不用回答就知道答案了。

陳銘墨把杯子重重地放到桌上，茶水飛濺出來，在桌上留下一片水漬。「陳慕雲你給我記住了！你是姓陳的，如果你再這麼下去，就給我改了姓滾出陳家去！」

陳慕白一向不吝嗇煽風點火，很是真誠地開口建議：「嗯……董慕雲這名字很不錯，你可以考慮一下。」

陳慕雲被這句話刺得跳腳。

「長幼有序，我是老大，我還沒怎麼樣呢，憑什麼就給他啊？」

陳銘墨早就想好了理由堵住他的嘴。「舒畫和慕白是從小定的娃娃親，現在這樣也沒什麼不對，這事你以後不要再插手了。」

「爸，」陳慕雲走近了幾步，不服氣地吼道，「你偏心！」

陳銘墨又劇烈地咳嗽起來，孟宜年輕拍著他的後背，等他平復下來，又遞了杯茶到他手裡，這才抬頭看向陳慕雲。

「大少爺，陳老最近身體不太好，您還是聽他的話別惹他生氣了。」

陳慕雲從小到大就沒聽過孟宜年說過那麼長的話。在他的印象裡，孟宜年終年一身寒意兼面無表情，且惜字如金，除了陳銘墨眼裡沒有任何人。可他堂堂陳家大少爺當眾被一個外人指責，面子上怎麼都過不去，要是傳出去，他還要不要做人了？

陳慕雲壯著膽子底氣不足地訓斥孟宜年：「我和我爸說話，關你什麼事？」

陳銘墨一向對孟宜年就不一般，瞪了陳慕雲一眼，還沒說話又捂著手帕開始咳嗽。這是陳銘墨今天第三次咳嗽了，而且臉色越來越難看，陳慕白扭頭看了一眼，皺了皺眉。

陳銘墨指了指陳慕雲又指了指陳慕白。「都給我滾出去！」

陳慕雲本來就站在門口，被罵了個狗血噴頭巴不得快點走，一轉身就不見了身影。

陳慕白本來也是打算走的，站起來剛走了幾步又被叫住。

陳銘墨躊躇著。「過幾天就是你母親的忌日了，我……」

陳慕白有些不耐煩地轉身繼續往外走。「我自己會去看我媽，不勞您操心了。」

這麼多年，從陳慕白捧著顏素心的骨灰進陳家開始，他從來沒和陳銘墨一起去祭拜過他母親，他心底是怨恨他這個父親的吧？

孟宜年給陳銘墨添了杯水。

「三少爺剛才的話是真的吧？他似乎真的有捨棄陳家的打算。」

陳銘墨閉著眼睛，低語道：「真的也好，假的也罷，如果他真的狠到那個地步，才配當我陳銘墨的兒子。」

孟宜年看著陳銘墨手裡那塊手帕上星點的紅色，有些擔憂。

「您的身體……那份體檢報告怎麼說？」

陳銘墨的手指收緊，手帕被完完全全遮住，冷著臉直截了當地打斷他：「沒有什麼體檢報告。」

孟宜年緘默。他自然知道這其中的利害關係，陳家有一部分人希望陳銘墨倒，他倒了他們才有機會；另一部分人不希望陳銘墨倒，他不倒，還在那個位置上，陳家就依舊是那個萬眾矚目的陳家。都說陳家掌門人風光無限，可誰又知道人後的艱難與辛酸。

❄

陳慕白從書房出來之後，一路往外走，臉色越發沉鬱，他到底是大意了。他和顧九思的事情本來就是要掩人耳目的，沒想到陳銘墨這麼快就知道了。他捏著自己和顧九思的七寸，他也只能先和舒畫周旋，先安撫了陳銘墨再想別的辦法。

這些年他第一次有種力不從心的感覺。

陳慕白到了公司，在走廊上碰到姚映佳。自那晚他從公安局裡把她領出來之後，她每每看到他都是一副欲言又止的樣子。

陳慕白演技精湛目不斜視地穩穩走過，走廊另一邊的顧九思看到這一幕，站定，看了一會兒，同樣低頭走過。

顧九思回到位置上的時候，陳慕白辦公室的門虛掩著，她從門縫往裡瞄了一眼。陳慕白端著杯子站在落地窗前，不知道在幹什麼，久久都沒有動。

顧九思覺得陳慕白有些不對勁。平日裡從王府花園回來，他要麼因為氣到了陳銘墨而得意，要麼因為陳銘墨說了什麼而暴躁。眼前的他，太過深沉，讓她不安。她又往裡面仔細掃了一眼，還好，沒抽菸，說明情況不是太糟糕。

她還在想著什麼，就聽到腳步聲，一轉頭就看到衛林已經走近。

衛林看到顧九思盯著他看便解釋了一句：「陳總叫我來的。」

顧九思點了點頭，低頭去忙別的。

衛林是陳慕白從美國帶來的那個團隊裡資歷最老也是最穩重的一個，在工作上，陳慕白對他頗為倚重。兩個人談了一會兒，說到某項要點時，衛林很自然地說起：「這部分姚映佳最擅長，我讓她做好了直接拿給您看。」

陳慕白直接拒絕：「不用了，你親自做。」

衛林有些奇怪地看了陳慕白一眼。最近陳慕白幾乎把姚映佳手頭所有的工作都停了，她完全是閒人一個。

陳慕白繼續開口：「還有，我有個朋友的公司缺人，我打算讓姚映佳過去，你去和她談一下。」

衛林遲疑了下，還是問出口：「陳總，是姚映佳做錯什麼了嗎？」

作為團隊裡唯一的一個女孩，她的人緣還不錯。

陳慕白低頭在檔案上簽字，聲音裡不帶一絲波瀾。「按我的意思做就行了。」

衛林跟著陳慕白時間最長，也最了解他的脾氣。這個團隊是陳慕白親自從美國帶回來的，即便他平日裡作為「慕少」囂張到令人側目，可在公司裡的「陳總」大多數時間還是溫和明理的。衛林覺得他就是相貌太好、氣場太足，才讓人忽略了他的才華橫溢。

他和陳慕白相識在美國，他們這一行大多是少年成名，靠的是真本事。那個時候他不知道陳慕白背後有怎麼樣的一個家族，只知道這個年輕得有些過分、名氣大得有些過分的男人嗅覺靈敏，眼光精準，手段淩厲，是當之無愧的「鬼才」，所以才能成為S&L公司少見的亞洲籍高管，並且是最年輕的。這些年他的戰場轉到國內，名氣非但沒被人才輩出的年輕一代淹沒，反而越發地有了分量，不再是當初那個才情讓人驚豔的單薄少年，而是一步步地走上了讓人敬仰的高度。業內人士再提起他，說的不再是他的某一戰有多漂亮，而是他的戰略有多高明。

他還記得前段時間那本被業內奉為「金典」的雜誌，在採訪他時親切地稱他為「陳老師」，那家雜誌社裡多的是輕狂不羈的才子，一張嘴便能把人羞辱致死，鮮少有這麼謙遜的時候，可見今天的陳慕白當之無愧地配得上那句「鉛華盡染，恣意風流」，他的路會越走越寬。他雖比陳慕白年長，卻可以從陳慕白身上學到很多東西，這也是他拒絕多年誘惑、一直跟著陳慕白的原因。

衛林知道陳慕白既然這麼做自有道理，也就沒再多說，應下來便出了辦公室。

陳慕白知道衛林搞不定姚映佳，所以當姚映佳出現在他面前的時候，陳慕白一點兒都不意外。他之所以讓衛林去跟她說，不過是探探她的口風，看看她的態度。

他一向覺得女人很麻煩，當初他挑人的時候，本來就沒打算要姚映佳。

姚映佳雖說專業素質過硬，在業界小有名氣，可比她優秀的人多了去，只因HR例行公事地問起她最佩服的人時，她提到了顧九思。

這個世界上欣賞人的方式有兩種：一種是無時無刻掛在嘴邊，聒噪且膚淺；另一種是默默關注絕不打擾，沒人知道，只除了他自己。

所以是顧九思這三個字讓陳慕白鬼使神差地圈了姚映佳的名字。

好在這些年她也確實有些本事，沒出過什麼差錯，只是現在……

她沒有委屈也沒有憤怒，只是很平靜地問：「陳總，我到底做錯了什麼，你要趕我走？」

她自然知道是什麼原因，可她不提，陳慕白也樂得和她繞，極官方地給出答覆：「這個行業跳槽是很常見的事情，在一個地方待久了，很容易受限制，換個環境也許對自己有所提升，妳不要多想。妳到了那邊，待遇不會比在我這裡差。」

姚映佳深吸了口氣。「是因為上次的事情嗎？」

陳慕白嘴角噙著抹笑。「員工的私生活我沒興趣。」

姚映佳到底是沒忍住。「那就是因為陳靜康？那都是他一廂情願，和我沒有關係！」

陳慕白這才抬頭看向她，臉上依舊笑著。

「他一廂情願？姚映佳，妳當陳靜康是傻子，可我知道他不是。如果妳沒有跟他說什麼話、做什麼讓他誤會的事情，他不會是今天這個樣子。妳欲擒故縱也好，利用他也罷，都是我不能容忍的。妳這種橋段我見得太多，所以妳也用不著在我面前演了。」

姚映佳的臉色變了又變，半天都說不出一句話來。

陳慕白把一張名片遞過去。「我的手段妳是知道的，所以，別逼我出手。」

很快顧九思便看著姚映佳紅著眼睛從陳慕白的辦公室跑了出來。

沒過多久，顧九思又看到陳靜康探頭探腦地邁進了陳慕白的辦公室。她不由得嘆了口氣，這人來人往的，還真是熱鬧啊。

陳靜康把幾張紙推到陳慕白面前，陳慕白掃了一眼繼續看檔案。「什麼？」

陳靜康很是誠懇地看著他。「檢討，一萬字，手寫。」

可惜陳慕白連頭都沒抬，隨手推到一邊，極其敷衍地回答：「嗯，放這兒吧。」

陳靜康欲言又止，站了半天也沒憋出一句話。

陳慕白不耐煩地抬起頭。「還有別的事嗎？」

陳靜康立刻立正站好，有些驚恐地擺著手。「沒有了沒有了。」說完一溜煙地跑了。

可惜跑的路程有些短，跑了沒幾步直接停在顧九思的桌前不動了，可憐兮兮地看著她。

顧九思最擅長揣著明白裝糊塗，伸手虛轟了陳靜康一下。

「這位蘿蔔，你的坑不在這裡，請換個別的地方蹲。」

陳靜康站著沒動，繼續用他那楚楚可憐的小眼神荼毒顧九思。

其實陳靜康長得並不像陳方，陳方從身形到五官都很粗獷，而陳靜康更像是在江南的濛濛細雨中長大的，一張臉文弱秀氣，其實扔在人堆裡也是扎眼耐看的，只是因為上面有個相貌更出色的陳慕白，所以就沒有多少人注意他。

良久，顧九思嘆了口氣，一改剛才的胡扯，很正經地問：「小康子，你說，姚映佳喜歡你什麼？」

剩下的半句，她沒有問出口，也不忍心問出口。

她喜歡陳慕白你看不出來嗎？

有時候女孩子的一個眼神就可以暴露出自己的心思，更何況顧九思有雙火眼金睛。

陳靜康太單純，姚映佳這樣的女孩子不適合他。陳慕白讓她走，也是為了保護陳靜康。在這一點上，她是贊同陳慕白的。

陳靜康果然語塞。「……」

顧九思又問了一句：「那她喜不喜歡你，你總該確定吧？」

陳靜康忽然一臉落寞，輕聲開口：「我知道她不喜歡我。」

顧九思有些無語。「慕少要趕她走，她明明知道是因為什麼，卻找了你來說情；你明明知道她不喜歡你，你又何必自討苦吃？難道你已經卑微到被人利用也不在乎了嗎？」

陳靜康沒經歷過情事，可顧九思要讓他明白，愛情這場戲，一定要旗鼓相當才好看，任何一方太過卑微都不會長久。

「愛一個人本來就是卑微的，不是嗎？所謂的不願再卑微下去不過是不愛的藉口罷了。顧姊姊，妳不也這樣嗎？」

顧九思眉頭猛然一蹙，說不震驚那是假的，她從未想到有一天陳靜康竟然可以說出這樣的話來。是，陳靜康說得沒錯，她也是卑微的。她連陳靜康都不如，起碼陳靜康會想要試一試，可是她連試都不敢試。

顧九思很久才找回自己的聲音。

「你……什麼時候知道的？」

陳靜康早已悔得腸子都青了，語無倫次地急著解釋：「顧姊姊，我不是那個意思。我……我不是說妳，我是在說我自己……」

忽然一種無力和難堪湧上心頭，顧九思低下頭去不再看他。

「你先走吧，我會去和慕少說一說，至於結果我就不敢保證了。」

陳靜康總算有了點笑容。「妳去說少爺肯定會同意的！」

顧九思卻猛地抬起頭看著陳靜康，眼裡的銳利讓人心驚。「為什麼我去說，他就一定會同意？我是他什麼人？你憑什麼覺得我能影響他的決定？」

因為這幾句質問，一直到下班回家的路上，陳靜康都不敢看顧九思一眼。車也開得心不在焉，一進家門便鑽進廚房，美其名曰「幫忙」。

今天的陳慕白也格外安靜，吃飯的時候反常地沒有羞辱哪道蔬菜「長成這樣不如去死」，顧九思的一張臉也是面無表情，連最活潑的陳靜康都只知道低頭吃飯，陳方看著這三個人有些莫名其妙。

晚飯後，顧九思敲開書房的門，站在陳慕白面前低著頭。

「慕少，我知道這話我說僭越了。」

陳慕白一身黑衣坐在書桌後，看樣子應該坐了很久，雖然臉色不怎麼好看，可語氣卻很平和。「沒關係，妳說。」

顧九思猶豫了下。「姚映佳的事情，如果可以的話，還是讓她留在公司吧。」

陳慕白並沒有多問，點了點頭，簡單地回覆了一個字：「好。」

他的好說話讓顧九思很不適應，不由抬頭看過去，陳慕白垂著眼睛不知道在想什麼。

陳慕白之所以這麼好說話，是因為……接下來的一段時間裡，他要做的事情可能會傷害到她，他能做的。不過是她有什麼要求他盡量滿足。

良久，陳慕白回神，抬眸看著她，還笑了一下，溫和得不像話。

「怎麼了？」

顧九思有些不確定地問：「你是不是不舒服？」

陳慕白問完之後大概也猜到了什麼，又補充了一句：「我說過，妳可以提三個願望，我會盡量滿足。妳用了一個，還剩兩個。」

當日不過是兩個人插科打諢開玩笑，她從未當真，他也不是會當真的人。

所以顧九思覺得陳慕白是真的不對勁。

兩個人又各懷鬼胎地沉默半晌，顧九思開口：「那沒別的事，我就先出去了。」

陳慕白卻忽然叫住顧九思，眼神古怪，又有些躲閃，似乎想跟她說些什麼，卻又不知道從何說起。

顧九思有些奇怪。「有什麼事嗎？」

陳慕白躊躇半晌，終究只是搖搖頭。「沒有，妳出去吧。」

顧九思又深深地看了他一眼，實在是看不出什麼，轉身，離開。

❄

顏素心忌日那天，很應景地下了雨。冬季雨水本就少得可憐，可今天似乎一點兒都不吝嗇，淅淅瀝瀝地下個不停。

最近有些降溫，一下雨就更加陰冷了，顧九思還沒起床就感覺右手疼得厲害，噴了藥也沒感覺好些，直到陳靜康一臉彆扭地叫她出門。

顧九思再見陳靜康也有些尷尬，一副公事公辦的口吻道：「姚映佳的事情，我已經跟慕少說了，他也同意了，姚映佳可以留下。」說完便出了房間，留下一臉欲言又止的陳靜康。

顧九思這個人雖然淡漠，但大多數時間還是好相處的。她和陳慕白不同，陳慕白是寧可他負天下人，天下人不可負他，所以他從來都是主動傷人而避免受傷。而顧九思有條自己的底線，只要別觸碰到她的底線，她一般還是很好說話的。

倒不是說陳靜康得罪了顧九思，而是她一直隱瞞的心事忽然被人擺到檯面上，她一時有些接受不了。若是換了別人，她也是無所謂的，可偏偏是低頭不見抬頭見的陳靜康。她覺得自己每天在陳靜康面前轉，就像個會移動的笑話。

好在每年的這一天都因為這個特殊的意義而籠罩著一層低氣壓，所以也沒人覺察兩人的異常。天剛濛濛亮，陳慕白一行人就已經出發了。

陳慕白這個人對生活品質要求很高，首先就是睡眠。他睡不夠的時候脾氣會特別大，就算是睡醒了也會有起床氣，說白了就是矯情。可今天他醒得很早，也沒有任何起床氣的徵兆，一直很安靜，看不出任何情緒。

顏素心葬在一座山上的公共墓地。當初陳慕白帶著她的骨灰進門時，陳慕雲的母親尚在，便暫時尋了這裡先安葬下來。後來陳慕雲的母親沒了，陳銘墨提過幾次移到陳家墓園去，可是陳慕白都沒有答應。

他的原話是：「我母親生前從未進過陳家的門，死後就更加不會。」

陳銘墨罕見地沒有勉強。

可能時間太早，整個墓地除了他們，沒有別人。墓地的管理費十分高昂，所以服務也十分周到。墓碑前沒有一絲雜草和灰塵，墓碑也是乾乾淨淨的，連上面的照片都嶄新得如同昨天才貼上去一般。

墓碑上從頭到尾沒有出現一個陳字，連陳慕白的名字都是去姓只刻了「慕白」兩個字，似乎長眠於此的人想要和陳家徹底撇清關係，生前是如此，死後亦是如此。

陳慕白撐著傘站在墓碑前，一身黑衣，滿身寒意，連周圍的空氣都帶著肅殺和蕭索的意味。陳慕白每年的這一天都只是這麼站著看著墓碑，什麼都不說，什麼都不做，臉上也看不出悲傷，一站可以站一整天。

顧九思和陳靜康擺好了鮮花水果和糕點，便退到了一邊陪他站著。

後來墓地漸漸有了別的掃墓人，夾雜著雨聲不時傳來低聲的啜泣聲。

顧九思轉頭看了一眼聲音的來源，又回過頭看了眼陳慕白。她以前一直不明白陳慕白為什麼沒有表現出一絲一毫的傷心，可現在她忽然覺得他是真的悲傷了。真正難過的時候不會哭，連哭的力氣都沒有，也或許是沉醉在悲傷的世界裡，忘記了哭泣。

陳慕白和他母親在一起生活不過短短幾年，可顧九思看得出來，他和他母親感情很深厚，即便過了那麼多年，他似乎依舊不能放下，這就意味著當初他母親出事的時候，他有多難以接受。

顧九思抬眼去看墓碑上的那張照片，心頭也漸漸湧起一絲複雜的情緒。照片上的女人很年輕，眉宇間還帶著少女的雀躍。她當年見到的顏素心並不是照片上的模樣，那時候的顏素心已為人母，比照片上要溫柔內斂許多。

後來雨下得越來越大，陳方實在看不下去了便上前勸了一句：「少爺，避避雨吧，您這樣，夫人也不會安心的。」

不知道陳方是太冷還是身體不舒服，他說話的時候聲音有些發抖。

陳慕白點點頭，半晌才聲音嘶啞地開口：「你們去避一避吧，不用管我，我想和我媽單獨待會兒。」

陳方對顧九思和陳靜康使了個眼色，三個人誰也沒有多說什麼就走了。

三個人剛踏進休息室，顧九思的手機就響了。她看著螢幕上的那個名字嘆了口氣，走到窗邊接起來。

舒畫沒有寒暄的意思，開門見山地問：「顧姊姊，陳慕白為什麼不接電話？」

顧九思透過玻璃，看著雨簾中那道撐著黑傘孤單而立的模糊身影，聲音也沉了幾分。「今天是慕少母親的忌日，他心情不好，如果沒什麼急事的話，還是改天再找他吧。」

舒畫似乎有些沮喪。「為什麼上次見面之後，他都沒有找過我啊？」

顧九思不知道該怎麼回答這個問題，男女之間的事情她不懂，她也沒有義務去做什麼知心姊姊。陳銘墨交給她的任務她已經完成了，剩下的事情她也無能為力。儘管顧九思擺出了一大堆的道理來說服自己，可她沒有意識到這一切都是為了掩蓋她莫名的煩躁和牴觸。

舒畫沒有等到她的回覆，越發不依不饒。

「我應該主動找他呢，還是等著他來找我？女孩子太主動了，是不是不太好？」

顧九思輕蹙著眉，不冷不熱地回覆：「我不知道。」

不知道是顧九思克制得好，還是舒畫的心思沒在這上面，她根本沒意識到顧九思的不耐煩，自言自語了半天之後又問：「妳剛才說他心情不好啊，那我要不要過去陪他？」

他不需要人陪。人是個矛盾體，有的時候怕孤獨，所以想要人陪著；而有的時候又想不被打擾，安安靜靜地自己待著。

這是顧九思的第一反應，但她沒有說出口，只是很委婉地表達了這個意思：「可能不太方便。舒小姐，如果沒什麼別的事的話，我就先掛了，再見。」

耳邊還傳來舒畫的叫喊聲，顧九思卻已經切斷了通話。她終究不是個有耐心的人，即便偽裝得再好，也有破功的時候。

大雨沖刷之後終於放晴，出現的除了太陽，還有舒畫。

顧九思站在不遠處看著陳慕白。他站在逆光裡，金色的光線勾畫著他側臉的線條，他的臉一半隱在陰影裡，看不出什麼表情，可還是給人一種拒人於千里之外的感覺，即使陽光再燦爛，似乎也照不進他心裡去。

她還在出神，就感覺到肩膀被人不輕不重地拍了一下，她嚇了一跳立刻轉過身，然後便看到了舒畫的臉。

那張臉不再是之前沒心沒肺的笑，而是帶著一種若有似無的挑釁。

「我打電話問了陳伯伯，陳伯伯說讓我來看看他。」

舒畫的意思，顧九思聽明白了。既然是陳銘墨的意思，她當然不會說什麼，只是輕聲地「嗯」了一聲。

顧九思的反應顯然沒達到舒畫的心理預期，她的臉色瞬間就變了，顧九思只當沒看到。

顧九思從來都不是卑躬屈膝的人，她的東家是陳家，不是舒家，即便陳家要和舒家聯姻，她也沒必要看舒畫的臉色。想讓她看，可以，妳先嫁進來，成了陳家的人，她自會做她該做的，只是目前別怪她非暴力不合作。

陳方和陳靜康覺察到這邊的氣氛有些不對，陳靜康幾乎是下一秒就跑了過來，站在顧九思身前，有些敵意地看著舒畫。「舒小姐有什麼事嗎？」

說實話，顧九思有點感動，即便她和陳靜康之間有些不愉快，可陳靜康還是在第一時間跑過來護著她，怕她被人欺負。

陳慕白也注意到了這邊的動靜，揚著聲音叫了一聲：「顧九思！」

顧九思也不想和舒畫起衝突，拽了陳靜康的衣袖一下，示意他別衝動，便往陳慕白的方向走。

舒畫看到陳慕白只叫顧九思，沒有叫她，有些不滿，卻也掛著笑容走過去，把手裡的花放在墓碑前，溫溫柔柔地開口：「我聽說今天是你媽媽的忌日，便過來祭拜一下。」

陳慕白別有深意地看了顧九思一眼，然後才禮貌而疏離地回答：「謝謝。」

顧九思看到陳慕白看她，就知道他又誤會了，他肯定以為舒畫是她給招來的，一時間心裡有些煩躁。

舒畫看著墓碑上的照片。「你媽媽長得真漂亮，你比較像你媽媽。」

陳慕白心不在焉地應了一聲。

可舒畫看了顧九思一眼後，忽然問陳慕白：「陳伯伯一輩子有那麼多女人，你說他最愛的是誰？」

顧九思立刻皺眉。

這個舒家大小姐真是被寵壞了，這麼不上道，這種問題是可以隨便亂問的嗎？

果然陳慕白的臉色變了變，也不接話。

舒畫是個不會看人臉色的人，接著說出自己的想法：「我覺得肯定是董家小姐，因為她是陳伯伯明媒正娶的妻子啊。」

舒畫說這話是為了擠對顧九思，想證明自己是多麼名正言順，可聽在顧九思和陳慕白耳中卻又是別的意思了。

舒畫的話一出，陳慕白和顧九思臉上皆是不屑的笑。這裡面的水有多深，內幕有多黑，常人根本無法想像。他們都明白，舒畫口中的「最愛」有多可笑，不過是利益交換，看誰吞得下誰。

由於陳慕白不接話，氣氛一時有些尷尬，顧九思也不願圓場，任由舒畫難堪。

顧九思只是表面看起來柔弱可欺，但她也認為自己不是任人欺壓、以德報怨的聖母。這些年在陳家，但凡不明真相招惹了她的人，都被她不動聲色地收拾了個遍。她之所以對舒畫容忍，只是覺得她心眼並不壞，是小孩心性，她沒必要斤斤計較，畢竟她也是大家族走出來的，不會那麼小家子氣。她父親除了教她賭術之外，也教過她什麼是大度和涵養。

只是經過這次，舒畫對她的敵意，怕是越積越深了。

陳方是個人精，看著三個人半天都沒說話，便走了過來，看似著急地提醒陳慕白：「少爺，時間差不多該走了，那邊還有人等著呢。」

陳慕白也配合，點點頭，對舒畫說：「辛苦舒小姐跑了一趟，我還有事，就先告辭了。」

舒畫勉強地扯出抹笑。「不用那麼客氣，叫我舒畫就行了。」

陳慕白嘴角噙了抹淡淡的笑，沒說行也沒說不行，點頭致意後頭也不回地走了。

其實並沒有人等他，不過他們確實該下山了。顏素心的故鄉有放河燈悼念逝去親人的習俗，所以每年的今天，陳慕白都會到水邊放河燈。

天將黑不黑的時候，荷花狀的燈因為燭火的點燃而泛著朦朧的微光。盞盞河燈順流而下，河面上一片亮堂堂的。每一盞燈都是陳慕白親自點了，親自放到水中，他的眉眼在微微泛紅的燭光中帶著別樣的鄭重。

他越是沉默，顧九思越是揪心。陳慕白沉默，是因為心中不平靜。

其實每年這個時候，陳慕白都會消沉一陣子，往年顧九思也不覺得有什麼，只是今年她看到陳慕白這個樣子，心裡有些說不出的難受。

顧九思躊躇半天，走到陳慕白身後，輕聲叫他：「慕少。」

陳慕白一手拿著河燈，一手拿著打火機，似乎是剛剛點燃還沒來得及放入水中，轉頭看著她，眉目沉靜。

現在的陳慕白冷漠麻木，似乎對什麼都無所謂。顧九思在他的注視下，之前準備了半天的說辭，此刻卻一個字都說不出口，無措了半晌才開口：「我從來沒見過我媽媽，連她長什麼樣子都不知道，你是幸福的，至少還有那麼多回憶。所以，你不要傷心。」

等了那麼多年，終於有個人跟他說，你不要傷心。陳慕白靜靜地看著她，她的臉在燭火的映襯下，有些緊張，有些不安，還有些……不忍。

顧九思並不知道這句話對陳慕白而言意味著什麼，她只知道自己的話有多無力，沒有人會因為別人的一句「你不要傷心」就真的不再傷心。良久沒有得到回應，她有些沮喪地剛想走開就聽到陳慕白的聲音。

「怎麼會……妳怎麼會沒見過妳媽媽……」

他低頭看著手裡的河燈，聲音輕緩而低沉，似乎是在問她，又似乎是在自言自語。

母親這個詞對顧九思而言僅僅是個詞而已，沒有任何感情，她也願意說一說轉移一下陳慕白的注意力。「打從我記事起，我就知道我只有父親，沒有母親，我連她是誰都不知道。」

「妳沒問過妳父親？」

顧九思搖搖頭。

「我知道他不會說，索性就不問了。」

又是長久的沉默，陳慕白忽然叫她的名字：「顧九思。」

「嗯？」

「妳讓我找的人……我一直找不到。」

他皺著眉，聲音裡帶著不易覺察的懊惱。

「我知道。」顧九思笑了一下。上次孟宜年去了，父親如今在不在美國她都不能確定了，又哪裡找得到？她終於找到機會鼓起勇氣解釋，「今天……舒畫不是我叫來的。」

陳慕白卻忽然一顫，燈裡的蠟燭歪倒，把紙燈點燃，他迅速扔到一邊卻還是被燙了一下，痛覺從指尖一直蔓延到心裡。

顧九思一向懶得向別人解釋什麼的，這些年無論是不是她做的，她都由著他誤會。她此刻卻主動跟他解釋，一種異樣的情緒在他心底悄悄蔓延開來。

10

贈你一場空歡喜

陳慕白忽然開始煩躁，開始惱怒，沒有人告訴過他，男女之間的相處竟然會有如此患得患失的時候。

第二天是週末，顧九思剛吃過午飯就接到舒畫的電話。

她聽著舒畫在電話那頭貌似興高采烈地說著什麼，心思卻早已飄遠，實在摸不準舒畫為什麼要請她喝下午茶。

「舒小姐有事可以在電話裡說，喝茶就不用了吧。」

經過昨天那一齣，她們不是應該相見不相聞嗎？舒畫不是應該待在家裡計畫著嫁到陳家以後怎麼虐她嗎？昨天還是一副分外眼紅的模樣，今天就又是一齣姊妹情深的戲碼，如此反覆她想幹什麼？

舒畫的態度忽然變了，有些輕蔑地笑著。「我勸妳啊，還是去吧。」

顧九思走到窗前。「如果我不去呢？」

舒畫一副志得意滿的樣子。

「我會打電話給陳伯伯，既然我請不動妳，總有人請得動吧？」

顧九思閉上眼睛，認命地回答：「好，我去。」

掛了電話一轉身，她就看到陳靜康一臉糾結地站在她身後。

「妳幹什麼？」陳靜康撓著腦袋，「是舒畫嗎？」

顧九思好整以暇地靠在窗邊看著他，很配合地回答問題：「是。」

「顧姊姊，妳不要去。」

看來他聽了有一會兒。陳靜康的反應有些好笑，顧九思確實笑了起來。「怎麼了？」

他抿著唇很肯定地回答：「我覺得那個舒畫不是什麼好人，妳會吃虧。」

顧九思半真半假地開著玩笑：

「這才幾天你就會看人了？我看姚映佳還不像什麼好人呢。」

「……」陳靜康一下子就卡住了。

「逗你的！」她主動說出來就表示沒什麼了，拍拍陳靜康的肩膀，「我走了。」

她也想去看看舒畫這麼執著非要她去是什麼目的。

❄

顧九思到了約好的地點，剛坐下就有服務員過來上甜點和熱飲，滿滿當當地擺了一桌子。顧九思也不阻攔，上齊之後服務員才解釋：「這些都是舒小姐點的，請慢用。」

顧九思對這些沒興趣，又坐了會兒，低頭看了眼時間，再抬起頭時就看到有人走過來。不是舒畫，而是段景熙。

顧九思明顯看到段景熙臉上閃過一絲驚訝，有一種意料之中被坑了的感覺。

果然段景熙一坐下就開口問：「妳怎麼也在？我以為只有舒畫那丫頭的。」

顧九思很是從容地回答：「嗯，沒有舒畫，只有我。」

段景熙有些疑惑。「是妳找我？」

顧九思搖搖頭。「她約了我，結果是你來了。」

段景熙皺了皺眉。「她這是……我給她打電話。」

顧九思象徵性地建議了一下：「別打了，她大概不會接。」

段景熙收回了手機，大概是顧九思太平靜了讓他有些好奇。「妳不生氣嗎？」

顧九思懶懶地喝了口咖啡，輕描淡寫地回答：「生氣啊，可是沒辦法啊，誰讓她是舒家大小姐，我得忍著啊。」

段景熙被她逗笑。「這丫頭太胡鬧了，我代她給妳道歉。」

不遠處傳來兩個人的腳步聲，最後腳步在他們隔壁桌停下，時間拿捏得剛剛好。

良久，顧九思忽然抬頭看著他，莞爾一笑。

「段王爺，你有沒有發現，從我們第一次見面，你就一直在替舒畫給我道歉。」

今天的顧九思氣場太強，讓段景熙不得不重新開始審視這個女人。儘管他沒問過，她亦不會承認，可是，眉宇間的氣度是騙不了人的。賭王的女兒就是賭王的女兒。

段景熙攪動著咖啡。「很久沒見了，最近忙嗎？」

顧九思骨子裡還是大氣的，既然舒畫設了局，她也只能既來之則安之。

「我再忙也不能和段王爺比啊。」

段景熙笑了一下，這個男人依舊溫和從容。「我這段時間是有些忙。」

「在新聞裡看到了，段王爺的風采讓人移不開眼啊。」

「真的？也包括妳嗎？」

段景熙不輕不重地開了個玩笑，所謂大招無形，顧九思笑了一下之後果然收斂了。

「我們見也見過了，下午茶也喝了，我想舒小姐想要的效果大概也達到了，我是不是可以走了？」

段景熙點點頭，很鄭重地許諾：「這件事我會問清楚，一定給妳一個解釋。」

顧九思並不在意什麼解釋，敷衍地點了下頭，兩人一前一後走了出去。

咖啡廳裡桌與桌之間隔著屏風和盆栽，顧九思和段景熙的對話坐在隔壁桌的人可以聽得一清二楚。

兩人離開之後，陳銘墨深深地看了陳慕白一眼，此刻的陳慕白正拿著勺子努力去挑一塊蛋糕上的水果，挑到了也不吃，扔到碟子上，然後再去破壞下一塊蛋糕，直到幾塊蛋糕都被他蹂躪得一片狼藉之後，才放下勺子笑著看向陳銘墨。

「您特意設了這個局叫我來看戲，真是煞費苦心了。」

陳慕白的心思越來越深沉，連陳銘墨都有些拿不準他的喜怒。

「我上次跟你說的事情，你還記得吧，顧九思和段景熙認識有一段時間了。這位段王爺似乎對她不太一般，我想把顧九思放到段景熙身邊去，你看可行嗎？」

陳慕白慢條斯理地回答：「我記得我們上次已經達成共識了。」

陳銘墨瞥了他一眼。「我們達成共識的前提是你要善待舒畫，可是你並沒有。」

陳慕白冷哼了一聲，嘲諷的意味頗濃。

「喲，這黑狀告得夠快的，我做什麼了嗎？我覺得我沒做什麼啊。」

最近陳銘墨的耐心似乎不太好。

「就是因為你什麼都沒做，不要再拖延時間來糊弄我！」

其實陳慕白的耐心也快沒了，可他知道自己此刻不能和陳銘墨翻臉，否則就是害了顧九思。他本來是打算和舒畫逢場作戲先安撫了陳銘墨再說，可是那天她站在河邊跟他解釋舒畫不是她叫來的，或許是不習慣向別人解釋什麼，那張總是波瀾不驚的臉上帶著淡淡的窘迫，解釋完之後還滿是擔心地看著他，似乎是怕他不相信。

他了解顧九思，所以才知道她做出這樣的事有多可貴，這才讓他下不去手。

陳慕白深深吐出口氣。「我們各讓一步，你想和段家搭上關係，緩一緩我會想別的辦法，但是和舒畫聯姻……不行。」

陳銘墨直截了當地拒絕：「我等不了了，你和舒畫悔婚，顧九思留在你身邊，你只能選一個。」

你是趕著去死嗎？

換作平時，口無遮攔的陳慕白一定會微笑著說出來質問陳銘墨，把他氣到吐血。可是現在，他看了眼陳銘墨沒有血色的臉，還是有些忌諱，忍了忍，皺著眉把那句話嚥了下去。

父子倆的下午茶鬧得不歡而散，陳慕白回去的時候臉色相當難看。

雖然知道陳銘墨是故意挑撥離間，可他還是很生氣，除了生氣還有些許恐慌。

他不知道顧九思和段景熙已經認識，不知道他們在什麼時候、什麼地方、什麼情形下相識。是偶遇還是刻意安排？她是坦然接受還是逢場作戲？他有那麼多的不確定，卻問不出口。

顧九思在他身邊多年，他每天都可以看見她，一叫她的名字，她很快就會出現在他面前。他實在難以想像當他再次稀鬆平常地叫「顧九思」三個字而沒有任何回應的時候，他心底會不會有失落。

陳慕白忽然開始煩躁，開始惱怒，沒有人告訴過他男女之間的相處竟然會有如此患得患失的時候。從小到大，所有的事情都在他的掌控範圍內，此刻的他竟然有種即將失控的恐慌。

一連幾天，陳慕白都頂著一張「無法顯示該頁面」的臉，出現的地方都會出現局部低氣壓，每天晚上都能聽到他在書房裡打電話時傳出來的爭吵聲。

即便是對顧九思也是如此。

顧九思坐在客廳裡垂著眼睛，光滑的大理石地面上映出模糊的輪廓。前幾天在山中溫泉莊裡，他還溫暖沉靜，此刻卻又變得冷漠凌厲。前些日子是她的錯覺，還是他本就這般喜怒無常？

又過了幾天，陳慕白開始和舒畫同進同出，所有人都知道慕少身邊的位置有了固定人選，舒家大小姐的名頭一時無二。

顧九思並沒有什麼，可陳靜康似乎對她很不放心，整天裡有事沒事地跟著她。

最後顧九思很無奈地站在公司走廊無人的角落裡問他：「你想幹什麼？」

陳靜康也很為難。「少爺和那個舒家小姐……」

顧九思一臉坦蕩，想和他一次性說清楚。

「我在陳家那麼多年，知道什麼是現實，所以我從來都沒想過和陳慕白有什麼。我怎麼想是我的事，和他無關，所以即便他以後會娶別人，我也不會有什麼想不開。我不想讓別人傷我的時候沒有任何人傷得了我，所以你不要再跟著我了。」

顧九思說完三個「所以」之後，陳靜康的表情忽然變得有些尷尬，擠眉弄眼了半天，看著顧九思身後唯唯諾諾地叫了一聲：「少爺……」

顧九思壓根就沒敢回頭去看陳慕白的表情，僵在原地，聽著腳步聲感覺到他走近，略一停頓，然後走遠。

她和陳靜康大眼瞪小眼半天。「陳靜康，你八字太硬，以後離我遠一點。」

❄

舒畫最近來公司越來越頻繁，當天下午她再次坐在陳慕白的辦公室裡，忽然對拿著檔案等陳慕白簽字的顧九思開口：「前幾天和我舅舅的下午茶，還吃得開心嗎？」

顧九思沒有回答，她眼角餘光瞟了眼陳慕白，陳慕白正在簽字的手頓都沒頓，面無表情地闔上資料夾遞給顧九思。讓陳慕白誤會她和段景熙，這是她的目的？

舒畫並沒有多作糾纏，頤指氣使地開口：「妳幫我倒杯水吧。」

「水太熱了，我想喝涼的。」

「這水太涼了，我想喝溫的。」

顧九思一杯一杯地倒，舒畫一杯一杯地挑剌。

舒畫偷偷地瞄了陳慕白一眼，陳慕白正在看著資料，似乎正看到關鍵處，沒注意到這邊，輕輕地皺著眉，她心裡竊喜。

當舒畫打算再次讓顧九思重新倒一杯時，陳慕白搶在她前面開了口：「顧九思，幫我倒杯茶。」

顧九思倒了茶遞給陳慕白，可他才抿了一口就推到一邊，冷著臉開始罵人：「這是什麼，妳怎麼現在連杯茶都不會泡了？出去，好好反省反省！」說完不耐煩地把顧九思趕了出去，外面圍了一群看熱鬧的人，不明所以，只當顧九思被罵了。

舒畫同樣不明所以地暗自得意。

陳慕白為了舒畫當眾訓斥了顧九思的事情很快傳開。這些年，陳慕白幾乎沒怎麼當眾對顧九思說過重話，一時間舒畫在眾人心目中的地位又提升了一個檔次，紛紛猜測著陳、舒兩家的好事將近了。

顧九思自認不是受不得委屈的人，更何況她現在腹痛難忍，沒有心思去管那些。早上出門的時候她就感覺到不對勁，後來忙起來了也沒覺得有什麼，就在剛才幫舒畫倒水的時候忽然疼得厲害。

陳慕白和舒畫前腳踏出公司，顧九思後腳就回了家休息。

當天晚上，陳慕白往家裡打電話，陳方接的。

「我喝了酒開不了車，讓顧九思來接我。」

陳方猶豫了下，往沙發上看了一眼。「九思好像不太舒服，要不讓靜康去接您吧！」

陳慕白漫不經心地搖著手裡的酒杯，果汁在晶瑩剔透的杯中搖曳，他一口回絕了：

「不行，就讓她來接。」

說完便掛了電話。

舒畫在一旁看了陳慕白良久，他明明沒有喝酒。半晌，她主動開口：「要不我讓家裡的司機來接我們吧。」

陳慕白沒接話，眼睛直直地盯著酒杯，似乎在出神。

陳慕白對於顧九思的反應倒是覺得新奇。在他眼裡，顧九思就是個沒脾氣、沒感情的泥娃娃，以往他訓了她，她從來不會有任何賭氣的情緒，淡定，冷漠，無所謂。別的女孩子受了委屈從來不是她那個樣子，別說哭了，有了高興的事情也從來不見她會像別的女孩子一樣開開心心地笑。

這次……竟然推諉?!她這是……在使小性子？

因為他今天罵了她？他罵她是為了什麼她難道看不出來嗎？難道她想給舒畫一杯接一杯地倒水？該生氣的人是他好嗎？什麼叫「我從來都沒想過和陳慕白有什麼」？現在知道叫他陳慕白了？慕少慕少的她不是叫得挺開心的嗎？

舒畫只覺得往日裡讓她癡迷的那張臉忽然有些刺眼。

斜飛入鬢的雙眸莫名地孤高冷傲，下巴的線條格外鋒利，緊緊抿著唇，捏著酒杯的手指在無意識地收緊，有些委屈？有些迷茫？有些惱怒？她說什麼他似乎根本沒聽到，總之，很詭異。

就在舒畫滿臉尷尬準備收回視線時，陳慕白才開口，簡單明瞭的兩個字很是敷衍：

「不用。」

舒畫尷尬地笑了笑。

陳方放下電話，看了眼在沙發上坐著睡著了的顧九思，有些不忍心卻還是叫醒了她。

顧九思的臉色不太好看，睜開眼睛的時候眼底還閃過幾分痛楚，聽了陳方的話之後有些為難，但還是點點頭，慢慢站起來穿衣服。

陳方有些不放心。「怎麼吃了藥也不見退燒啊？」

顧九思勉強笑了一下。「沒關係，已經好些了。再說也沒有多遠，我去去就回。」說完拿上鑰匙就走了。

陳方看著顧九思的背影，問陳靜康：「聽說少爺又罵她了？」

由於顧九思今天沒下班就回來了，還一副萎靡不振的樣子，在別人眼裡大概成了賭氣。陳方可以感覺得到，兩個人從山裡回來之後，關係緩和了很多，陳慕白也溫和了許多，這次又是因為什麼？

陳靜康最近因為舒畫對陳慕白很不滿意，很傲嬌地回了句：「誰知道呢？」

陳方瞪他一眼。「你這孩子，怎麼說話的？」

陳靜康看著陳方欲言又止了半天，最後煩躁地做了幾個深呼吸，一轉身去了別處發洩。

❄

顧九思到的時候，陳慕白和舒畫已經在門口等了一會兒，陳慕白臉上看不出什麼，舒畫卻是一臉不耐煩。「妳怎麼那麼慢啊？還要我們等妳！」

顧九思實在沒精力和她糾纏，沉默不語。

她雖然垂著眼睛，下巴卻微微揚起，看上去是恭敬的，卻讓人莫名產生一種被看不起的感覺。

舒畫果然暴跳如雷，轉身看向陳慕白。「你看你手底下的人，一點兒規矩都沒有！」

天氣已經漸漸轉暖，陳慕白一身休閒裝站在風裡，眼睛看著馬路對面的看板，不鹹不淡地回了她一句：「我的人懂不懂規矩，我自己會教，就不勞舒小姐費心了。舒小姐家裡應該有很多人等著被教，別累著了。」

舒畫最近也很苦惱，陳慕白對她總是陰晴不定，有些時候好像對她很好，而有的時候又好像很不耐煩，就像現在。她哪裡知道陳慕白是迫於陳銘墨的威脅而不得不和她周旋，卻也一冷一熱的，存心不讓她好過。

「我不是那個意思，我是說……」舒畫說著想要去挽陳慕白的手臂。

陳慕白不動聲色地躲開，然後揚了揚下巴。「你們家司機等了半天了，妳快回去吧。她到了，妳也不用陪我了。我看著妳走，快走吧。」

舒畫看他一副巴不得自己快點走的樣子，有些生氣，什麼都沒說便往自家車的方向走。

舒畫走遠了幾步之後，大概聽不到這邊說話了，陳慕白才往前微微傾著身子，有些好笑地盯著顧九思。「九小姐可還滿意？」

顧九思被他看得有些心虛，別開眼睛看向別處。她承認她是故意的，以舒畫的情商她可以很容易地引導她說出自己想讓她說的話，而這種話很容易踩到陳慕白的痛腳。

陳慕白看了半晌忽然直起身體，向顧九思伸出手。「給我。」

顧九思奇怪地看著他。「什麼？」

「鑰匙啊！發燒了還開車，我不想英年早逝。」

顧九思不知道他是怎麼看出自己發燒的，可是他來開車也不安全啊。

「你不是喝酒了嗎？」

陳慕白輕咳一聲，避重就輕地說：「查酒駕的不敢攔這車。」

顧九思腦子裡昏昏沉沉的，權衡了下，還是把鑰匙遞給了陳慕白。

舒畫上車前有些不死心，轉頭看了一眼，陳慕白伸著手好像在問顧九思要什麼，顧九思猶豫了下遞給他，兩人的手有自然而短暫的接觸，她並沒有看到陳慕白有任何不適的反應。

陳慕白的潔癖不是假的，她和他接觸的這段時間，已經深刻地體會到了。他的東西別人碰過他就不會再動，最厭惡別人觸碰他的身體，即便隔著衣服都不行。可是，剛才……那又是什麼情況？

司機催了她一聲，舒畫才回神，帶著疑問上了車。

陳慕白邊開車邊狀似無意地瞟了顧九思一眼。「妳身體怎麼那麼差，又發燒。」

顧九思並沒有回答，陳慕白安靜了半天，再次開口：「妳和段景熙認識多久了？妳想讓他幫你查你父親的事還是——」

顧九思正低頭忍著痛，陳慕白還沒說完她忽然抬起頭打斷他：「我有點想吐。」

陳慕白以為她在轉移話題，皺著眉看了她一眼，然後愣住，極快地掃了眼後視鏡靠邊停了車。

剛停下顧九思就推門下了車，扶著路邊的樹吐了起來。

陳慕白邊給她遞水遞紙，邊替她攏著頭髮。「我說，我開車技術沒那麼差吧？」

顧九思知道他有潔癖，她吐出來的東西實在不怎麼好看，便往他的方向揮了揮手，勉強開口：「你站遠點。」

下一秒指尖便被握住，顧九思渾身一僵，站直身子，陳慕白扶了她一把。

「妳這是怎麼了？送妳去醫院吧。」

顧九思一聽到「醫院」兩個字就想吐。「不去不去，我回去睡一覺就好了。」說完似乎怕他不相信，抬起頭一臉清明地看著陳慕白，字正腔圓地解釋，「我就是頭疼，你一會兒開慢點就沒事了。」

陳慕白看了幾秒鐘。顧九思的身體一直有些虛，經常發燒，看她這麼說他也就信了。

「那上車吧。」

兩個人剛進門，陳靜康就過來告訴陳慕白有人在書房等他。

陳慕白點點頭，上樓前看了顧九思一眼，然後囑咐陳靜康：「你看著她點，一會兒還不退燒的話，就叫楊醫生過來看看。」

陳靜康很樂意地點點頭，那歡快程度讓陳慕白有些不適。

舒畫從車上下來的時候，就看到段景熙站在門口等著她。

舒畫很心虛，一臉諂媚地笑著跑過去，很親熱地叫了一聲：「小舅舅！怎麼不進去坐啊？」

段景熙不為所動。「我就不問妳了，妳自己說。」

舒畫的笑容僵在臉上，然後慢慢消失，聲音也低了下去。「是陳伯伯讓我那麼做的。」

段景熙看她一眼。「他為什麼要這麼做？」

舒畫低著頭。「我也不知道，他怎麼想的，我怎麼會知道呢？」

段景熙眼底帶著審視看著她不說話。

舒畫受不了頭頂的壓力，終於抬起頭來。「哎呀，我說就是了，就是想讓陳慕白知道你和顧九思早就認識，反正顧九思吃裡扒外的名聲也不是一天兩天了，再搭上你也沒什麼奇怪的。這樣陳慕白自然會討厭她，她在陳家就沒有立足之地了。」

段景熙沉默了半天，才面無表情地問：「就是說，我被妳當槍使了？」

舒畫被段景熙的樣子嚇到了，睜大眼睛看著他不知道怎麼回答。從小到大，在她的印象裡段景熙一直很溫和，對她一直很寵溺，她不明白一直疼她的舅舅為什麼會那麼生氣。

她不知道段景熙不是為自己，而是為顧九思。

過了半晌，段景熙再次開口：「舒畫，這是第一次，也是最後一次，我希望妳真的分得清什麼是親，什麼是疏。一個女孩子的見識很重要，見得多了，自然心胸豁達，視野寬廣，這會影響到妳對很多事情的看法，所以妳父母才願意讓妳跟著我。這些年妳見識得越來越多，可我沒覺得妳的心胸怎麼豁達，反而不該學的都學了個遍。有的時候，女孩子心眼太多，並不討喜。」說完轉身走了。

舒畫不服氣，在他身後大嚷大叫：「那顧九思呢？她滿肚子的心計，根本就不是什麼好人！為什麼還有那麼多人喜歡她？」

段景熙聽到這句話停住腳步。

「這世上哪有什麼好人，只是壞的程度、壞的地方不一樣罷了。」

段景熙知道這話舒畫不會懂，他解釋了她也不會聽，她再也不是那個乖巧聽話的小姑娘，於是索性走了。

❄

陳慕白從書房出來的時候已經快十一點了，他下了樓想找陳靜康，問問顧九思的情況卻沒找到人，只能自己去看。他走到顧九思的房門前，敲了敲門，沒人應，他試著按了下門把手，沒鎖，他便推開門站在門口往裡看。

顧九思和衣躺在床上背對著他，連鞋子都沒脫，好像已經睡著了。他又關了門，轉身去了書房。

陳慕白在書房裡看了幾頁檔案以後覺得有些不對勁，又起身來到顧九思的房間。他走到床的另一側，站在顧九思的面前，低頭看著她。她臉色蒼白，緊緊皺著眉，額頭上的碎髮已經讓汗水打溼，掀開被子，她的左手緊緊按在腹部。

「顧九思，顧九思！」他叫了幾聲沒有反應，又去搖她的身體，依舊沒有反應。他這才知道出了事，橫抱起她一邊往外走一邊叫人。「陳靜康，去開車！」

陳靜康聽到聲音迷迷糊糊地從房間出來，愣了一下，飛奔出去開車。

陳慕白抱著顧九思坐進車裡，抬手摸了摸她的額頭，很燙，已經昏迷的她還是緊緊按著腹部，陳慕白的手不自覺地也覆了上去。他憑著直覺想她應該是肚子疼，發燒怎麼會肚子疼呢？

電光石火間，陳慕白想到，她不是因為發燒而肚子疼，而是肚子疼才會發燒。

陳靜康知道陳慕白不理他肯定生氣了，從後視鏡看了他一眼，主動認錯：

「少爺，我錯了。」

陳慕白現在沒心情罵他。

「我讓你看著她，你怎麼看的？別說了，以後再收拾你，開快點！」

〈未完待續〉

國家圖書館出版品預行編目資料

君子有九思 / 東奔西顧著. -- 初版. -- 臺北市 : 春光, 城邦文化出版 : 家庭傳媒城邦分公司發行, 民109.05
冊 ; 公分
ISBN 978-957-9439-94-7 (上冊 : 平裝).

857.7 109005311

君子有九思（上）

原著書名／君子有九思
作　　者／東奔西顧
企畫選書人／何寧
責任編輯／何寧

版權行政暨數位業務專員／陳玉鈴
資深版權專員／許儀盈
行銷企畫／陳姿億
行銷業務經理／李振東
副總編輯／王雪莉
發行人／何飛鵬
法律顧問／元禾法律事務所　王子文律師
出　　版／春光出版
台北市 104 中山區民生東路二段 141 號 8 樓
電話：(02) 2500-7008　傳真：(02) 2502-7676
部落格：http://stareast.pixnet.net/blog E-mail：stareast_service@cite.com.tw
發　　行／英屬蓋曼群島商家庭傳媒股份有限公司城邦分公司
台北市中山區民生東路二段 141 號11 樓
書虫客服服務專線：(02) 2500-7718 / (02) 2500-7719
24小時傳真服務：(02) 2500-1990 / (02) 2500-1991
服務時間：週一至週五上午9:30～12:00，下午13:30～17:00
郵撥帳號：19863813　戶名：書虫股份有限公司
讀者服務信箱E-mail: service@readingclub.com.tw
歡迎光臨城邦讀書花園 網址：www.cite.com.tw
香港發行所／城邦（香港）出版集團有限公司
香港灣仔駱克道 193 號東超商業中心 1 樓
電話：(852) 2508-6231　傳真：(852) 2578-9337
E-mail : hkcite@biznetvigator.com
馬新發行所／城邦（馬新）出版集團　Cite(M)Sdn. Bhd
41, Jalan Radin Anum, Bandar Baru Sri Petaling,
57000 Kuala Lumpur, Malaysia.
Tel: (603) 90578822 Fax:(603) 90576622 E-mail:cite@cite.com.my

封面設計／謝佳穎
內頁排版／極翔企業有限公司
印　　刷／高典印刷有限公司

■ 2020 年 (民 109) 5 月 28 日初版一刷
■ 2021 年 (民 110) 10 月 6 日初版 1.7 刷
Printed in Taiwan

售價／330元

城邦讀書花園
www.cite.com.tw

ISBN　978-957-9439-94-7

廣 告 回 函
北區郵政管理登記證
台北廣字第000791號
郵資已付，免貼郵票

104 台北市民生東路二段 141 號 11 樓

英屬蓋曼群島商家庭傳媒股份有限公司

城邦分公司

請沿虛線對折，謝謝！

愛情・生活・心靈

閱讀春光，生命從此神采飛揚

春光出版

書號： OF0070　　書名：君子有九思（上）

請於此處用膠水黏貼

讀者回函卡

謝謝您購買我們出版的書籍！請費心填寫此回函卡，我們將不定期寄上城邦集團最新的出版訊息。

姓名：______________________________

性別：☐男　☐女

生日：西元__________年__________月__________日

地址：______________________________

聯絡電話：__________________ 傳真：__________________

E-mail：______________________________

職業：☐ 1. 學生 ☐ 2. 軍公教 ☐ 3. 服務 ☐ 4. 金融 ☐ 5. 製造 ☐ 6. 資訊
☐ 7. 傳播 ☐ 8. 自由業 ☐ 9. 農漁牧 ☐ 10. 家管 ☐ 11. 退休
☐ 12. 其他 ______________________________

您從何種方式得知本書消息？

☐ 1. 書店 ☐ 2. 網路 ☐ 3. 報紙 ☐ 4. 雜誌 ☐ 5. 廣播 ☐ 6. 電視
☐ 7. 親友推薦 ☐ 8. 其他 ______________________________

您通常以何種方式購書？

☐ 1. 書店 ☐ 2. 網路 ☐ 3. 傳真訂購 ☐ 4. 郵局畫撥 ☐ 5. 其他 ______

您喜歡閱讀哪些類別的書籍？

☐ 1. 財經商業 ☐ 2. 自然科學 ☐ 3. 歷史 ☐ 4. 法律 ☐ 5. 文學
☐ 6. 休閒旅遊 ☐ 7. 小說 ☐ 8. 人物傳記 ☐ 9. 生活、勵志
☐ 10. 其他 ______________________________

為提供訂購、行銷、客戶管理或其他合於營業登記項目或章程所定業務之目的，英屬蓋曼群島商家庭傳媒（股）公司城邦分公司，於本集團之營運期間及地區內，將以電郵、傳真、電話、簡訊、郵寄或其他公告方式利用您提供之資料（資料類別：C001、C002、C003、C011等）。利用對象除本集團外，亦可能包括相關服務的協力機構。如您有依個資法第三條或其他需服務之處，得致電本公司客服中心電話 (02)25007718請求協助。相關資料如為非必要項目，不提供亦不影響您的權益。

1. C001辨識個人者：如消費者之姓名、地址、電話、電子郵件等資訊。
2. C002辨識財務者：如信用卡或轉帳帳戶資訊。
3. C003政府資料中之辨識者：如身分證字號或護照號碼（外國人）。
4. C011個人描述：如性別、國籍、出生年月日。

請於此處用膠水黏貼